필로멜라의 노래

영시와 신화이론

이 저서는 2017년 정부(교육부)의 재원으로 한국연구재단의 지원을 받아 수행된 연구임.
(NRF-2017S1A6A4A01019676)

필로멜라의 노래
영시와 신화이론
A Song of Philomela
English Poetry and Mythological Theories

| 이규명 지음 |

도서출판 동인

감사의 글

[텍스트는 콘텍스트의 소산(text by context)이라는 말처럼 본고의 생산은 어디까지나 평소 필자에게 아낌없는 충고와 조언을 해주신 대한민국 영어영문학계의 중추적인 역할을 하신 여러 석학 교수님들과 간접적으로 필자에게 지식을 전파해준 전 세계 석학들의 지식에 기인함을 부인할 수 없습니다.

프로이트, 데리다, 라캉, 융, 바르트, 푸코, 들뢰즈, 스티븐 호킹, 칼 세이건, 프리조프 카프라, 예이츠, 엘리엇, 스티븐스, 헤럴드 블룸, 폴 더 만 등. 국내적으로 고려대 김종길 교수님, 한양대 신동춘 교수님, 이영석 교수님, 중앙대 이세순 교수님, 대구대 김형태 교수님, 경북대 김철수 교수님, 계명대 권의무 교수님, 부산외국어대 이창희 교수님, 김정수 교수님, 박성환 교수님, 박상수 교수님, 전남대 윤정묵 교수님, 전주대 최희섭 교수님, 용인대 한일동 교수님, 동국대 김영민 교수님, 안동대 안중은 교수님, 경남정보대 김봉광 교수님께 감사드리고, 특히 지도교수이신 정형철 교수님으로부터 글쓰기와 국내외 인문학의 최신 경향에 대한 많은 지식과 정보를 제공받아 너무나 감사합니다.

그리고 필자에게 평소 많은 지도와 편달을 해주신 한국영어영문학회, 한국영미어문학회, 한국예이츠학회, 한국엘리엇학회, 새한영어영문학회에서 만난 여러 교수님들의 조언과 편달에 깊이 감사드립니다. 경운대 조정명 교수님, 조선대 고준석 교수님, 강원대 이철희 교수님, 청주대 홍성숙 교수님, 백석대 유배균 교수님, 신현호 교수님, 단국대 김주성 교수님, 한양대 윤일환 교수님, 제주대 이보라 교수님, 경상대 주혁규 교수님, 부산대 정병언 교수님, 부경대 윤희수 교수님. 그리고 본인의 강의 참관을 허락해주시고 많은 학문적 도움을 주신 미국 University of Georgia 이향순 교수님께 감사드립니다.

생의 마지막 날까지 학문연구에 정진하시다 타계하신 열정적인 교수님들의 천국에서의 삶을 축복하고, 생존하신 교수님들의 건강과 행복을 주님께 간절히 축원 드립니다. 그리고 필자에게 험한 세상에서 학문적 환경을 조성해준 오소자 여사님, 이명일 가야금 명인께 깊이 감사드립니다. 무엇보다 필자를 이 세상에 창조하시고 탕자를 무저갱(無低坑)에서 건겨 올리신 하나님의 자비와 은총에 무한한 감사를 드립니다.

2020년 6월

이 규 명

차례

━━

Life is myth or Myth life!

서문＿신화의 상호텍스트성

최근 국내외적으로 호평을 받고 있는 한국영화 〈곡성〉(哭聲, 2016)은 프랑스 칸영화제에서 대단한 호평을 불러 일으켜 한류문화의 확산에 크게 기여하고 있다.[1] 한류문화는 알다시피 한국이라는 지구변방의 막연한 문화적 흐름이나 유행이 아니라 부의 창조, 즉 경제의 파급과 직결되는 현실적인 현상인 것이다. 이 영화의 동기는 인간이 의존하는 가시적, 가지적, 현상적인 세계만이 인간의 현실이 아니라 의식적인 현상 배후에 도사리고 있는 무형의 힘이 현실을 추동하는 잠재력이라는 것이며, 이 무형의 힘은 민족적 무의식 혹은 칼 융(Carl Gustav Jung)의 정의에 따라 [집단무의식](collective unconscious) 혹은 신화의 힘이라고 할 수 있다. 환언하면, 한국의 민속문화에 대한 당대적 브리콜라주(bricolage)가 〈곡성〉이라는 문화

---

1) 급기야 한국적인 영화 〈기생충〉이 2019년 5월 25일 칸영화제에서 황금종려상을 수상했다. 이 영화는 많은 함의를 가지고 있으나, 필자가 보기에 마르크시즘의 공식 [기저구조(base structure)/상부구조(super structure)]의 적용이 가능한 전형적인 구조주의의 서사문법을 배태하고 있다. 아울러 엘리아데가 주장하는 신화의 구조인 성/속의 영역을 다루고 있다.

콘텐츠로 재현되어 전 세계적으로 한류문화의 위상을 드높이고 있는 것이다. 아니면 이 영화는 여름에 부화뇌동하는 납량시리즈의 일환으로 전락했을 것이다. 모든 문화콘텐츠의 배후가 되는 민족문화와 직결되는 것이 신화이다. 따라서 신화에 대한 개관과 아울러 신화이론에 관한 세계적인 신화학자들의 주장과 개념을 일별해 볼 필요가 있을 것이다.

신화(Myth)는 그리스어 뮈토스(mythos)에서 파생된 말이다. 그 뜻은 [이야기]이고, 그 내용은 그리스 올림포스(Olympus)산을 중심으로 활동하는 제우스를 비롯한 여러 신들에 관한 이야기이다. 그런데 신화에 대한 입장은 이중적이다. 신학자들의 경우 절대적인 조물주를 신봉하기에 신화를 미신이나 우상으로 생각하고, 과학자와 철학자들은 합리와 이성을 중시하기에 신화를 환상이나 우행으로 본다. 대중적으로도 신화는 이중적인 입장을 취한다. 접근할 수 없는 경외의 차원으로 생각하는 것과 비현실적인 황당무계한 차원으로 생각하는 것이다. 그래서 브루스 링컨(Bruce Lincoln)은 신화를 원초적 진리, 상투적인 거짓말, 시적인 몽상으로 정의한다.[2] 그러나 과연 그럴까? 이에 대한 실마리를 찾아보려고 하는 것이 본고의 독자적 사명이다. 신화에 대해서 누구나 다 공감하는 공통분모는 신화가 현실로부터 초연하고 상식과 논리를 초월한다는 것이며, 그 내용은 주로 전경화된 사물의 현상에 대한 기원적, 후경적 탐색이라는 것이다.

신화와 더불어 우리가 혼용하는 것이 바로 민담과 전설이다. 그런데 신화와 민담과 전설간의 차이가 없는 것일까? 현재 이 비가시적 기원의 양식의 개념에 대한 차이는 느슨하고 이완되어 있다. 그럼에도 대략적으로 구분해 볼 수 있다. 신화는 그리스/로마 신화, 우리나라의 단군신화, 주

---

2) *Theorizing Myth: Narrative, Ideology, and Scholarship*, p. 8.

몽신화처럼 초월적, 초자연적, 숭고한 거대서사를, 전설은 특정의 장소에 국한된 전승된 이야기를, 민담은 실생활에 유익한 옛날이야기를 토대로 사실의 입증과는 상관없이 흥미롭게 교훈적으로 전달한다. 다시 말해, 신화는 우주와 세계와 민족의 기원을 관통하는 집단적인 거시적 서사(macro-narrative)로, 전설과 민담은 특정한 지역에서 유래되었다는 점에서 개별적인 미시적 서사(micro-narrative)라고 볼 수 있다.

우리가 방송매체에서 자주 접하는 [아랑의 전설]이라고 하는 것은 밀양을 배경으로 발생한 조선시대 유령 사건을 의미한다. 신화와 전설의 주인공은 신령한 존재로서의 반신반인적인 초자연적 인물들이나 민담에 등장하는 인물들은 효녀, 효자, 충신, 열녀, 바보 등과 같이 특정한 유형에 속하는 숭고한 관념적 존재이다. 목적론적인 입장에서 신화는 민족이념의 요체로서 민족의 대동단결을 위한 구심적 동기로 작용하며, 전설은 특정 지역의 장점을 강조하고 후세에 고취하는 목적을 가지며, 호랑이와 곶감의 민담은 흥미 위주의 교육적인 소통을 목적으로 한다. 신화, 전설, 민담이 입에서 입으로 전승되어 말 그대로 설화(說話)문학이 탄생하게 된다. 물론 이에 대한 다양한 견해의 차이는 당연한 것이다.

신화를 주장하는 학자들의 대부분이 인류학자들이라는 점에서 신화와 인류학, 신화와 원주민과의 관계를 파악하는 것이 중요하다. 인류학은 인간의 기원을 천착한다는 점에서 일종의 원주민 연구(studies on the natives)로 볼 수 있으며, 원주민의 표현방식이 현대인의 기호와는 상반되는 신화적 방식이라는 것이다. 천둥이 치고 괴질(怪疾)이 돌면 기류의 충돌이나 바이러스의 창궐을 의심치 않고 무조건 신의 메시지로 해석하는 것이다. 물론 근본적으로 그럴 수도 있긴 하다. 원주민들에게 이성, 합리, 상식보

신화와 현실: 우로보로스

다는 직관, 감각, 본능이 지배하는 신화의식이 지배한다. 따라서 원주민을 접하여 이들의 기원을 탐구하는 인류학자들이 원주민의 신화, 즉 뮈토스의 신화를 외면할 수 없는 것이다.

그러니까 신화는 자연현상과 같은 상징적인 모습으로 원주민의 가치와 태도를 결정하는 척도가 된다. 사실 신화는 짐승과 다름없는 원시인이든 로고스를 중시하는 현대인이든 과거의 모습으로 우리의 주변에서 각가지 상황에 개입하고 군림한다. 예를 들어, 한국의 절간 모퉁이에 위치한 산신각에 참배하고, 무당을 통해 조상의 영을 부르는 굿판에서 머리 조아리는 이성적인 현대인을 그려볼 수 있다. 마치 물이 여러 가지 그릇에 담기듯이 신화는 무형의 실재로서 변동이 없고 여러 시대적 상황에 담기는 것이다. 홍익인간(弘益人間)의 신화는 과거의 산물이지만 현재 한국인의 가치관과 윤리의식을 나타낸다. 그래서 개국신화를 의미하는 하늘이 열린 날을 상징하는 개천절은 현재에도 이어지고 있다.

신화의 기능은 원주민 사회에서 다양한 특징을 가지며 민담, 규범, 권위, 터부, 토템에 관여한다. 신화가 과거로부터 현재까지 파생시킨 학제별 분야는 우주론, 종교학, 기상학, 심리학, 사회학, 역사학, 법학, 지질학, 식물학, 동물학, 물리학에 이른다. 그러므로 현재는 과거와 연결되어 있으며 현재의 현상과 상황은 과거의 배후 속에 기원이 있을 것이나 여태 인간에게 오리무중이다. 이에 현상에 대한 신화적 탐구가 고리타분하거나 유별난 취향에 의한 자족적인 상아탑의 작업이 아니라 사실은 현실을 이해하기 위해 절실히 필요한 실용적인 작업임이 틀림없다.

또 신화와 역사의 관계를 살펴볼 필요가 있다. 역사는 가시적인 범위 내에 존재하는 역사적인 사건들이지만, 신화는 비가지적인 차원에서 실증할 수 없는 차원의 사건이다. 그래서 역사는 변증법적 수정이 가능한 [소송 중](on trial)의 사건으로 볼 수 있어 [개방적인 체계]를 유지하고 있지만, 신화는 우리가 확인할 수 없는 피안의 사건이기에 우리에게 강제되는 [폐쇄적인 체계]를 지속한다. 한국의 신화로서 웅녀 신화, 김알지 신화, 동명왕 신화, 서구인의 신화로서 그리스/로마 신화, 켈트 신화를 어디에 확고한 기준을 두고 논의할 수는 없을 것이다. 그런데 영속적인 시간의 흐름 속에서 우리의 시야에 포착되는 과거의 역사나 이를 엄청나게 벗어난 신화도 머나먼 역사임이 분명하다. 따라서 신화와 역사는 영원하고 장구한 시간이라는 연장선상에 공존하는 우리의 부인할 수 없는 현실인 셈이다. 다시 말해 역사는 우리에게 환기되는 의식상태의 일부가 될 수 있으며, 신화는 몽롱하게 환기되는 빙산의 일각으로서의 무의식상태의 일부가 될 수 있을 것이다.

따라서 본고는 막연한 일개 학인의 사유가 아니라 현실적인 측면에서 삶의 배후적 실상으로서의 신화의 중요성을 고려하여, 현재 전 세계에 유통되고 회자되는 주요 신화학자들의 신화이론과 개념에 영시를 적용하여 읽어 보려는 것이다. 이를 통해 신화와 영문학의 학제간의 융합을 도모하고, 그 결과물을 독서대중에 소통하여 신화와 문화콘텐츠의 접목을 통하여 한국의 창조경제를 구현하려는 관련 문화공동체에 소박한 계기를 제공하려는 것이다. 물론 텍스트에 대한 신화적 읽기를 통해 독서대중의 무한한 창조성을 자극하고 유도하여 결과되는 창의적인 한국인 육성이라는 거시적인 목적도 있다.

　서구적인 관점에서 신화에 대한 인간의 연구는 사실 역사가 일천하다. 1-17세기를 무지의 탁류 속에 흘려보내고, 각성의 전환을 초래한 18세기 계몽주의 시대를 거쳐 19세기 초에 이르러 낭만주의 운동과 함께 비로소 신화에 대한 관심이 발생했으나, 이보다 앞서 그리스/로마 시대의 신/여신들을 영웅의 현신으로 보는 신화연구가 있었으며, 20세기에 이르러 인문학과 과학의 눈부신 발달과 아울러 세계각지의 민속학적 탐사와 함께 신화연구에 대한 틀이 조성되었다. 여태 신화연구에 적용된 방법론으로 본고에 언급될 제임스 프레이저(James George Frazer)의 연구는 비교방법론, 브로니슬라브 말리노프스키(Bronislaw Malinowski)는 신화가 현실과 무관한 것이 아니라 신화가 비정상적인 차원이 아니라 정상적인 사회적 기능을 수행한다고 보는 신화현실론이 부각된다. 또 클로드 레비스트로스(Claude Levi Strauss)는 구조주의적인 관점에서 전 세계 신화들의 상호 관계와 유형을 대조한다. 프로이트(Sigmund Freud)는 언어에 의한 상징적 의사소통이 유사 이래 문화의 장막에서 결정되는 것이 아니라 심리적인 점에도 근거함을 주장한다. 이것은 신화현상도 신경증의 일환처럼 일종의 억압이라고 보는 것이다.

　그의 제자인 칼 융(Carl Gustav Jung)은 현상에 대한 원형적 관점을 적용하여 신화는 다름이 아니라 집단무의식의 산물로 보아 현실의 무의식에 등장하는 뮈토스적 원형들을 통해 현실을 임상적으로 진단한다. 미르세아 엘리아데(Mircea Eliade)는 신화와 종교는 양립할 수 없으며 종교는 어디까지나 종교적인 현상이기에 신화와 같은 비종교적인 범주로 결코 환원할 수 없다고 본다. 그런데 [부정의 변증법]으로 유명한 아도르노(Theodor W. Adorno)는 서구사회에서 지속되어온 신화와 계몽 사이의 대립을 부정하고, 오히려 신화를 계몽의 일환으로 보아 신화를 [동일성의 계몽]이라고 비판한다.3) 그런데 인간의 삶이 미메시스의 원리에 의해 운행되고 있음을 인식할 때 동일성의 원리를 완전히 부정할 수는 없을 것이다.

이처럼 신화에 대한 논의는 현재 진행 중이다. 그리스/로마 신화에서부터 각국 민속 신화에 이르기까지 신화는 우리의 지식의 범주에 머물렀고 현실과는 무관한 것으로 인식되었다. 말하자면 황당무계한 전설 같은 이야기가 신화라는 것이다. 그러나 신화는 여전히 신비로운 모습으로 초월적인 자세로 우리 주변에 타자로 머문다. 이처럼 신화가 우리의 주변을 떠나지 않는 점에서, 우리 의식의 한구석을 차지하고 있다는 점에서, 신화는 어디까지나 현실의 일환이 아닐 수 없다. 과거의 전설과 신화는 여전히 영상물로 제작되어 우리의 눈앞에 어른거리고, 할머니는 여전히 손자에게 민담을 들려준다. 웅녀 이야기, 단군왕검·박혁거세·김수로왕의 신화는 우리의 주변에 다양한 문화콘텐츠로 각색되어 머문다는 점에서 우리의 과거가 아니라 우리의 현실이다.

영화 〈은행나무침대〉(1996)에 나오는 눈이 부리부리한 황장군은 시공을 가로질러 공시적으로 우리의 생존을 위협한다. 그리스/로마의 신화는 여전히 우리 삶의 교훈과 토대가 된다. 트로이 전쟁 발발의 주범인 헬렌은 전 세계 시인들의 추모의 대상이 되었고, 영화 〈300: 제국의 부활〉(300: Rise of an Empire, 2014)에 등장하는 스파르타의 용사들이 우리의 시선을 사로잡는다는 점에서, 보드리야르(Jean Baudrillard)의 말처럼 메마른 신화

---

3) 『아도르노: 고통의 해석학』, pp. 22-23.

는 역동적인 가상현실이 되어 현실과 내파(implosion) 된다. 다시 말해 신화는 먼 나라, 먼 시대의 이야기가 아니라 우리의 감각을 자극하는 현실이다. 이것은 명증한 의식만을 인간 정체성의 단초로 삼는 실증주의적 인식의 부정이다.

또 전 세계인들의 시선을 집중시킨 영화 〈반지의 제왕〉(*The Lord Of The Rings*, 2001-2003) 시리즈와 〈해리 포터〉(*Harry Potter*, 2001-2011) 시리즈는 신화의 현실화, 현실과 신화의 공존을 의미한다. 라캉(Jacques Lacan)의 말대로 인간은 생각하지 않는 곳에 존재하고 있는 무의식의 존재이고 무의식은 신화와 직결되어 현실을 조율한다. 마찬가지로 동화 속의 먼 나라 이야기로 인식되어온 신화를 현상의 기원으로 보아 현상에 대한 배후적 임상으로 분석하려는 시도가 융에 의해서 시도되었다. 그가 실천해온 연구는 인간의 무의식에 내재하는 인간의 정체성의 일환으로서의 원초적인 원형과 현실과의 고리를 규명해 내는 일이었으며, 전 세계적으로 출몰하고 있는 정체불명의 다양한 비행접시(UFO)에 대해서도, 융은 그 현상이 인간심성의 일그러진 모습이라고 진단하였다.

최근 우리나라의 독도를 자기 영토라고 억지 주장하고, 제2차 세계대전 전범 일본이 저지른 위안부 성노예 사건과 731부대 생체실험의 만행을 외면하는 후안무치한 태도는 과거 한반도를 약탈하고 강점한 바 있는 그들의 흉포한 왜구(倭寇)적 원형을 그대로 반영한 것에 불과하다고 볼 수 있다. 이런 점에서 일본인의 특성을 미국의 인류학자 루스 베네딕트(Ruth Fulton Benedict)가 『국화와 칼』로 요약한바가 있듯이 일본인들의 친절한 인사말과 피상적인 미소에 현혹될 것이 아니라 오히려 그것이 세인이 경계해야 할 흉측한 야심의 현상이라고 보아야 할 것이다. 아래에 전 세계적으로 저명한 신화학자들의 주장 가운데 주요한 내용이 소개되며, 이 신화이론을 바탕으로 영/미시를 읽어가는 방식을 취할 것이다. 다시 말해 다양한 신화이론의 요지를 소개하고 그것을 신화적인 요소가 초점화(focalization)[4]된 영/미시 작품의 해당부분에 적용하여 텍스트의 즐거움을 실천해 볼 것이다.

본고에서는 위에서 언급한 다양한 신화 이론들과 함께 영시에 나오는 여러 신화들을 융합하여 분석할 것이다.[5] 그것은 테이레시아스 신화, 아서왕 신화, 어부 왕 신화, 성배 신화, 오이디푸스 신화, 아폴론/디오니소스 신화, 히아신스 신화, 인디언 신화, 아도니스 신화, 헬렌 신화 등이다. 그리하여 신화이론과 결합될 영시작품으로는 영시의 고전인 『베어울프』(*Beowulf*)와 초서(Geoffrey Chaucer)의 『캔터베리 이야기』(*The Canterbury Tales*), 『가웨인 경과 초록기사』(*Sir Gawain and the Green Knight*), 르네상스 시대의 시드니(Sir Philip Sidney), 스펜서(Edmund Spencer), 셰익스피어(William

---

4) **Genette** introduced the term **"focalization"** as a replacement for **"perspective"** and **"point of view."** He distinguishes three types or degrees of focalization—**zero, internal and external**: "The first term [zero focalization] corresponds to narrative with omniscient narrator, which Todorov symbolizes by the formula Narrator 〉 Character (where the narrator knows more than the character). In the second term [internal focalization], Narrator = Character (the narrator says only what a given character knows). In the third term [external focalization], Narrator 〈 Character (the narrator says less than the character knows). [http://wikis.sub.uni-hamburg.de/lhn/index.php/Focalization]

5) 시작품에 신화이론을 적용함에 있어 신화비평의 취지도 이해할 필요가 있다. 텍스트에 나타난 유사시대와 인물의 전기에 의존하는 전통적인 비평방식과는 달리 신화비평은 선사시대와 신들의 초월적인 활동에 초점을 맞춘다. 작품자체의 형식과 내용의 분석에 치중하는 형식주의적 비평방식과 달리 신화비평은 텍스트의 형식과 내용에 생명력과 마력을 주는 내적인 에너지의 원천을 탐색한다. 또 성적인 신경증 혹은 콤플렉스의 분석을 중시하는 프로이트식의 비평방식과는 달리 신화비평은 텍스트를 인류의 집단정신에서 발생하는 생명력 충만한 통합적인 힘의 현시(manifestation)로 본다(*A Handbook of Critical Approaches to Literature*, p. 167).

Shakespeare), 근대 계몽주의 시대의 던(John Donne), 밀턴(John Milton), 마벌(Andrew Marvell), 블레이크(William Blake), 워즈워스(William Wordsworth), 콜리지(Samuel Taylor Coleridge), 셸리(Percy Bysshe Shelley), 키츠(John Keats), 포(Edgar Allan Poe), 테니슨(Alfred, Lord Tennyson), 휘트먼(Walt Whitman), 홉킨스(Gerard Manley Hopkins), 현대에 이르러 하디(Thomas Hardy), 예이츠(W. B. Yeats), 프로스트(Robert Frost), 스티븐스(Wallace Stevens), 로렌스(D. H. Lawence), 파운드(Ezra Pound), 토머스(Dylan Thomas), 샌더버그(Carl Sandburg), 엘리엇(T. S. Eliot), 히니(Seamus Heaney)의 작품 등이며, 이외에도 신화와 유관한 국내외 시작품들을 발굴하여 분석할 것이다. 특히 독자들을 고답적인 논의에서 소외시키는 난삽한 신화이론들을 저작(咀嚼)하여 결코 현실과 유리될 수 없는 삶의 근거로서 신화이론의 국내 저변확대를 통해 독서대중의 인식의 제고에 기여하고자 한다.

그리스 신화에서 필로멜라는 혀 잘린 존재를 의미한다. 혀가 잘린 채 부당한 현실을 목도하고 속수무책의 상황에서 그 현실을 타자에게 고발해야 하는 어려움에 처했다. 이는 작금의 인간현실을 대변한다. 인간은 사물을 대하면서 1차적으로 대면할 수 없고, 부득이 2차적인 기호를 가지고 대면해야 하기에 인간은 혀 잘린 필로멜라의 운명을 공유할 수밖에 없다. 그러기에 태곳적 서사인 신화에 대해서 금세기의 인간은 결코 명확하고 명료하게 진술할 수 없다. 마치 혀 잘린 필로멜라처럼 어눌하게 접근하지만 무엇보다 억년의 신화 속에서 대대로 전승된 육체가 언어보다 더 진솔하게 그 기막힌 사연들을 증거할 수밖에 없다. 결코 손아귀에 잡히지 않지만 뇌리에 잔재하고 단지 아련하게 바라봐야 하는 것이 숙취의 미학으로서의 신화의 매력 아닌가?

:01 프레이저의 『황금가지』

『베어울프』(*Beowulf*), 『캔터베리 이야기』(*The Canterbury Tales*),
『가웨인 경과 초록기사』(*Sir Gawain and the Green Knight*)

1.1 황금가지

신화학과 비교종교학을 전공한 제임스 프레이저(James George Frazer)는 세상을 타계한 지 80년이 되어도 여전히 전 세계인문학계에 지대한 영향을 미치고 있다. 그의 명저 『황금가지』(*The Golden Bough*, 1890)는 독자들의 상상력을 사로잡고 인근 학문에 충격을 주었다. 말리노프스키, 프로이트, 칼 융, 조지프 캠벨과 같은 인접학문의 석학들을 포함하여 유명 시인들에게도 영향을 주었다. 기독교를 다른 종교에 비교하는 것은 다소 무리가 있지만, 여러 종교 속에서 다양한 신념과 제식들을 검토하고 그것들 사이에 공통분모를 찾는 그의 연구는 인류학계에 새로운 지평을 열었다. 그것은 고대인과 현대인을 연결하는 보편적인 영성(universal spirituality)을 이해하는 것이다.

프레이저의 전기를 검토하는 것은 신화학자로서의 정체성을 탐문하기 위한 것이다. 그는 스코틀랜드 글래스고 출신이며 네 아이 가운데 장남이다. 그의 증조모는 멀고 험한 산악을 횡단한 티베트 사절의 일원이었고, 그 탐사의 이야기를 들으며 자랐다. 알다시피 티베트는 얼마나 많은 전설과 신화가 존재하는 동화적인 나라인가? 그는 일종의 문명의 충돌(clash of civilizations)에 관한 이야기를 어릴 적부터 들어온 셈이다. 이러한 인류문화탐방에 대한 간접적인 경험이 나중에 인류학자가 된 계기가 되었으리라고 추측할 수 있다.

　　어린 시절부터 어린아이답지 않게 라틴어와 그리스어를 배웠고 동/서의 고전을 탐독했다. 이는 고고학이나 인류학을 전공하기 위한 사전 포석이라고 볼 수 있다. 그 후 그는 케임브리지에 입학하여 플라톤의 이데아에 관한 학위논문을 썼으며, 부친의 권유로 인하여 런던에 법학을 공부하러 갔으며 법률가로서의 자격을 획득하였지만 개업을 포기했다. 대신 평소 그가 좋아하는 신화와 제식에 관한 집필과 탐사를 시작했다. 귀족 집안에서 자식들을 법률가로 만들어 입신양명(立身揚名)을 도모하려는 것은 동양이나 서양이나 대동소이한 것 같다. 그의 첫 과제는 2세기 그리스 기행작가 파우사니아스(Pausanias)에 대한 탐구였다. 그에게 인류학자가 되도록 지적인 자극을 준 정전은 인류학자들의 고전인 타일러(Edward Burnett Tylor)의 『원시문화』(*Primitive Culture*, 1871)였다. 아울러 그의 친구 성경학자 스미스(William Robertson Smith)의 히브리인들의 민속(folklore)을 언급하는 구약에 대한 연구서도 프레이저의 인류학에 대한 욕망을 고조시켰다.

　　그의 인류학적 접근은 세계 각지에 흩어져 있는 선교사들, 의사들, 탐험자들에게 서신을 보내어 그곳의 인류학적인 정보를 수집하는 간접적인 방식이었으며, 그 서신들을 취합, 정리, 분류하고 설명을 더하여 불후의 문집을 만들었다. 그 결과물이 전 세계 서점가를 장식하는 불후의 명저 『황금가지』이다. 하지만 1천 페이지에 달하는 방대한 분량(magnum opus) 은 전 세계 독자들로 하여금 상당한 신체적, 정신적 부담을 준다.[1] 그것은 전 세계에 편재하는 종교적 믿음, 신화, 공동체 터부, 관습에 관한 것이다. 현재에도 인문사회연구자 그리고 과학연구자의 고전으로 군림하고 있다. 이 저술에 대한 명성이 자자한 가운데 비판을 받는 내용은 원시문화와 기독문화를 비교한 한 부분이며 결국 저술에서 삭제되었다.

우선적으로 독자들의 관심을 유발하는 것이 책 제목인데 이는 로마의 시인 버질(Virgil)의 서사시 『아이네이스』(The Aeneid)에서 따온 것이다. 시 작품에서 주인공 아이네이스(Aeneis)는 지옥문(Hades)을 통과하기 위하여 황금가지를 사용한다. 그의 주된 이론은 인간이 신봉한 주술이 종교가 되고 과학이 되었다는 것이다. 세부 주제들은 인간의 숙명과 인간성과의 관계, 문화와 시대를 넘어서는 보편적인 서사, 미신에서 과학적인 사고로의 점진적 이행을 포함한다. 책은 전체적으로 4부로 나누어지고, 1부 "숲의 왕"(The King of the Wood)에서는 인간의 다양한 문화에서 신비주의, 영성, 신의 권능을 다룬다. 2부 "신을 죽이기"(Killing gods)에서는 신이 살해당하고 고문당하고 노예화되는 신화와 고전을 다룬다. 그런데 불멸의 신을 과연 죽일 수 있는가? 하여튼 3부 "속죄양"(The Scapegoat)에서는 신이 사물들의 이익을 위하여 희생당하는 이야기를 해부한다. 4부 "황금가지"에서는 이승에서 다음 세상으로 이전의 가능성과 사후세계를 다룬다.

---

1) 필자가 소장하고 있는 『황금가지』는 펭귄(Penguin)사에서 나온 것인데 내용이 난삽하기도 하지만 우선 분량이 900페이지를 넘어 일람하지 못하고 군데군데 부분적으로 읽어본다.

풍요의식

이 정전은 영국 화가 윌리엄 터너(William Turner)가 그린 아이네이스의 "황금가지"에 대한 논의로부터 시작된다. 전설에 따르면 아이네이스는 고대인들로부터 다이애나(Diana)의 거울이라고 불리는 네미(Nemi)호수 근처 현재의 이태리에 해당하는 지하세계로 들어갔다. 프레이저는 이곳의 부유하고 죽은 역사와 자연과 달의 여신인 다이애나와의 관계를 묘사한다. "숲의 왕"이라고 알려진 고위 사제는 왕을 살해함으로써 왕위를 찬탈한다. 그는 왜 사제들이 고대에 왕으로 불리었는지 탐문한다. 그 전통은 로마인들이 그 지역을 점령하고 그들의 정형화된 법을 그 지역에 적용하기 전에 실행되었다. 그는 이 신기한 제식을 택하여 그것을 전 세계에 걸친 다른 문화권의 사례들과 비교한다.

그리하여 그는 고대문자와 고대문헌을 샅샅이 뒤진 끝에 그것을 자기희생(self-sacrifice)의 양상으로 규정했다. 시/공을 뛰어넘어 모든 문화권에서 공동체의 집단적 안녕을 위하여 존경받는 인물은 죽어야 한다는 것이다. 프랑스의 잔 다르크(Joan of Arc)가 그러하고 임진왜란 당시에 절체절명(絶體絶命)의 상황에서 조선의 해군제독 [이순신]이 그러하리라 본다. 이 러한 점을 『베어울프』에 적용해 볼 수 있다.

베어울프가 귀향하고 마침내 부족의 왕이 되었다. 어느 날 그렌델의 어 미와 전투한 지 50년이 지나 한 노예가 화룡의 동굴에서 금잔을 훔쳤는 데 화룡은 분기탱천하여 인근을 보이는 대로 불태워버렸다. 그리하여 베어울프와 부하들은 그 용을 처단하기 위하여 동굴로 들어간다. 그러 나 그는 부하들에게 자신이 홀로 들어가 싸울 테니 입구에서 기다리라 고 했다. 그는 자신이 용의 적수가 되지 않음을 알았다. 그의 부하들은 이를 알고 목숨을 부지하기 위하여 인근의 숲으로 퇴각했다. 부하 중에 단 한사람 위글라프는 위기에 처한 왕을 돕고자 남았다. 두 사람은 용 을 처치했지만 이 와중에 베어울프는 중상을 입고 죽었다. 깊은 슬픔에 빠진 위글라프는 도망친 부하들의 비겁함을 통렬하게 질책하였다.

Beowulf returns home and eventually becomes king of his own people. One day, fifty years after Beowulf's battle with Grendel's mother, a slave steals a golden cup from the lair of a dragon at Earnanæs. When the dragon sees that the cup has been stolen, it leaves its cave in a rage, burning everything in sight. Beowulf and his warriors come to fight the dragon, but Beowulf tells his men that he will fight the dragon alone and that they should wait on the barrow. Beowulf descends to do battle with the dragon, but finds himself outmatched. His men, upon seeing this and fearing for their lives, retreat into the woods. One of his men, Wiglaf, however, in great distress at Beowulf's plight, comes to his aid. The two slay the dragon, but Beowulf is mortally wounded. After Beowulf dies, Wiglaf remains by his side, grief-stricken. When the rest of the men finally return, Wiglaf bitterly admonishes them, blaming their cowardice for Beowulf's death.[2]

베어울프와 화룡

서사시 『베어울프』에 적용될 수 있는 프레이저의 신화이론은 속죄양 의식이나 자기희생에 관한 것이다. 베어울프가 바다 건너 덴마크의 백성들을 위해 목숨을 걸고 괴물 그렌델(Grendel)과 그 어미를 처치하고 환영을 받고 귀국하였으나 그를 기다린 것은 공동체 수호를 위한 사건이었다. 백성 한 사람이 화룡이 사는 굴 속에서 금잔을 훔쳤고 그로 인해 화룡이 분기탱천(憤氣撑天)하여 난동을 부리고 공동체를 위협했다. 그는 그 백성의 절도행각이 온당하지 못함을 알고 있었지만 그럼에도 공동체의 안위를 위해 침묵할 수 없었으며, 화룡의 압도적인 힘에 비해 중과부적(衆寡不敵)이라는 사실을 알았으나 그럼에도 공동체의 수호를 위해 목숨을 걸고 모험에 나섰다. 이것이 자신의 목숨을 통해 공동체를 구원하려는 속죄양 의식으로 볼 수 있다. 마치 예수 그리스도가 만인의 죄를 대속하기 위해 자신을 희생하였듯이. 베어울프는 화룡과의 치명적인 싸움에 있어 무시무시한 화룡을 보자마자 도주한 비겁한 부하들의 도움을 구하지 않고 홀로 싸웠다는 점에서 속죄양은 결코 다수를 요하지 않는다고 볼 수 있다.

---

2) https://en.wikipedia.org/wiki/Beowulf

1.2 희생의식

희생의 이런 양상은 중동과 북유럽에서 오랫동안 지속되었다. 그는 정치인과 평민들, 반신(demi-gods)과 완전한 신, 주술과 종교와의 관계를 풀이한다. 마지막 것은 자주 중첩(重疊)되지만 전자가 더욱 제도화되었다고 볼수 있다. 사제 네미(Nemi)의 죽음의 배후에 도사리고 있는 이유를 밝히려는 시도에서 그는 북유럽과 지중해 신화를 결부시킨다. 그는 많은 고대인들이 의복의 일부 혹은 신체의 일부가 개인으로부터 절대 분리될 수 없다고 주장한다. 부두교(voodoo)에서도 한 사람이 다른 사람의 머리칼 혹은 잘린 손톱을 훼손할 때 그것은 그 인간을 해치는 일이다. 그는 여러 문화권에서 타자들을 해치거나 통제하거나 돕거나 하는 능력을 주장했던 사람들은 부두교를 통하여 사회계급이 상승했다고 언급한다. 이 초기의 부두교 마법사들은 존경받는 치료자에서 사제가 되었다. 그들은 백성들로 하여금 자신들을 신성한 존재로 생각하도록 가르쳤던 불멸의 존재 혹은 왕이라 주장했던 파라오가 되었다. 서인도 제도에 발생된 부두교는 현재 미국사회 흑인들 사이에 인기 있는 주술적 제식인데 사제의 명령에 따라 로아(Loa)라는 정령을 숭배하기 위하여 산 제물을 바치고 북소리에 맞추어 전신을 흔들며 춤을 추는데 이 제식을 하는 동안 참가자들은 모두 로아에 사로잡혀 자아를 상실하고 황홀경(ecstasy)에 빠진다.

프레이저는 신화를 연구하면 할수록 불과 소수의 사람들이 그들의 지배자들을 실제로 살해했다고 인식한다. 로마의 경우 시저(Caesar)를 살해한 경우나, 한국의 경우 박정희 대통령을 시해한 것도 이런 경우에 부합하다고 본다. 지배자의 생사는 실제로 지상에 대한 지배와 사명의 상징이다.

그러므로 그들의 지상의 임무는 그들의 백성을 위해 기꺼이 목숨을 헌신하는 것이다. 베어울프가 백성들의 안위를 위해 괴물 그렌델, 그렌델 어미, 화룡과 싸우다 장렬히 전사하듯이. 하지만 문명이 발달할수록 인간들이 몰두할 수 있는 현상의 범위가 증가한다. 그리하여 인간들은 자기들의 영혼과 마음을 사로잡았던 샤먼, 마술사, 사제들의 손아귀에서 벗어나는 듯이 보인다. 아울러 농사, 질병, 날씨에 관한 미신들이 서서히 정체를 드러내며 사라진다. 풍년의 축복과 흉년의 저주, 질병의 창궐, 벼락과 번개의 원인이 인과적, 합리적으로 밝혀진다.

프레이저는 많은 신화적 제식들을 검토한다. 그는 한 종교에 나타났다가 이어 다른 종교에 새로운 이름으로 패러디되는 신들에 대해 관심이 깊었다. 예를 들어, 아도니스(Adonis)라는 매력적인 소년은 어떤 점에서 고상한 소년으로 둔갑하지만 한편 반신(demi-god)이자 아프로디테(Aphrodite)의 아들이다. 또 오시리스(Osiris)는 그리스 신 제우스의 이집트 버전이다. 그리고 로마의 여신 다이애나(Diana)는 그리스에서 아르테미스(Artemis)로 불리고 있다. 자신의 글 전체에 걸쳐 프레이저는 사람들이 주술, 종교, 과학을 신봉하는 이유를 논한다. 그가 보기에 주술에 의해 형성된 질서는 임의적으로 확립된 것이다. 반면에 과학과 함께 세상이 어떻게 운영되는지에 대한 지식은 이 입증 가능한 관찰과 지속된 사고로부터 파생된다. 비록 과학이 사고의 명확하고 탄탄한 형식이지만, 또 다른 사고의 시스템이 그것을 갱신하든지 대체할 가능성이 있다.

그러나 프레이저는 인류의 묵시론(apocalypse)적인 만약의 급변 사태와 위기의 순간을 대비하기 위해 과학의 힘에 대한 비판을 일단 유보한다. 대기권의 파괴, 화산의 폭발, 태양의 소멸, 해수위의 범람, 외계인의 침공, 치명적인 신종 박테리아의 발생과 같은 인류파멸의 절체절명의 사태. 그러나 이러한 죽음의 사태는 에덴에서의 추방, 노아의 방주, 소돔과 고모라의 멸망, 제1, 2차 세계대전과 같이 태초서부터 지금까지 지속적으로 발생해 온 것이므로 이 과정에서 시련과 극복은 인류에게 부과된 숙명이기에, 인류는 내외적인 요인으로 죽어도 죽지 않는 좀비(zombies)의 정신으로 현재를 살아가는 것이다. 이외 다른 도리가 없지 않은가?

1.3 자전적 신화

프레이저의 전기에 대한 탐색도 분명 그의 신화적인 인생과 연관이 있을 것이다. 그의 부인(Elisabeth Grove)은 그의 삶의 동반자이자 도우미로서 그의 학문적 환경을 조성하는 데 지대한 도움을 주었다고 술회한다. 그들의 관계는 부부로서 그야말로 평생 지고지순(至高至純)한 관계를 유지했다고 볼 수 있다. 그는 일평생 케임브리지 대학에만 머문 골수 케임브리지 터줏대감이다. 영광스럽게도 인류학 연구에 대한 공로로 1915년 여왕으로부터 기사작위를 수여받았다. 그런데 호사다마(好事多魔)라 말년에 창창하던 삶에 균열이 생겼으니, 1930년 76세 말년에 죽지 않을 만큼 교통사고를 당하였는데 그로 인하여 거의 실명상태에 이르렀다. 마치 평생 휠체어에 전신을 의지한 불우한 천재 스티븐 호킹(Steven Hawking)의 신세가 되었다고 할까. 그런 최악의 상황에서도 인류학 연구는 계속 이어졌다. 부인과 비서를 통한 간접적인 독서와 집필. 1941년 타계할 때까지 한시도 인류학에 대한 연구를 쉬지 않고 이어갔다. 그런데 우연의 일치치고 너무 우연하게도 그가 죽은 지 몇 시간 후에 그의 부인도 따라 죽었으며 케임브리지 묘지에 합장되었다.

　프레이저는 현지 탐험, 현장 체험을 시도하지 않고 주로 전 세계에 파견된 선교사들의 현장 기록들을 분류 편집하여 출판하였다. 그가 선호하는 신화의 주제들은 주로 인류의 보편적인 양상으로서 탄생, 성장, 죽음, 재생에 관한 근본적인 것이다. 그것을 서구 중심적 시각에서 벗어나 문화의 다양성(diversity)과 공통성(commonality), 보편성(universality)의 관점에서 연결했다. 그의 신화연구는 신성한 왕권, 제후와 사제의 결합, 왕의 살해에 관한 것으로 재생의 신화와 연관 지어진다. 왕의 권위가 공동체를 건설하고 왕의 수명이 다하여 공동체가 위기에 처하고 새로운 질서를 형성하여 공동체를 재건하고자 새로운 왕이 등극하는 것이다. 몽고의 제왕 칭기즈 칸(Chingiz Khan)이 사망하고 왕국은 자손별로 갈라져 새로운 질서 속에 편입되었고, 시리아 독재자 카다피(Muammar Gaddafi)가 살해되고 국가 재건이라는 새로운 질서가 구축된 것도 재생신화의 일환으로 볼 수 있다. 지상에 꽃이 피고 지고 새로운 꽃이 피듯이. 왕의 죽음은 죽음이 아니라 새로운 생명의 현신으로 이어진다. 인간은 주변(타자)의 것을 취하고 영원할 것처럼 생육 발달하지만 결국에 타자에게 자신의 전부를 내어놓고 사라져야 한다. 하나님의 독생자 예수 그리스도가 절대자의 권능을 탈피하여 인간 수준으로 강림(descension)하셔서 만인의 죄를 대속(redemption)하기 위하여 십자가 위에서 희생된 것도 그러하다. 이러한 점을 『캔터베리 이야기』에 적용해 볼 수 있다.

4월의 감미로운 빗줄기가
3월의 건조함 속으로 스며들어
모든 나무줄기가 그 생명의 물기에 흠뻑 적셔지고
그리하여 꽃들이 피어나나니,
서쪽에서 부는 봄바람은 달콤하게
들판과 작은 숲의 마른 가지들에 생명을 불어넣어 주노라.
때 이른 태양은 숫 양궁(宮)의 반 여정을 지났을 뿐이며
자연이 그것들의 마음에 춘심(春心)을 자극하여
뜬눈으로 밤을 지새운 작은 새들은
색정적인 소리를 쉴 새 없이 지저귀노라.
이때 사람들은 순례를 염원하게 되노니.

Whan that Aprille with his shoures soote,
The droghte of March hath perced to the roote,
And bathed every veyne in swich licóur
Of which vertú engendred is the flour;
Whan Zephirus eek with his swete breeth
Inspired hath in every holt and heeth
The tendre croppes, and the yonge sonne
Hath in the Ram his halfe cours y-ronne,
And smale foweles maken melodye,
That slepen al the nyght with open ye,
So priketh hem Natúre in hir corages,
Thanne longen folk to goon on pilgrimages,
And palmeres for to seken straunge strondes,
To ferne halwes, kowthe in sondry londes;
And specially, from every shires ende
Of Engelond, to Caunterbury they wende,

The hooly blisful martir for to seke,

That hem hath holpen whan that they were seeke.[3]

『캔터베리 이야기』의 도입 부분으로 소생하는 봄의 생명력을 노래한다. 특히 처음 3행은 그 유명한 엘리엇(T. S. Eliot)의 『황무지』(*The Waste Land*)의 머리 부분과 유사함을 인식할 수 있다. "4월은 가장 잔인한 달/ 죽은 땅에서 라일락을 키워내고/ 추억과 욕정을 뒤섞고/ 잠든 뿌리를 봄비로 깨운다./ 겨울은 우릴 따뜻하게 했네, 덮었지/ 망각의 눈(雪)으로 지상에, 주노라/ 작은 생명을 메마른 구근에게"(April is the cruellest month, breeding/ Lilacs out of the dead land, mixing/ Memory and desire, stirring/ Dull roots with spring rain./ Winter kept us warm, covering/ Earth in forgetful snow, feeding/ A little life with dried tubers.) 두 작품의 도입부가 너무 유사하지 않은가? 연대기로 보아 엘리엇이 초서의 작품을 패러디했다고 볼 수도 있을 것이다.

초서의 순례자

작년에 대지를 주름잡던 지배자를 살해한 공간에 만물이 소생한다. 그러니까 시신 위에 꽃이 피어나는 셈이다. 시신을 먹고 구더기가

---

3) 본 시행은 고어체로 쓰여 독자들의 시각에 고통을 줄 것이다. 당시 문법체제와 스펠링이 현대영어와 많은 차이가 있음을 보여준다.

https://www.poetryfoundation.org/poems/43926/the-canterbury-tales

자라서 파리가 되듯. 시신은 파리 속에서 자아를 실현한다. 희생의 대지 위에서 만물이 소생한다. 겨우내 말라빠진 대지의 수분을 쥐어짜 봄꽃이 화사하게 피는 것이다. 화사한 봄꽃은 흙에서 수분을 빨아들이는 고통 속에 피어나는 것이다. 의식 없는 식물과 본능적인 동물의 유기체적 재생과 함께 인간은 만물이 약동하도록 바람과 기운을 조성하는 물리적인 봄의 시/공을 맞이하여 영적인 재생을 목적으로 영적인 에너지를 충전하기 위해 순례의 길을 떠난다. 위인이나 소인이나 길을 떠나는 것은 목숨의 위험을 내포하기에 일종의 영웅의 행로와 같다. 이런 점에서 인간들이 각자의 상황에 따라 교회나 산사를 찾는 일은 일종의 영적인 회복을 도모하기 위함이다. 한편 이 부분에 사물을 구성하는 4가지 요소들이 제시된다. 이는 만물이 소생하기 위해 필요하다. 식물계와 동물계에 생명력을 부여하는 "들판", "빗줄기", "태양", "봄바람"은 기원전 4세기경 엠페도클레스(Empedocles)가 주장한 우주의 4대 원소인 지/수/화/풍과 연결된다. 그리고 모든 것이 사멸한 혼돈스러운 겨울이 지나가고 생명이 움트는 봄이 온다는 것은 혼돈(chaos)의 우주에서 질서(cosmos)가 자리 잡히는 일종의 천지 창조(Genesis)의 신화로 볼 수 있을 것이다.

논쟁거리는 프레이저가 원시제전과 기독교를 연관 지었다는 것이다. 종교에 대한 그의 접근은 신선하지만. 그는 종교를 거룩한 비전(vision)이라고 보지 않고 세속적인 것으로 보았다. 진정한 믿음을 무시하며, 단지 외재적 현시에만 치중하기. 가장 도발적인 부분은 초기의 기독교와 다른 종교, 제식, 관습과의 동일시를 주장한 것이다. 그러니까 프레이저가 절대 종교로서의 기독교에 대해 신성모독(blasphemy)을 범한 셈이다. 하나님의 독생자 예수의 희생과 부활을 감히 다른 종교와 제례에 비교한 것이다. 만약 중세시대에 프레이저가 이런 주장을 했다면 마녀재판(witch trial)을 받아 화형을 당했거나 마르틴 루터(Martin Luther)처럼 가톨릭 세력으로부터 쫓기는 신세가 되었을 것이다. 그러므로 프레이저는 기독교에 대해서 포스트모더니티(postmodernity)를 가지고 있는 셈이다. 이에 『황금가지』에서 기독교와 원시종교와 제례를 결부시킨 부분은 삭제되었다. 이것도 일종의 현대판 마녀심판이라고 할 수 있다.

1.4 주술과 종교

프레이저는 주술과 종교에 대한 명확한 정의를 내렸고, 이것이 학계에 통용되고 있다. 그것은 전 세계 모든 문화권에서 주술에 대한 믿음이 종교를 초월했다는 것이다. 그리고 그것이 과학으로 변신했다. 주술의 단계에서 비합리적인 인과가 제례와 자연현상 사이에 발생한다. 기우제를 지내지 않아서 하늘이 분노했다든지 성황당 나무에 제사를 지내지 않아서 마을사람들이 괴질에 걸려 다수가 죽었다든지. 그 다음 종교의 단계는 그 초월적인 현상이 신성하고 영적인 개입으로 치부된다. 반면 그 다음 단계인 과학은 물리적 대상과 사건 사이에 연관된 진정한 인과의 관계를 발견한다. 그의 학문적 영향은 프로이트와 칼 융에게도 지대한 파급력을 행사했다. 그것은 정신분석학과 종교와는 불가분의 관계가 있기 때문이다.

말하자면 개인심리학(personal psychology)이든 분석 혹은 심층심리학(deep psychology)이든. 프로이트가 말하듯 종교가 욕망의 억압기제(mechanism of repression)이자 승화(sublimation) 혹은 초자아(super-ego)의 거세 장치(device of castration)이든, 원형의 현시(manifestation of archetype)이든. 특히 칼 융의 경우, 프레이저의 주장은 그가 스승인 프로이트와 결별을 감수하면서 주장한 원형의 무대로서의 집단무의식(collective unconscious)으로 향하는 디딤돌이 되었을 것이다.

프레이저가 제기하는 자연 혹은 사물과 인간의 불가피한 일체를 확신하는 토테미즘(Totemism)과 족외혼(exogamy)도 프로이트의 토템과 터부를 위한 연구의 원천이 되었다. 원래 토테미즘은 북미 인디언이 특정한 동물이나 식물을 공동체의 운명과 연결하는 풍습을 말한다. 독수리, 곰, 늑대, 떡갈나무, 물고기 같은 것들이 공동체의 삶과 연계되어 있다는 것이다. 그리하여 이런 사물들은 공동체의 상징이 된다. 이런 점에서 한국의 태곳적 신화에서 초월적 존재인 환웅이 태백산에 내려와 쑥과 마늘을 먹고 여자가 된 곰을 배필로 맞아 시조 단군이 탄생했다는 한국인의 기원으로 등장하는 곰이나 곰에게 밀려 환웅의 배필이 되지 못한 호랑이는 일종의 한국인의 토템인 셈이다.

마찬가지로 아일랜드 대표축구팀 유니폼의 색깔이 녹색이라는 것은 켈트족의 드루이드교(Druidism)와 연관이 있다는 점에서 떡갈나무가 아일랜드의 토템이 된다. 한편 족외혼은 이족(異族) 간에 여자들을 주고받기의 개념으로 레비스트로스

드루이드교 집회

(Claude Levi Strauss)에 의해 제기된 것이기도 하다. 문득 신라 선화공주와 백제 마동의 로맨스가 상기된다. 프로이트와 칼 융뿐만 아니라 말리노브스키(Bronislaw Malinowski)와 캠벨(Joseph Campbell)도 프레이저로부터 영향의 불안(anxiety of influence)을 느꼈다고 한다. 이런 점을 『가웨인 경과 초록기사』(*Sir Gawain and the Green Knight*)에 적용해 볼 수 있다.

아서 왕의 궁전은 새해의 이브를 즐기고 있었다. 그러나 축제가 무르익을 무렵 한 거대한 초록기사가 불쑥 등장하여 그들을 위협했다. 그는 궁전의 모든 구성원들에게 게임을 하나 제안했다. 그것은 그와 궁전의 구성원 한명이 도끼로 상호 목을 치는 게임이었다. 선택된 아서의 기사가 초록기사의 목을 치고 일 년 후 아서의 기사가 초록기사의 거처로 찾아가 목을 내미는 게임이었다. 그런데 궁전의 어느 누구도 나서는 사람이 없자 하는 수없이 아서 왕이 몸소 나선다. 그러자 뒤늦게 가웨인 경이 왕을 대신하여 초록기사의 목을 친다. 초록기사는 잘린 목을 들고 일 년 후에 초록 성전에서의 상봉을 기약하며 사라지고, 궁전의 구성원들은 공포에 사로잡힌다.

The court of King Arthur is celebrating New Year's Eve, but at the height of the festivities, a massive green figure bursts in, terrifying them. This Green Knight tells the court that he desires their participation in a game, in which he and one of the knights present will trade axe blows. The chosen knight will take the first strike, and then he must wait a whole year to receive a strike in return from the Green Knight. The knights make no answer, but when their visitor mocks them for cowardice, Arthur steps up and offers himself as the contender. Just as the king readies himself to take his strike with the axe, Sir Gawain stops him and offers himself instead. Gawain strikes at the calmly standing Green Knight, and cuts the knight's head off. The court is astonished when the knight then picks up his head from the floor and instructs Gawain to find him at the Green Chapel before riding away.[4]

"가웨인"은 "아서" 왕을 보좌하는 원탁의 기사단(knights of round table)의 선임기사로서 랜슬롯(Lancelot) 경과 함께 왕의 신임이 두텁다. 신년 전날 밤 "아서"와 기사들이 모여 있는 상태에서 불쑥 등장한 "초록기사"의 도전을 받는다. "초록기사"의 제안은 여기 모인 기사 한사람이 지금 자신의 목을 치고 대신 1년 후에 그 기사가 자기의 성을 방문하여 목을 내어 놓아야 한다는 것이다. 그런데 원탁의 기사들 가운데 아무도 나서는 기사가 없자 공동체의 최종 수호자로서 "아서"가 친히 나선다. 소위 "아서"를 호위해야 할 정의롭고 용감한 기사들이 이런 위기일발의 사태에 처하여 모두 꽁무니를 빼다니 얼마나 비겁한 일인가? 이것을 예나 지금이나 너무나 인간적인 생존본능이라고 이해할 수 있다. 그러자 선뜻 나서지 못해 비겁하지만 뒤늦게 "가웨인" 경이 왕을 대신하여 나선다. 그리하여 "초록기사"의 목을 치고 그 "초록기사"는 잘린 목을 들고 1년 뒤의 상봉을 기약하며 사라진다.

신화적인 관점에서 "초록기사"의 초록색깔은 드루이드교와 연관된다. "초록기사"와 "가웨인"이 교대로 목을 친다는 것은 우리와 타자, 즉 인간모두의 목이 땅에 떨어져 결실을 맺어 수확될 대상이라는 점에서 재생신화를 의미한다고 본다. 다시 말해 인간이나 곡식이 땅에 떨어져 죽는 것이 아니라 재생된 후세를 통하여 영원을 실현한다는 것이다.

---

4) https://www.litcharts.com/lit/sir-gawain-and-the-green-knight

초록기사가 등장하여 거짓으로 목을 두 번 가격(加擊)했다. 첫 번째 가격한 이유는 가웨인이 겁을 먹었기 때문이고, 두 번째 가격의 이유는 겁을 먹지 않음에 대한 보상이었다. 세 번째 가격은 가웨인에게 가벼운 찰과상을 입혔다. 드디어 초록기사의 정체가 밝혀진다. 그의 본명은 [버틸락]이고, 가웨인이 묵은 성의 성주였고 그를 시험하고 있었다. 세 번째 가격의 이유는 가웨인이 3일째의 사냥에서 서로 교환할 결과물인 [초록거들]을 감추는 [부정직] 때문이었다고 설명했다. 그 성의 늙은 노파는 마녀 [모간 르 페이]였고, 머리 자르기 게임 혹은 수확 게임의 세력이었다. 망신당한 가웨인은 팔에 초록거들을 두르고 카멜롯으로 귀국했다. 아서 왕에게 그의 부정직을 고백하자 오히려 왕은 그의 겸손을 칭송하고, 궁전의 모든 구성원들에게 결속의 의미로 거들을 착용하라고 명령했다.

The Knight emerges and makes two false strikes, the first because Gawain flinches from fear and the second to praise him for not flinching. The third strike lands, but it only wounds Gawain. It is then that the Green Knight reveals that his name is actually Bertilak, that he is the lord of the castle where Gawain has been staying, and that he has been testing Gawain. He explains that he has punished Gawain with this third strike for his dishonesty in hiding **the green girdle** on the third day of the hunt. He also explains that the old woman at the castle is Morgan Le Faye, a wizardess, who is the power behind the whole game "**beheading game**" and who wanted to test Arthur's court. An embarrassed Gawain, with the green girdle on his arm as a sign of his failure, returns to Camelot, where a hero's welcome awaits. When he confesses his sins, King Arthur admires his humility and orders the court to wear symbolic green bands in solidarity.[5]

---

5) https://www.litcharts.com/lit/sir-gawain-and-the-green-knight

약속대로 1년 뒤 가웨인은 초록기사의 성에서 그를 만나서 목을 내어 놓았다. 이것이 알곡이 매달린 곡식의 목을 자르는 [수확 게임](beheading game)이다. 그러자 초록기사는 가웨인의 목을 세 번 가격(加擊)했다. 한번은 가웨인이 놀랐기 때문에, 또 한 번은 놀라지 않아서 칭찬조로, 마지막한 번은 목에 가벼운 찰과상을 내었다. 마지막 가격은 가웨인의 부정직함 때문이었다. 말하자면 초록기사의 성에서 가웨인이 며칠을 지내는 동안 매일 매일 수확한 모든 것을 초록기사에게 고백하기로 약속하였으나, 그 수확한 물건 중에서 고백하지 않은 것은 초록기사의 부인이 가웨인에게 준 목숨을 보호하는 신령한 띠인 거들(girdle)이었다. 그러니까 가웨인은 죽음이 두려워 그 생명의 띠를 두르고 초록기사의 도끼를 받았으니 비겁하고 부정직한 태도가 아닐 수 없다. 초록기사는 맨 목으로 도끼를 받았으나, 명예를 신조로 삼는 원탁의 기사가 그 부적을 이용하였으니 참으로 치욕스러운 일이었다.

이후 영국의 기사들이 띠를 매는 것은 [부정직]의 수치를 반성하기 위한 것이고 정직을 위한 다짐의 징표였다. 또 영국 프리미어 축구선수들이 팔에 띠를 매는 것도 부정직을 경계하는 초록기사의 신화에 기원하지 않을지 모르겠다. 물론 팀의 주장이라는 표식이기도 하지만. 따라서 [거들]은 영국의 신사숙녀가 멋을 내기 위한 장식품이 아니라 원탁의 기사의 수치를 상징하는 [토템]이 된다. 그리고 가웨인이 아서에게 자신의 잘못을 고백할 때 아서는 오히려 그의 [겸손]을 칭찬했다. 그리하여 부정직과 거짓말은 영국인의 [터부]가 된 것이다.

1.5 문학의 신화

프레이저의 학문적 영향적은 인류학, 고고학을 넘어 문학에도 지대한 영향력을 행사하였다. 내로라하는 전 세계 문호들이 그의 저술을 인용하고 자신들의 작품테마로 삼았다. 특히 비선형적인 흐름을 특징으로 오리무중의 콘텐츠로 독자들의 넋을 빼앗는 포스트모던 문학의 시조가 되는 제임스 조이스(James Joyce)의 작품에 나오는 테마인 영웅의 개성화 (individuation) 과정은 프레이저의 희생의 제식과 연결된다. 아직도 책장 한곳에서 필자를 노려보는 두툼한『율리시즈』(*Ulysses*)와『피네건의 경야』 (*Finnegan's wake*)는 가히 경이적인 극복의 대상이다. 숨 쉴 틈 없이 연결되는 내러티브와 윌리엄 제임스(William James)가 주장한 통시의 시차를 해체하는 [의식의 흐름](stream of consciousness) 수법으로 복수의 인물들이 시공을 가로질러 등장하는 현란한 사건의 전개 그리고 복잡다단한 신화의 구성. 대부분 프레이저의 저술을 통해 영향을 받은 작가들이 대부분이지만 예이츠는 본인이 직접 신성한 의식에 참여하여 이 지상너머 다른 세상과의 소통을 시도했다.

그는 1885년 더블린 연금술회(Dublin Hermetic order) 창립에 참여하였고, 실재를 탐색하는 신지학협회(Theosophical Society) 런던 지부에서 신지학자이자 수도승 체터지(Mohini Chatterjee)와 교제하였다. 나아가 두 사람은 더블린 신지학회 지부(Dublin Theosophical lodge)를 개설하였으며 이후 사자(死者)와 소통을 시도하는 강신회(降神會, society of spiritualism)에 자주 참여했다. 이 로지(lodge)는 세계시민주의, 개인주의, 합리주의를 표방하는 영국의 프리메이슨(Freemason) 조직과 연관이 있다. 특히 [황금여명단

(Golden Dawn)의 [장미십자회] (Rosicrucians) 이념이 접목된 신비학에 깊이 관여하게 된다. 이 초월학회는 중세 후기 독일에서 형성되었으며, 고대의 비교(秘敎)를 계승하여 자연에 대한 즉물적 비전을 체험하고 영적 세계로의 진입을 위한 비책(祕策)을 모색했다.

접신(接神)에 대한 예이츠의 실존적 체험은 1912년 강신

장미십자회의 로고

회에서 자신을 [레오 아프리카누스](Leo Africanus)라 밝히며 그의 수호신 혹은 반(反)자아(anti-self)라고 주장하는 영혼을 만났으며 이를 동기로 쓴 산문집이 『달의 친절한 침묵을 통하여』(*Per Amica Silentia Lunae*)이다. 또 부인을 영매로 삼아 초월적인 영혼과 대화를 시도하여 그 존재가 알려주는 내용을 자동기록(automatic writing)하여 『비전』(*A Vision*)이라는 영적인 저술을 남겼다. 결론적으로 예이츠는 신화적인 시인이자 주술사 혹은 마법사로 볼 수 있다. 이에 대한 단서로, [황금여명단]에서 그를 지칭하는 마법명은 "악마는 신의 다른 이름"(Daemon est Deus inversus)이었다고 한다.

뉴욕 브로드웨이를 대표하는 뮤지컬 〈캣츠〉(*Cats*)의 원작자인 엘리엇(T. S. Eliot)의 장시 『황무지』(*The Waste Land*)에는 전편이 신화로 도배되어 있다. 어부왕(Fisher King) 신화, 성배(Holy Grail)의 전설, 히아신스(Hyacinth) 신화, 테베의 맹인 테이레시아스(Tiresias)신화, 힌두신화, 불교신화, 영웅의

죽음과 재생신화. 『황무지』의 모두(冒頭)를 장식하는 라틴어로 된 시행에 이 시작품에 대한 주목할 만한 신화적 단서가 소개된다.

나는 직접 보았죠－예, 내 눈으로 보았죠 쿠마이에서－새장 속에 매달려 있는 무녀(巫女)를; 그때 아이들이 물었다, "무녀여, 무엇을 원하나요?", 그러자 그녀는 답했다, "나는 죽고 싶다."

For I myself saw—yes, with my own eyes in Cumae—the Sybil hanging in her cage; and when those boys said, "Sybil, what would you like to have?", she answered, "I want to die."[6)]

신화로 점철된 『황무지』 1부에는 새벽안개가 자욱한 런던브리지를 건너 일상에 허덕이며 어딘지 나아가는 도회의 군상들이 묘사된다. 시인은 이 모습을 단테의 『신곡』(*Divine Comedy*)에 나오는 죽은 자들의 행렬로 그린다. 2부에서는 비본질적인 [체스 게임]에 몰두하는 사람들을 통해 무기력하고 무의미한 일상을 보여준다. 3부에서는 불교적으로 보아 카르마(*karma*)의 원인으로서의 욕망의 늪에 빠져 허우적거리며 신음하며 차라리 니르바나(nirvana)를 향수하는 런던의 묵시론적인 참상이 전개된다. 4부에서는 익사(溺死)하여 재생 없는 최후를 맞이한 페니키아인 플레버스

---

6) 로마신화에 따르면 이태리 남부 도시 쿠마이에 유명한 무녀가 있었다. 평소 이 무녀를 총애한 아폴로는 그녀의 소원을 들어 한 주먹의 모래알 숫자만큼이나 길고 긴 수명을 허락했다. 말하자면 파우스트처럼 영생을 얻은 셈이다. 하지만 무녀가 망각한 것은 청춘을 달라는 청은 하지 않았다는 것이다. 그래서 비록 영생을 얻었지만 속수무책으로 영원토록 노령화되었기에 그녀의 몸은 점점 줄어들어 새장 속에 들어갈 정도로 작아져버렸다. 그러니 오래 사는 것이 죽기보다 못한 고역(苦役)이 된 것이다. 그리하여 마이더스가 황금의 손을 도로 마다한 것처럼 무녀는 "죽게 해 달라"고 아폴로에게 간청했다.

(Phlebas)의 이야기를 통해 무한한 그러나 고달픈 자유를 갈망하고, 5부에서는 힌두신화가 암시된다. 그것은 진리가 부재한 어둡고, 절망적인 세상을 갱신하기 위하여 번개, 우뢰, 비를 동반하는 초월적인 존재의 강림이며 마야(maya)에 휘둘려 도탄에 빠진 자아(atman)를 구하려는 브라만(Brahman)의 현시로 볼 수 있다. 그래서 개인과 공동체가 모두 위기에 처한 세상("London Bridge is falling down")에 대해 산스크리트어로 세상의 평화를 의미하는 "샨티 샨티 샨티"(Shantih shantih shantih)라는 축수(祝壽)로 마무리된다.

1.6 희생양 이론

프레이저는 르네 지라르(René Girard)에 영감(inspiration)을 주어 그로 하여금 [희생양 이론](scapegoat mechanism)을 제기하는 동기를 부여했다. 이 이타적 이론에서 필수적인 개념은 모방(mimesis)이다. 인간의 무한한 욕망은 반복적인 모방을 지향한다. 메이저리그 일급 야구선수는 스트라이크 존으로 공을 던지기 위해 여러 가지 구종을 반복적으로 훈련하고, 과학자는 바람직한 현상, 결과, 목표, 진리에 접근하기 위하여 반복적으로 연구와 실험을 과로사 하도록 거듭하고, 피아니스트는 쇼팽의 연주에 근접하도록 죽도록 악보를 보고 반복적으로 연주하고, 개신교 목사는 자신과 신자들의 현세의 성취와 내세의 소망을 조물주에게 반복적으로 기도하고, 산사(山寺)의 수도승들은 주어져 솟구치는 욕망을 지우고 욕망의 소멸에 이르기 위해 거듭하여 무념무상의 화두(koan)에 대한 집중을 반복하고, 미국과 한국의 대입(SAT) 수험생들은 출제경향에 맞추어 밤새워 유사문제를 반복적으로 푼다.

이렇듯 인간의 욕망은 상징의 매개물을 통해 교환가치(exchange value)로 실현되며, 지라르는 당연하게도 [인간의 욕망은 타자의 욕망을 모방한다고 주장한다. 그런데 지라르는 인간들이 인생의 동기가 유치한 모방에 불과하다는 불편한 혹은 불변의 진리를 인정치 않으려는 자아의 유치한 욕망을 낭만적 태도라고 보며, 진정한 소설은 이러한 섬뜩한 진실을 사실 그대로 노정한다고 주장한다. 펄 벅의 『대지』(The Good Earth), 톨스토이의 『전쟁과 평화』(War and Peace), 도스토옙스키의 『카라마조프의 형제들』(The Brothers Karamazov), 토머스 하디의 『귀향』(The Return of the Native), 마크 트웨인의 『허클베리 핀의 모험』(Adventures of Huckleberry Finn), 헤밍웨이의 『무기여 안녕』(A Farewell to Arms) 등.

지라르는 피해자의 입장에서 기술된 성경을 제외한 모든 책들이 가해자들의 기록이라고 규정한다. 인간사회는 진화하는 과정에서 자체 유지와 생존을 위하여 소수를 희생양으로 삼는다. 이때 소수는 전체와 다른 사람이면서 약한 사람이다. 어린 양 예수, 아브라함의 아들, 잔 다르크, 에밀레종의 아기, 효녀 심청이, 성춘향, 아즈텍(Aztec) 문명의 인간제물, 북한의 공개처형 대상, 명예퇴직자, 백인사회의 흑인. 이들은 모두 죄가 없지만 이런 저런 죄가 부과된 것이다. 이현령비현령(耳懸鈴鼻懸鈴). 이때 가해자들은 피해자들이 죄가 없다는 사실을 의도적으로 의식적으로 모른척한다. 그렇지 않으면 희생양을 제단에 기꺼이 바칠 수 없을 것이다. 가해자의 의식은 사회의 불안정은 희생양에 의해서 초래된 것이기에 공동체의 안녕을 위하여 피해자를 희생시켜야 하는 것이다. 이것은 일회적인 것이 아니라 또 다시 공동체가 위기에 처하면 희생양 의식은 반복되며, 공동체의 유지 발전과 안녕을 도모하는 인위적인 폭력의 구조이다.

예수 그리스도가 아무 죄 없이 순교하였으며 그리하여 인간의 구원의 역사는 유지, 발전되어 왔으며 문화의 기관차는 희생양의 피를 연료로 삼는다. 나아가 현실적으로 혹은 허구적으로 개인적인 차원에서 자신의 유지발전을 위해 타자를 이용하여 희생시키는 사례가 흔하다. 이기적인 관점에서 모든 것이 타자의 탓이며 나 자신은 순수한 듯이 행동한다. 그러나 내가 이렇게 생각하듯 타자들도 나를 희생양으로 삼으려고 애쓸 것이다. 그리하며 이러한 불가피한 폭력의 구조에서 내가 희생되든지 타자가 희생되든지 하면서 공동체라는 버스가 곡예하며 굴러가는 것이다. 그리하여 우리 모두는 예수 그리스도의 숭고한 희생양의 의무를 애초에 부여받고 이 땅에 태어난 것이다. 따라서 지라르가 주장하듯, 예수 그리스도나, 사회적 약자나, 이방인이 공동체를 위해 특별히 희생양이 되는 것이 아니라, 우리 모두는 타자를 위해서 당연히 희생하기 위해서 태어난 것이다. 북한의 기습공격으로 6.25 전쟁 시절 가족을 위해, 국가를 위해 북한 공산군의 탱크에 온몸으로 저항한 중과부적의 육탄용사들처럼. 우리는 민주공동체를 위해 희생한 그 용사들의 희생을 의도적으로 잊어버리고 있다. 나의 천사 같은 순진함이 타자의 악마 같은 생존을 유지하는 밑거름이 되는 것이며, 이의 역전이 가능하다.

결론적으로 프레이저는 서구중심의, 기독교중심의 사회에서 기독교를 다른 이방인의 종교와 제례로 동등하게 바라봄으로써 신성모독(blasphemy)의 죄를 범하여 마녀심판의 처벌을 감수하고 목숨을 걸고 신화를 연구한 셈이다. 전 세계에 복음(Evangelize heathens over the world!)을 전해야 할 기독교를 아프리카 토속신앙이나 인도의 원시 종교와 등치했으니 종교개혁 (Reformation) 당시에 가톨릭을 매섭게 비판한 마르틴 루터에게 닥친 신상의 위험처럼 프레이저도 신변의 위험을 충분히 예견할 수 있었을 것이다.

┇02 엘리아데와 영원회귀

시드니(Sir Philip Sidney), 스펜서(Edmund Spencer),
셰익스피어(William Shakespeare)

2.1 실재의 신화 : 신화는 존재에 앞선다

제임스 프레이저와 더불어 국내 문화계에 알려진 신화학자 가운데 대중성
이 있는 학자로서 미르세아 엘리아데(Mircea Eliade)는 대표작 『성과 속』
(*The Sacred and the Profane*), 『신화와 현실』(*Myth and Reality*)로 낙양의 지
가를 올리고 있다. 루마니아 태생임에도 기회의 만민평등의 아메리칸 드
림의 와중에 미국 시카고대학 종교역사학과에서 학과장으로 복무했으며,
그의 종교, 신화에 관한 무수한 연구 실적은 홍수처럼 전 세계를 잠식한
다. 그의 관심은 신화가 인간의 현실과 무관한 피안의 실재가 아니라 신화
를 현상의 배후가 되는 실재로 바라보는 것이다.[1] 그는 우주의 초월적인

---

1) 이런 점에서 엘리아데는 사르트르의 명제인 [존재는 본질에 앞선대를 뒤집어 [본질이
　존재에 앞선대라고 천명한다(『神話와 現實』, pp. 111-12). 여기서 본질은 원초적인 사건

섭리와 현실의 논리가 어떻게 조응하는지를 규명하려고 한다. 그가 보기에 선사와 유사 이래로 질긴 생존의 전통을 이어오는 인간은 속절없이 사라지는 단속적인 존재가 아니라 무한히 이어지는 존재이다.

신화와 종교는 인간의 기원과 우주의 기원을 드러낸 현실적인 자료이며 묵시의 비전을 함축하고 있는 정전의 신비를 가지고 있다. 그리하여 현실을 두 가지 범주로 분류한다. 신/인간, 영원/순간, 성/속으로 구분하여 전자를 초월적인 존재로 후자를 현실적인 존재로 바라본다. 해체주의자들의 해체의 대상이 되는 이런 식의 이분법은 신화적인 진부한 차원이 아니라 현실적인 차원에서 여전히 유효하다. 그럼에도 인간은 전자를 외면하고 후자에 치중하는 습성이 있으며 동시에 신화의 현재성을 외면하고 기만적인 현실에 목을 맨다. 여태 드러난 전 세계 각국의 다양한 신화의 공통점은 신과 인간의 불가피하고 필연적인 관계를 설정하고 그 초월적 존재를 향한 인간의 뜨거운 갈망과 염원을 드러낸다.

이처럼 묵시의 비전을 천착하려는 엘리아데의 신화에 대한 향수와 열정은 일상에서 감지되는 초월적인 감수성에서 비롯된다. 그의 어릴 적 몽환적인 신비체험은 그의 신화연구의 밑거름이 되었다. 어느 여름 오후 집안 전체가 잠이 든 적막강산의 상황에서 그는 소음을 내지 않기 위하여 방에서 기어 나와 거실로 향했다. 그 순간 그는 마치 동화 같은 상황을 느꼈다. 초록색 벨벳의 커튼이 드리워진 상태에서 거실은 무시무시한 무지개 빛깔의 빛에 의해 지배당하였고, 이때 자신이 마치 거대한 포도 속에 구속된 것 같은 느낌이 들었다. 그는 이 신비한 체험을 누구에게도 발설하

이자 실재이자 신화가 된다. 그러니까 인간이라는 창조적 현상이전에 신화가 존재한다는 이야기이다.

지 못하였다. 당시 유년시절이라 언어구사가 서툴러 이 상황을 적절하게 묘사할 능력이 없었는데, 굳이 성인식으로 표현하자면 일종의 미스터리 (mystery)로 표현할 수 있을 것이다.

이후 그는 수시로 호흡을 억제하고 정숙한 상태에서 당시의 환상적인 상황을 재현했다. 그 황홀경에 빠져 그는 시간의 흐름을 전혀 감지하지 못했으며, 대학예비학교 시절 우울증에 시달릴 때도 이 황금 초록의 빛 속으로 침잠했다. 그러나 그는 시간에 구속되는 삭막한 현실과 시간에서 해방된 그곳의 안온한 초현실과의 괴리로 인한 슬픔을 더 이상 감내할 수 없었다. 당시 그는 거실이 속한 세상을 알았다. 초록 벨벳의 커튼, 손과 무릎으로 기어 다녔던 카펫, 비할 데 없는 빛은 (만약 그가 상기하지 않는다면) 영원히 상실된 세상이었다.[2] 개인적인 차원에서 이를 진리의 현현으로서의 에피퍼니(epiphany) 혹은 신화적 감수성이라 부를 만하다.

이런 피안에 대한 인식에서 그는 인도철학의 정수(精髓)를 신화이론에 적용한다. 인도인들은 시간에 대해 성스러운 시간을 신화의 시간으로, 세속의 시간을 인간의 뇌리에서 지워야 할 속물적인 시간이라고 보고,[3] 신화 속의 초월적 주제들에 몰입한다. 말하자면 인간의 정체성을 담보하는 카르마(karma), 인간의 일상을 지배하며 환경을 장식하는 유혹적 환영으로서의 마야(maya), 욕망의 궁극적 지향점인 영도(零度)의 욕망을 지시하는 니르바나(nirvana), 메를로 퐁티(Maurice Merleau Ponty)의 주장에 부합하는 심신의 조화를 실천하는 요가(yoga) 등이다. 불가능해 보이지만 인간각자가 현실을 탈각하고 자신의 진면목을 회복하는 순간(본래면목(本來面目)의 획

---

2) *The Politics of Myth*, pp. 98-99.

3) *Images and Symbols: Studies in Religious Symbolism*, pp. 57-58.

밀교의 정전

득) 혹은 자아가 현실, 관념, 현상에서 벗어나 자주성을 획득하는 순간을 인간이 우주와 일체가 되는 순간(브라만 (Brahman)의 순간)으로 본다.

그의 이론은 주로 대립을 통해 합일을 지향하며 그 가운데 두드러진 것이 성스러운 것(sacred)과 속된 것(profane) 의 구분이다. 전자는 초월, 실재, 절대, 영원, 구조를 의미하고, 후자는 범속, 정형, 상대, 개체, 순간을 의미한다. 아울러 전자는 만물에 균등하게 적용됨과 아울러 권위적이라는 점에서 수직적이며, 후자는 전자의 구도 속에서 시간에 따라 변화되는, 창조되면서 파괴되는 일상적인 존재들이다. 이러한 점을 스펜서의 「소네트 75」("Sonnet 75")에 적용해 볼 수 있다.

어느 날 해변 위에 그녀의 이름을 적었더니,
파도가 밀려와 그녀의 이름을 쓸어버렸다.
다시 그녀의 이름을 두 번째로 썼지만
파도는 다시 밀려왔고, 내 수고를 헛되게 하였다.
"어리석은 사람아" 그녀가 말했다. "반드시 없어져야 할 덧없는 존재를 불멸하게 하려는 것은 헛된 노력입니다. 나 자신도 이 모래 위의 이름처럼 사라질 것이고, 또한 내 이름도 그것처럼 씻겨 지워질 겁니다."
"그렇지 않소" 나는 말했다. "하찮은 것들은 흙으로 돌아가 죽겠지만, 그대는 명성에 의해 영원히 살 수 있소.

내 시가 그대의 고귀한 미덕을 영원하게 할 것이오.
그리고 당신의 찬란한 이름을 하늘에 기록할 것이오.
죽음이 온 세상을 정복할 때에도
우리 사랑은 살아남아 후일 새 삶을 살 것입니다.”

One day I wrote her name upon the strandshore,
But came the waves and washed it away:
Agayne I wrote it with a second hand,
But came the tyde, and made my paynes his prayprey.
“Vayne man” sayd she, “that doest in vaine assayattempt,
A mortal thing so to immortalize,
For I my selve shall lyke to this decay,
And eekalso my name bee wyped out lykewize.
Not so quodsaid I, let baserlower things devizecontrive
To dy in dust, but you shall live by fame:
My verse your vertues rare shall eternize,
And in the heavens wryte your glorious name.
Where whenas death shall all the world subdew,
Our love shall live, and later life renew.”

　인간이 사물에 이름을 붙이지만 시간이 흘러 자연은 그 이름을 지워버
린다. 사실 인간이 사물에 이름을 붙인 것은 만물의 주체인 자연의 관점에
서 무의미한 자가당착(自家撞着)적인 것이다. “파도”에 인간이 시위하는 것
은 단속적인 것이다. 물질로 구성된 유한한 수명을 가지는 인간은 [속된
것에 속하지만, “불멸”, 명예, “미덕”과 같은 [성스러운 것을 추구하는 모순
적인 경향에 사로잡힌다. 끊임없이 밀려오는 “파도”의 시위는 성스러운 자

연의 법칙에 해당하고 자연의 거죽인 모래사장에 이름을 새기는 인간의 몸짓은 속된 것이지만 한편 조물주로부터 위임받은 만물의 영장으로서의 자기최면(self-hypnosis)의 권능을 실천하는 것이다. 그리고 파도가 밀려오는 천지운행의 와중에 인간이 "시"를 쓰듯 "모래 위에" 이름을 남기려는 것은 일종의 망상으로 환영(幻影)으로서의 [마야(maya)에 해당한다고 볼 수 있다. 파도를 유발하는 자연의 신화는 인간의 감상을 추동하며 예나 지금이나 지속되고 있다.

엘리아데의 목표는 전통종교에 구속된 인간들이 그들 주변의 세상과 그들의 활동장소에 역사적으로 접근하는 사고방식 속에 내재하는 다양한 양식을 규명하거나 묘사하는 것이었다. 이 사고방식이 다른 종교의 지지자들 가운데 여러 방식으로 자연스레 명시되지만, 그가 추구한 것은 종교적 사고방식 그 자체 속에서 재현되는 궁극적인 공통성이었다. 그는 종교를 인간의 경험과 역사로 환원시킬 수 없는 범주로 보았다. 환언하면 종교는 사회학자나 생물학자에 의해서 연구되는 범주나 개념들로 환원될 수 없다는 말이다. 보다 잘 이해하기 위하여 종교는 분리된 장르로 연구되어야 한다고 주장하는 엘리아데는 인간생활에서 종교적인 요소를 정확하게 구분해내어 별도의 영역으로 구축하려고 했다.

2.2 성과 속의 신화

역사학자로서 엘리아데는 사실적 현상을 다루는 스타일을 가지고 있었고, 사실상 그의 글은 철학적, 심리적, 신학적인 의미를 함축하고 있다. 그의 지속적인 대중의 인기는 그의 작품이 단순한 역사가 아니라 무엇인가 진취적이고 실존적인 점에 연유한다고 볼 수 있다. 무엇보다 그의 저술 가운데 가장 돋보이는 것이 『성聖/속俗』(*The Sacred and the Profane*)이라고 볼 수 있다. 이 신화의 정전을 거칠게 압축해보면 네 가지 섹션으로 나누어지는데, (1) 신성한 공간, (2) 신성한 시간, (3) 자연의 종교적 요소, (4) 종교적 과거 혹은 유산으로부터 벗어나지 못하는 인간의 무능이다. 그는 전통적 종교의 보편적인 양상을 고수한다. 그것을 파리, 런던, 뉴욕에 거주하는 현대인으로부터 아프리카, 오스트레일리아 원주민, 인디언에 이르도록 전 세계에 걸친 다양한 사례들로 보여준다.

그에게 종교는 기본적으로 신성을 체험하는 문제이며 그것을 신과 초자연적인 존재와 일치하는 것으로 생각한다. 그러니까 범속한 현실에서 종교에 귀의하여 초월적인 경험을 하는 것이다. 그가 보기에 세상에는 두 가지 양식이 있다. 그것은 복잡한 이론도 원리도 아니다. 그것은 신성한 양식(sacred mode)과 속된 양식(profane mode)이다. 후자의 경우, 사물과 행동은 그것들 이상의 세상과 상관이 없지만, 전자의 경우, 사물과 행동이 잠재적이긴 하지만 초월적인 것과 교류할 가능성을 내포하고 있다. 사람들은 간혹 성스러운 것의 현신(hierophany)을 체험한다. 구약성경에 가시떨기나무의 불로 현신하는 하나님을 체험한 모세(Moses). 말하자면, 어떤 돌이나 나무가 신성한 실재의 통로가 되고 마력을 가지는 것이다. 그러나 그는 그 사물들이 막연히 경배되는 것이 아니라 그것들이 돌이나 나무이상의 능력을 보이기에 그러하다고 본다. 이때 아일랜드의 경우, 떡갈나무의 권능을 의지하는 드루이드교(Druidism)나 한국의 경우, 마을 어귀에 자리하며 주민들이 제물을 바치며 신성시하는 성황당 나무가 상기된다.

전통사회의 종교인의 경우, 세상의 대부분 사물들, 즉 자연, 낱말, 그림, 터부시 되는 것들이 종교적인 의미를 가지고 있다. 그것은 태곳적 신에 의해서 창조되거나 구성된 것이고, 사람들은 동일한 신성을 체험하고 이후 같은 몸짓을 반복한다. 그것이 그들로 하여금 신과의 일체화를 도모한다. 태양이 단순한 태양이 아니라 신성의 현시이거나 적어도 힘과 자비의 현시이다. 밀교(tantrism)에서는 성교(sexual intercourse)가 물리적 성교가 아니라 어떤 신비한 행동의 실천, 즉 완전한 결합을 의미한다. 신성한 것만이 진실로 가치가 있고 진정한 것이다. 그래서 속물적 가치에 저항하기 위하여 신성은 신성을 재지시해야 한다. 달을 보기 위해서 손가락을 보지 말고 달을 봐야 하는 것이다. 그런데 대상과 행동은 가치를 요구한다. 그리하여 이런 저런 모습으로 진정한 것처럼 태어나 그것을 초월하려는 현실 속에 잠재적인 세력으로 위치한다.

현대사회에서, 우리는 속된 정보의 홍수 속에서 실재와 사실을 보려는 모순적인 경향이 있다. 그러나 엘리아데의 관점에서 이러한 시도는 전통 종교 지지자의 행동강령에 전혀 적합지 않다. 우리가 사실이라고 부르는 것은 그 사실이 그것을 초월하는 신성한 현실에 참여할 때에만 비로소 실현되기 때문이다. 그렇지 않을 경우, 그것은 속된 것의 소음에 불과하다. 맥베스의 진솔한 독백에 나오듯: "그것은 백치의 이야기로서 음향과 분노에 차 있고/ 아무 뜻도 없다"(Told by an idiot, full of sound and fury,/ Signifying nothing.) 그래서 종교인은 자연에 펼쳐진 사물의 수준에서 자신을 발견하는 이상의 존재가 되기를 원하고 신화에 의해 그에게 노정된 이상적인 이미지와의 일체화를 도모한다.

엘리아데는 성과 속의 일환으로 코스모스와 카오스(Cosmos and Chaos)

에 대해서 언급한다. 이 세상에서 신성한 것, 대상들, 행위들의 초월적 현실은 코스모스를 구성한다. 알다시피, 질서 있고 신성화된 세상. 코스모스는 그 안에 신성한 것들이 이미 현시된 우주이며, 결과적으로 비행기의 혁신이 가능하며 반복된다. 수만 개의 조밀한 부품이 조화롭게 결합되어 쇳덩어리가 엔진을 장착하고 공중부양을 하는 것이다. 글라이더, 프로펠러 비행기, 초음속 제트 비행기. 마치 헤아릴 수 없는 세포들이 결합되어 자신의 정체성을 탐문하는 인간이 되듯이. 신성한 것은 절대적인 현실을 드러내며 동시에 본래로의 회귀를 가능케 한다. 그래서 그것은 세상을 건설하는 배후의 힘이 된다. 그것이 사물의 한계를 설정하고 세상의 질서를 확립한다는 점에서. 인공의 구축물이 항상 자연의 타격을 받아 붕괴되듯이. 보다 구체적으로 토네이도가 인간도시를 쑥대밭으로 만들듯이. 이것도 신성한 바람이 인위적으로 구축된 세상을 본래대로 복구시키는 자연의 성스러운 코스모스의 섭리인 셈이다. 코스모스는 항상 중심에 위치하고, 대개 기둥, 나무, 사다리, 산으로 재현된다. 그것이 세상의 축(axis mundi)이 되어 사람들의 속물적 모습을 탈각(脫殼)시키고 신성과 연결한다. 이때 동화의 소재로 자주 등장하는 북유럽신화에 나오는 우주를 지탱하는 우주수라고 부르는 거대한 물푸레나무인 [이그드라실](Yggdrasil)이 상기된다.

누군가 대면하는 코스모스의 일부가 아닌 것, 신성을 현시하지 않는 것이 카오스에 속한다. 그것은 [형상 없는 무]와 같은 것으로 코스모스의 창조 이전에 존재하며 그 경계를 넘어 지속적으로 잠복하는 것이다. 코스모스가 진정하다는 점에서 카오스는 진정하지 않다. 카오스의 양상이 아무리 스스로를 누군가의 삶에 부가하더라도. 무에 속하면 사물이 아닌 것이다. 마치 부화되기 전의 알(egg)과 같은 예측불허의 잠재성을 가진다.

말하자면, 창세기 1장 2절에 나오는 미분화의 상태("땅이 혼돈하고 공허하며 흑암이 깊음 위에 있고 하나님의 영은 수면 위에 운행하시니라")와 같고, 또 북한의 백두산이 코스모스의 모습으로 현재 조용히 천지의 물을 가두고 태연한 척 사람들의 방문을 허락하지만 언제라도 야수와 같이 폭발할 카오스를 가지고 있는 것이다.

2.3 역사의 공포와 신화적 대책?

엘리아데는 역사의 공포(Terror of History)와 영원회귀(Eternal Return)에 대해서 언급한다. 전통종교의 지지자들도 그들 삶의 상당 부분을 소위 역사라고 부르는 혼란스럽고 세속적이며 임의적인 사건의 연속 속에서 살아야한다. 우리 모두 종교인이든 아니든 역사의 카오스 속에서 견디어야 하는 고통으로 신음하고 있다. 그래서 엘리아데가 묻는다. 어떻게 사료(史料)를 중시하는 실증적인 역사주의 관점에서 역사의 공포가 감내될 수 있을까? 그 대안이 바로 영원회귀이며 인간들로 하여금 역사의 공포를 벗어나게 해주는 신성한 장치이다. 이것은 신의 영역이며 그들의 운명에 신의 섭리가 작용하는 것이다.

　　지구라는 무인도에 불시착한 듯한 현대인들은 현실적으로 고립되어 있고 부수적으로 발생하는 재앙과 전쟁의 역사적인 공포에 시달린다. 그들은 현재 의지할 데와 예이츠가 그린 이니스프리(Innisfree)와 같은 돌아갈 신성하고 안온한 고향이 없다. 어디로 가야 하는가? 이에 대한 대안을 엘리아데가 제시한다. 거듭 말하여 그것은 영원회귀이다. 인간이 죽어서 자연동화되어 원자(atom)화 혹은 모나드(monad)화 되어 다시 인간으로 결합되어 생기를 부여받고 지상 어딘가에 거듭 태어나는 것이다.

그것이 저런 식으로 발생했다는 단순한 사실에 의하여 역사적 사건을 정당화 하는 것은 사건이 야기하는 공포로부터 인간을 자

영원회귀의 다이어그램

유롭게 할 수 없다. 비종교인들은 역사의 공포를 효과적으로 감내할 수단이 없지만 종교인들은 가능하다. 신화와 그 재현을 통해. 그는 이것이 신화가 지상에 존재하는 중요한 이유라고 주장한다. 신화는 신들의 행위를 설명하고 이 행위들은 모든 인간 행동의 전형적인 모델을 구성한다는 것. 일상적인 역사적 시간은 세속적 시간, 일상의 단속적인 경과, 그 속에서 종교적 의미가 없는 행위들이 자리를 잡는다. 신들의 행위와 다른 신화적 존재들의 행위를 반복함으로써, 사람들은 세속의 시간을 신성한 시간으로 변경시킬 수 있을 것이다.

원초적이고 신화적인 시간이 현재 혹은 지금(now)을 만들었다. 선행된 신화의 일상을 시시포스(Sisyphus)의 후예로서의 현대인들은 반복적으로 살아가고 있는 것이다. 그렇지 않은가? 개인적이거나 상황적인 것을 원초적 신화의 독특하고 생경한 양상과 연관이 있음을 무시하거나 회피하는 것은 일종의 기만이다. 단적으로 신화는 현재에도 오늘의 이 순간에도 살아있는 것이다. 나의 존재가 머나먼 태곳적 조상의 존재를 담보하지 않는

가? 빅뱅(big bang)의 발생 이후, 천지창조의 신화 이후, 진화론에 따라 아메바에서 유인원으로 진화된 이후 현재까지 그 창조의 신화가 지속되고 있는 것이다.

전통적으로 종교가들이 신성한 시간에 몰입하는 가장 특별한 방식은 가능한 엄숙하게 신화와 현재의 연결고리를 회복하려는 정기적인 축제, 행사, 제식을 통하여 가능하다. 그 종교적 신화적 모임은 단지 신화적 종교적 사건을 기리기 위한 것뿐만 아니라 그 사건을 시현하려는 것이다. 의식이 진행되는 동안 참가자들은 현재의 신분과 근심을 불식(拂拭)하고 신, 영웅, 조상들과 일체화되려고 노력한다. 엘리아데는 기원의 시간을 기념하기 위한 정기적인 행사를 [영원회귀](eternal return)라고 부른다. 이 순간 연상되는 사건으로 티베트 불교(Tibetan Buddhism)에서 고령의 스승이 어린이로 환생하여 제자들을 다시 지도한다는 비합리적인 경우도 이와 연관된다고 볼 수 있을 것이다.

상설하면, 달라이 라마(Dalai Lama)의 스승 링 린포체(Ling Rinpoche)는 자신이 환생한다는 사실을 임종 직전에 제자들에게 알렸고 달라이 라마는 명상 중에 그 신화적 정보를 구체적으로 고지 받아 그 시기 인근에 태어난 아기들을 물색하는 중에 스승의 흔적을 보유한 그 아기를 찾아 스승으로 삼았다. 엘리아데는 현실적으로 두 가지 사실이 중첩된다는 점에서 영원하다고 본다. 일단 무한히 반복되는 것과 그리고 인간이 현재의 시점에서 유희하다 시간이 유발하는 공포가 자리하는 영원한 신화적 시간으로 회귀하는 것. 아울러 『차라투스트라는 이렇게 말했다』(*Also sprach Zarathustra*)에서 신의 죽음을 선포한 니체(Friedrich Wilhelm Nietzsche)가 영원회귀를 설파하고 있는데, 그렇다면 사후 인간을 재배치하는 이 신묘막

측(神妙莫測)한 작업을 담당하는 것이 신의 권능인데 어찌 신의 죽음을 선포할 수 있을까? 이런 점을 셰익스피어 「소네트 18」("Sonnet 18")에 적용해 볼 수 있다.

내 그대를 한 여름날에 비겨볼까?
그대는 더 아름답고 화창하여라.
거친 바람이 5월의 고운 꽃봉오리를 흔들고,
여름의 기한은 너무 짧아라.
때로 태양은 너무 뜨겁게 쬐고,
그의 금빛 얼굴은 흐려지기도 하여라.
어떤 아름다운 것도 그 아름다움이 기울어지고,
우연이나 자연의 변화로 고운 치장 빼앗기도다.
그러나 그대의 영원한 여름은 퇴색하지 않고,
그대가 지닌 미는 잃어버리지 않으리라.
죽음도 뽐내진 못하리라, 그대가 자기 그늘 속에 방황한다고
불멸의 시편 속에서 그대 시간에 동화(同和)되나니,
인간이 숨을 쉬고 볼 수 있는 눈이 있는 한
이 시는 살고 그대에게 생명을 주리. (피천득 역)

Shall I compare thee to a summer's day?
Thou art more lovely and more temperate:
Rough winds do shake the darling buds of May
And summer's lease hath all too short a date:
Sometime too hot the eye of heaven shines
And often is his gold complexion dimmed;
And every fair from fair sometimes declines,

By chance or nature's changing course untrimmed;

But thy eternal summer shall not fade,

Nor lose possession of that fair thou ow'st;

Nor shall death brag thou wander'st in his shade,

When in eternal lines to time thou grow'st:

So long as men can breathe, or eyes can see,

So long lives this, and this gives life to thee.

여기서 물리적인 상황과 추상적인 상황이 대조되고 있다. 물리적인 대상인 "꽃봉오리"가 발생과 성숙과 소멸과 부패의 과정, 즉 미지의 "우연이나 자연의 변화"를 거치므로 매 순간 변화가 극심하지만 시간의 추이에 따라 소멸한 물리적인 대상은 추상적인 대상의 도움으로 비록 생물적인 요소는 상실하였지만 현재에도 맥맥이 전승되어 내려오는 것이다. 물리적인 대상은 추상의 힘, 즉 "불멸의 시편"의 힘을 입어 영원회귀의 법칙에 수렴된다. 생명체의 단속적인 순간은 쉼 없이 연속되어 영원으로 이어지는 것이다. 따라서 태곳적 조상은 나를 통하여, 나의 자손을 통하여 영원히 회귀한다. 생명체의 숙주가 사명을 다할 때까지 세상은 오래 지속될 것이다.

2.4 종교적 가치관

엘리아데는 신화의 가치관에서 유리된 현대의 세속적인 문화와 인간성에 대하여 언급한다. 종교심이 없는 사람들은 신성한 차원에 이르고 역사를 초월할 능력이 없지만 그들은 여전히 비밀스러운 종교적 마인드를 가지고 있다. 이는 비종교인도 종교인으로부터 유래되었기 때문이다. 종교를 배척하는『공산당 선언』으로 유명한 마르크스(Karl Marx) 또한 유태교 랍비의 후예 아닌가? 그가 좋든 싫든 그는 종교적인 인간의 작품이며, 조상들에 의해서 상정된 상황들로 일상을 시작한다. 비종교인은 그의 전임자를 반대함으로써 인격이 형성된 것이다. 그 자신을 종교로부터 탈출하기 위해서. 그만의 세상을 얻기 위해서 그는 조상이 살았던 세상을 세속화 했다. 그러기 위해 그는 원시적 행동과 정반대의 길을 가려는 의무감을 가지고 있었다. 그 제식은 이런 저런 식으로 그에게 감성적으로 제시되고 그의 내면에 촉발될 준비를 한다. 그래서 비종교인도 그 이유를 잘 모르지만 종교인의 행세를 한다.

　엘리아데의 입장에서, 비종교인은 자신을 종교의식으로부터 비운다. 그러나 무심코 사고나 행동에서 신화적 형식을 취한다. 그의 경우, 종교적 상태는 자연스럽게 인성이 배제된 상태이다. 사고나 행동의 종교적 양상은 인간 정체성의 내재된 특징이다. 그러므로 설령 인간이 종교행위의 의도된 목적으로부터 벗어나더라도 그 종교의식은 무시된 상태에서도 여전히 존재한다. 예를 들어 모든 이가 자명한 것으로 혹은 의문의 여지가 없는 것으로 여기는 어떤 사고를 본다. 그러므로 신성의 가능성을 수용하고 사물의 코스모스를 지향한다. 잘 알려진 질서 잡힌 세상. 종교적 가치를 소유한 세상이라기보다 관습과 친화의 세상일지라도. 유년시절로부터의 어떤 기억들은 기원의 잃어버린 시간에 대한 향수적 갈망을 야기한다. 그것은 마르셀 프루스트(Marcel Proust)의『잃어버린 시간을 되찾아서』(*In Search of Lost Time*)의 사례가 될 것이다. 그것은 마들렌 과자를 통한 유년시절로 나아가는 신화적 몽상. 문득 유치환(柳致環)의 시「깃발」에 나오는 시행 [이것은 소리 없는 아우성 저 푸른 해원을 향해 흔드는 영원한 노스탤지어의 손수건]이 상기된다.

엘리아데의 견지에서, 우리는 여전히 종교인이다. 우리가 우리 자신을 그리 생각하든 말든 우리가 종교를 선호하든 말든. 종교와 비종교의 유일한 차이는 비종교인들이 우리의 내적인 종교심을 활성화하는 실행 가능한 수단이 부족하다는 것이다. 그의 비판자(detractor)들은 그가 자주 역사적인 종교 속에 등장하는 일반적인 양상들을 보편적이고 절대적으로 다루는 경향이 있다고 지적한다. 그러나 흥미롭게도 그가 골수 종교인간(religious man)의 관점에서 이 문제에 접근할 때 종교와 비종교의 문제는 사라진다. 이 점에 대한 기술적 사실적 오류는 카오스에 속하며, 엘리아데가 발산하는 학문적 역량과 실존적인 힘에 의해 제압당할 수 있다. 이러한 점을 필립 시드니의 「아스트로필과 스텔라 31」("Astrophil and Stella 31")에 적용해 볼 수 있다.

> 얼마나 슬픈 발걸음으로, 오 달이여! 그대는 하늘로 올라가고 있는가!
> 얼마나 조용히, 그리고 얼마나 창백한 얼굴을 하고!
> 천상에서조차 저 분주한 궁사가 자신의 날카로운 화살을 시험한단 말인가!
> 확실하다, 사랑에 오랫동안 익숙해있는 나의 눈으로 판단하건대
> 그대는 상사병을 앓고 있구나.
> 그대의 표정에서 내가 그것을 읽는다.
> 그대 시름에 찬 모습은 같은 병을 앓고 있는 나에게는
> 그대의 심적인 상태를 보여주는구나.
> 그러나 동병상련의 처지에서라도, 달이여, 나에게 말해다오.
> 지조 높은 사랑이 하늘에서는 지혜의 결핍으로 간주된단 말이냐?

그곳에서도 미인들은 여기서도 그러하듯 도도하단 말이냐?
천상의 미인들은 사랑받기는 좋아하고
그 사랑에 사로잡혀있는 연인들(남자들)을 비웃는단 말이냐?
그들은 배은망덕을 미덕이라고 부르는가?

With how sad steps, O Moon, thou climb'st the skies!
How silently, and with how wan a face!
What, may it be that even in heav'nly place
That busy archer his sharp arrows tries!
Sure, if that long-with love-acquainted eyes
Can judge of love, thou feel'st a lover's case,
I read it in thy looks; thy languish'd grace
To me, that feel the like, thy state descries.
Then, ev'n of fellowship, O Moon, tell me,
Is constant love deem'd there but want of wit?
Are beauties there as proud as here they be?
Do they above love to be lov'd, and yet
Those lovers scorn whom that love doth possess?
Do they call virtue there ungratefulness?

시적화자는 창백한 달이 사랑의 병을 앓고 있지만 오히려 그것을 연모
하는 대상에게 달빛 화살을 쏘아댄다고 불평한다. 오늘날에 비해 의식 수
준이 미개한 르네상스 당시에 이런 논리적인 추론을 한다는 것이 놀랍다.
물론 시인은 궁정교육을 받은 식자이지만. 달이 연인의 사랑을 수용치 않
고 오히려 연인에게 빛의 화살을 쏘아대는 것은 무슨 영문인가? 이는 은
유적으로 인간 세상에 적용될 수 있다. 연모하는 우상이 오히려 대상을 무

시하는 것과 대중들이 흠모하는 정치인들이 오히려 대중을 우중(愚衆)이라 무시하는 것. 자연이 기호의 연막을 치면서 그것을 흠모하여 접근하는 인간을 기만하고 회피하는 것. 나아가 하나님을 흠모하고 경외하는 대제사장들이 하나님의 독생자 예수 그리스도를 십자가에 처형한 것. 과연 인간세상에서 사랑은 배척을 받아야 할 일이며 어리석은 일로 비판을 받아야 하는가? 인간의 머리 위에 휘영청 떠있는 달을 찬미한다는 점에서 시적화자는 종교인이다. 달을 숭상한다는 점에서 이교도적이고 범신론자라고도 볼 수 있지만. 인간의 소망과 상관없이 불러도 대답 없는 달을 보고 호소하는 인간은 불러도 대답 없는 무정한 신을 섬기는 종교인이 된다. 이 작품을 읽다가 문득 흠모하지만 그 흠모한 대상을 오히려 죽여버린 비극이 담긴 시작품이 상기된다. 콜리지(Samuel Taylor Coleridge)의 「노수부의 노래」("The Rime of The Ancient Mariner")에 나오듯 "노수부"가 자기 배를 따라오는 "신천옹"을 쏘아 죽인 것. 그리고 존 레논(John Lennon)을 너무나 사랑한 나머지 그를 사살한 광팬의 비극이 상기된다.

궁극적으로 엘리아데의 사고가 역사, 철학, 신학 또는 어느 장르에 속할지라도 그의 사고의 본질은 전통적인 종교들이 그 지지자들에게 영향력을 행사한다고 본다. 우리들로 하여금 오래전에 상실된 무한한 가치를 회복하도록 전형적인 사고의 틀을 제공한다. 역사와 그 공포를 초월하여 인간이 동경하고 선망하는 신화적 시간으로 회귀하려 한다. 정통종교가 신화를 어떻게 생각하는지 그리고 의례적 실행에 대해 신비로운 방식으로 기술한다. 이러한 전통의 신화 양식에서 벗어나는 사례가 발생할 시 인간은 극도의 공포를 느낀다. 향후 외계인의 침입, 기상이변, 행성충돌, 환경오염, 온난화현상 같은 것이 될 것이다. 그가 다루는 종교는 유대교, 기독

교, 이슬람교, 조로아
스터교(Zoroastrianism)
인데 모두 신성한 종
교이고 역사를 종교
적인 관점에서 바라
본다.

비를 기원하는 인디언 샤먼

　엘리아데는 원시
종교로서의 무속(shamanism)에 대해서도 언급한다. 황홀 혹은 무아지경의
고대기술. 샤머니즘은 엘리아데의 두 저술에 비해 주변적인 것으로 인식
되지만 그러나 샤머니즘은 현재에도 실행되고 있다는 점에서 중요하다.
한국사회에 무속은 여전히 현대인들의 시선과 관심을 끌고 있다. 여전히
어부들은 용왕굿을 하고 현대인들은 미래를 점치기 위해 종교적 기능인으
로서의 샤먼들에게 그들의 발생한 혹은 발생할 [역사적 공포]를 의뢰하러
간다. 과학적 인식이 부진한 곳에 합리적 이성적 관점이 박약한 곳에 성행
하고 있다. 이것은 직관적이고 원초적인 사고의 소산이자 브리콜라주
(bricolage)의 실천이다. 샤먼은 무아경(inspired trance)에서 접신(possession)
하여 신, 조상, 망령 같은 신화적 존재를 초대하고 의뢰자와의 갈등을 타
진하여 해소하려 한다. 이 황홀경은 역사, 일상, 현실을 초월하여 원초적
인 시대를 현재에 연결하고 초월적인 존재를 초대하는 극적인 행위이다.

⁝03 레비스트로스와 구조주의

던(John Donne), 밀턴(John Milton), 마벌(Andrew Marvell),
포프(Alexander Pope)

3.1 구조주의의 신화

『슬픈 열대』(*Tristes tropiques, Sad Tropics*)로 전 세계 식자층에 알려진 레비
스트로스(Claude Levi Strauss)는 구조주의(structuralism)의 아버지로서 문화
상대주의의 선구자로 보아 무방하다. 그는 서구 중심적 시각에서 열대지
역의 원주민들에게 부가되는 차별적 의식을 비판하고 열등과 야만의 문화
는 존재하지 않는다고 주장한다. 그러니까 문화적으로 취약한 열대지대를
슬픈 지대로 바라보는 인종주의(racism)에 사로잡힌 서구인들의 편협한 시
각을 교정하려는 것이다. 그가 보기에 인간의 문화에서 절대적인 문화는
없으며 모든 문화는 차이에 의해서 존재하는 상대적인 문화만이 존재할
뿐이라는 점에서 데리다(Jacques Derrida)의 [차이와 연기]에 조응한다. 마찬
가지로 절대적인 신화는 없으며 상대적인 신화와 보편적인 신화만이 존재

할 뿐이다. 물론 그가 원주민을 옹호하는 것은 자신이 프랑스 사회의 비주류 유태계에 속한다는 점에서 비주류의 동지의식이 발동했을 수도 있다.

『신화의 구조적 연구』(*The Structural Study of Myth*)에서 그는 신화가 언어의 하위 범주가 아니라 신화가 언어자체라고 주장한다. 신화를 언어에서 언어로 번역할 때 신화는 마치 시의 경우처럼 의미를 소실하는 것이 아니라, 서툴게 번역될지라도 고유의 구조를 유지한다. 이는 환원될 수 없는 상태에서 공동체에 순환되는 신화를 구성하는 구조의 본질에 기인한 것이다. 그는 신화의 구성요소를 최소단위인 신화소(mythemes)로 명명하고, 신화소는 문장속의 낱말처럼 다른 신화소와 연관되고 각각의 차이에 의해서 의미를 갖는다는 점에서 소쉬르(Ferdinand de Saussure)의 기호론(semiology)을 닮는다. 일례로 신화소의 수평축(horizontal axis)은 결합을 의미하는 신화의 통시성을 반영하고, 신화의 수직축(vertical axis)은 변화를 암시하는 화용성을 반영한다. 그러나 레비스트로스에 접근하기 위해 구조주의에 대한 이해가 전제된다. 신화는 문화의 구조를 가지고 있고 문화는 언어의 구조를 가지고 있기 때문이다.

구조주의를 논할 때 먼저 거론되는 사람이 소쉬르이다. 왜냐하면 문화는 언어와 같이 구조화되어 있기 때문이다. 언어는 상호 연결된 시스템으로 언어는 그 시스템과의 연관으로 의미가 발생하기 때문이다. 우리는 사후 출판된 그의 『일반언어학 강의』(*The Course of General Linguistics*)를 통해 그의 사상의 일단을 짐작할 수 있을 것이다. 우선 소쉬르는 언어의 구조적 관점에서 랑그(langue)와 파롤(parole)을 구분했다. 전자는 무의식의 언어구조를, 후자는 발화(utterance) 혹은 표현(speech)을 의미한다. 후자는 전자를 바탕 혹은 근거하여 실천된다. 무엇보다 언어는 우리가 소통하는 상징체제(symbolic system)이다. 인간이 무한히 발화할 수 있는 이유는 변형생성 문법학자인 노암 촘스키(Noam Chomsky)가 지적하듯이 언어의 심층구조(deep structure)가 존재하기 때문이다. 다시 말해 그 기저에 무한한 언어구조인 랑그가 존재하기 때문이다. 이처럼 인간은 사회적인 것과 개인적인 것을 구분하고, 본질적인 것과 부수적인 것을 구분한다. 그런데 개인적인 것과 본질적인 것은 밀교(密教)적인 차원의 랑그에서 변형되어 의식적인 파롤로 분출할 것이다.

소쉬르는 체스게임(chess game)을 예로 들어 언어와 사회의 관계를 설명한다. 장기판의 말(piece)은 어디까지나 장기판(board) 위에서만 의미를 가진다. 이것이 장기판의 절대적인 규칙이다. 체스게임은 장기판과 참가자를 통해 발생한다. 마찬가지로 인간은 관습적인 언어규칙에 의하여 발화하고 다른 인간과의 관계를 설정한다. 인간관계 혹은 문화는 언어를 통해 구축된다. 소쉬르의 일관된 주장은 언어가 동일한 현실의 다른 버전(version)들을 생산하지 않는다는 것이고, 사실상 다른 의미를 배태한 다른 현실들을 생산한다는 것이다. 여러 언어들이 상당히 다른 방식으로 세상을 개념화할 때, 색깔로서의 물리적 자연적 현상들은 모든 언어에서는 동일한 것이 아니다.

영어는 푸른색(blue)이 있지만 러시아어는 푸른색에 대한 개념을 가지고 있지 않다. 또 영어의 갈색(brown)에 대해 프랑스어에 상응하

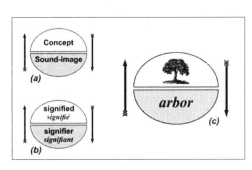

기호의 다이어그램

는 낱말이 없다.

소쉬르의 이론에서 언어는 기호의 도움으로 사회적 소통의 수단으로 기능한다. 기호 혹은 낱말은 기표(signifier) 혹은 소리의 음향적 이미지(acoustic image)와 우리의 의식 속의 실제적 이미지(signified)로 구성된다. 양자의 관계는 사물을 재현함에 있어 자의적(arbitrary)이고 필연적이다. 이것이 인간과 사물에 대한 확실한 경계를 보여주며 인간은 사물에 접근함에 있어 2차적이고 재현적이라는 진리를 보여준다. 그런데 소쉬르의 언어이론은 기표와 기의의 관계를 1대 1, 즉 낱말 하나에 의미 하나로 규정하였기에 사물을 바라보는 시각의 축소, 즉 기의 혹은 의미의 생산이 제한되는 점이 있다고 후기구조주의자들로부터 신랄한 비판을 받는다.

언어를 동반하지 않는 사고는 애매하고 모호한 형체 없는 구름과 같다. 세상에 조물주와 인간에 앞서 선재하는 개념은 결코 없다. 사물이 사물로 존재하기 위하여 말씀과 언어가 존재해야 한다. 언어는 소리와 사고의 요소가 결합하는 곳에서 작용한다. 그 결합이 실재가 아닌 형태를 만든다. 기호의 자의적 본질은 사회적 사실만이 언어체제를 창조할 수 있음을 보여준다. 언어가 존재하기 위하여 공동체는 필수적으로 존재해야 한다. 숲에 거주한 미국의 초월주의자들(transcendentalists)처럼 개인 홀로 언어의 가치를 지탱할 수 없다.

기호의 임의성은 기표의 선택이 전적으로 화자의 몫이라는 것을 의미하지 않는다. 기표는 전혀 동기화되지 않는(unmotivated) 것을 의미하는데, 다시 말해 기표는 기의와 진정하고 본질적인 관계를 맺지 않는다는 것이다. 이 점을 불교적인 차원에서 부연하면, [공](*Śūnyatā*, emptiness)이나 [자성](*Svabhava*, own-being)과 연결된다. 양자 모두 시시각각 변화무쌍한 공간과 본질을 의미하지 않는가? 이때 같은 강물에 두 번 발을 담글 수 없다고 주장한 헤라클레이토스(Heraclitus of Ephesus)가 상기된다. 인간이 언어를 제대로 구사하기 위하여 [자연으로 돌아가자!]고 무책임하게 천명한 루소(Jean-Jacques Rousseau)가 말한 것처럼 인간은 상호공존을 위해 야만 혹은 야생의 힘을 규제 혹은 거세(castration)하기 위한 합법성(legitimacy)의 장치로서 사회와 계약(social contract)을 맺어야 한다.

이렇듯 언어와 사회는 물과 물고기의 관계(水魚之交)와 같다. 그런데 소쉬르는 언어의 사회적 수행성을 빈약하게 바라보았다. 사회적 수행성이 현실을 무대로 발휘되어야 하는데 구조주의는 이 점을 수동적으로 바라보았다. 화려한 기의를 창출하는 후기구조주의(poststructuralism)가 등장할 때까지. 다시 말해 언어와 문화에 대한 고정적이고 경직된 사고를 가진 구조주의는 사물과 인간 사이 혹은 사물과 기호 사이의 사회적, 과정적, 다변적인 측면을 간과했다. 그리하여 비판자들은 소쉬르의 기호이론이 마치 어떤 장면의 사진같이 시간 속에 결빙된 것처럼 공시적인(synchronical) 태도를 취한다고 보았다. 시간에 따라 경과되는 진화의 관점에서 마치 영화같은 통시적인(diachronical) 태도가 아니라. 이런 점을 밀턴(John Milton) 의 「나의 빛을 상실했음을 생각할 때」("When I consider how my light is spent") 에 적용해 볼 수 있다.

> 내가 나의 빛을 어떻게 잃어버렸는지 생각을 할 때,
> 이 어둡고 광대한 세상에서 나의 생이 반도 채 지나기 전에,
> 감추는 죽음인 한 재능이 나와 함께 쓸모없이 머물고 있다. 비록 나의
>   영혼은

그로 인해 창조주를 위해 봉사하려 하지만,
그분께서 돌아와 꾸짖을까 두려워
나는 진정하게 물어본다.
"주님께서 저에게 빛을 거두시고, 노동을 앗아가셨나이까?"
그러자 나의 인내가 그 불평을 가로막으며 대답하였다.

"주님께서는 인간의 업적이나 그 재능을 필요로 하지 않으신다.
주님의 관대한 멍에를 가장 잘 메는 자가 주님을 가장 잘
섬기는 자이다. 그 분의 나라는 장엄하도다. 그의 명령에 수천의 천사
　들이 신속하게
육지와 대양을 쉼 없이 가로지르며,
또한 오직 참고 기다리는 자들을 보살핀다."

When I consider how my light is spent,
Ere half my days in this dark world and wide,
And that one talent which is death to hide
Lodged with me useless, though my soul more bent

To serve therewith my Maker, and present
My true account, lest He returning chide;
"Doth God exact day-labor, light denied?"
I fondly ask. But Patience, to prevent

That murmur, soon replies, "God doth not need
Either man's work or His own gifts. Who best
Bear His mild yoke, they serve Him best. His state
Is kingly: thousands at His bidding speed,
And post o'er land and ocean without rest;
They also serve who only stand and wait."

여기서 우리는 레비스트로스의 서사의 공식을 발견한다.[1] 그것은 [현실적인 차원]과 [초월적인 차원]의 대립이다. 이런 이분법적 대립은 지극히 인위적이고 비본질적인 것이다. 그것은 부조리한 운명의 인간이 자아실현을 위해 사물을 직시하고자 하지만 자연으로서의 "주님"은 인간이 사물을 직시하든 말든 상관이 없다. 맹인 된 것이 육체의 결함이 아니라 "주님"의 섭리라고 보는 화자의 시각은 현실의 초월화 혹은 신화화인 셈이며, 화자의 맹목적인 믿음이다. 그런데 성경에서 절대적인 믿음은 인위적인 재단혹은 고려가 아니라 보이지 않는 구세주를 향한 맹목적인 믿음이 최상의 믿음이라고 본다.[2] 그러니까 인간이 사물을 제대로 보든 말든 사실 사물에 대한 자의적인 관점인 것이다. 눈을 뜬 상태로 코끼리를 말하든 눈을 감은 채로 코끼리를 말하든 사실 동일한 것이다. 기표와 기의의 임의적인 관계로 인하여.

그러나 시적화자가 맹인이 됨으로써 기호적인 환경에서 소외되어 인위적인 식견이 상실됨으로써 [야생의 사고]가 발전될 수 있을 것이고 인위적인 고려와 기호적 인식 없이 "주님"에 대한 절대적인 의탁이 가능한 것이다. 이때 상기되는 신화적인 인물이 테베(Thebes)의 티레시아스(Tiresias)이다. 그는 우연히 여신 아테네의 나체를 훔쳐보아 그 징벌로 맹인이 되었

---

1) 레비스트로스의 서사구조는 주로 4가지 개념의 상동성(homology)의 구조이며, 그것은 2쌍의 대립되는 신화소의 상호 연결이다. 상설하면, [A]와 [B]의 관계는 [C]와 [D]의 관계와 같고, 과잉(overrating)의 혈연관계와 과소(underrating)의 혈연관계 사이의 대립을 보여준다. 예를 들어, 전자의 예로, 오이디푸스와 모친이 결혼 한 것과 안티고네가 섭정 크레온의 명을 거역하고 오빠 폴리네이케스를 장사지내는 것과 후자의 예로, 오이디푸스가 자기 아버지를 살해하는 사건과 그의 아들 에테오클레스(Oteocles)가 쌍둥이 동생 폴리네이케스를 죽이는 사건이 연결된다(*Narrative Fiction: Contemporary Poetics*, p. 11).
2) 히브리서 11: 1-3.

지만 아테네의 자비로 천리안을 가진 예언자가 되었다. 신화 속에서 그는 남성이지만 여성을 경험한 양성(androgyny)의 인물로 전해진다. 다시 말해 시적화자는 시력을 상실하였기에 인위적인 관점에서 해방되어 오히려 원시와 야생과 절대적 존재로서의 "주님"과의 관계를 회복한 셈이 된다. 결론적으로 시적화자는 현실에 존재하지만 초현실에 존재하는 자이다. 그는 시각을 상실함으로써 욕망, 본능, 실재, 원시, 체험, 실존을 거세, 절단하는 언어의 감옥으로부터 초월적인 공간으로 탈출한 것이다.

3.2 요리의 삼각형

소쉬르의 기호이론처럼 도식적이고 경직된 태도이긴 하지만 구조주의는 레비스트로스의 원시에 대한 태도이다. 그는 원시에 대한 체계적인 이해를 위하여 구조주의를 선택한다. 원시인이 사물을 대하는 태도는 합리적 논리적 태도를 가지고 사물을 대하는 현대인과 달리 [야성의 사고](thought of wilderness) 혹은 [시적 예지 혹은 통찰력](poetic foresight or insight)에 의해서이다. 이런 점은 원시주의자 비코(Giambattista Vico)3)의 주장과 연관되

---

3) 비코의 사상에 대해 간단명료하게 참고할 문헌을 소개한다.

　　Vico had his own vision of man and the universe, and, in a time when the deductive method brought into fashion by Descartes was much employed, he posed the modern problem of sense: the sense of life and of history. He discovered the irrational, the small flame that at certain times grows imperceptibly in the heart of reason. His philosophy recognized the aspirations of humanity, its obsessions and dreams, its precarious achievements, and its frustrations and defeats. He described human societies as passing through stages of growth and decay. The first is a "bestial" condition, from which emerges "the age of the gods," in which man is ruled by fear of the supernatural. [https://www.britannica.com/biography/Giambattista-Vico]

고, 인류학에 대한 그의 소신, 즉 인간은 가축이라는 종(species)을 만들어 온바와 같이 인간 자신을 의식적이고 의도적으로 만들어 왔다는 것과 연관된다. 나아가 그는 마르크스(Karl Marx)의 명제 가운데 하나인 [인간은 그 자신의 역사를 만들지만 그것을 만들고 있다는 것을 모른다]는 말은 역사학과 인류학을 정당화한다고 주장한다. 인간과 동물을 구분하는 문화적 현상이 언어이며 그것이 인간사회의 전통과 제도를 확립한다.

레비스트로스는 소쉬르 외에 언어학자 야콥슨(Roman Jakobson)의 영향을 받아 [요리 삼각형](dish triangle chart)이라는 도식을 만들었다. 이는 야콥슨의 [자음과 모음의 삼각형](consonant vowel chart) 도식에 착안한 것이다. 레비스트로스는 그의 신화론 가운데 『날것과 익힌 것』(*The Raw and the Cooked*)에서 음식을 통해 다양한 신화구조를 탐구했다. 음식이라는 기호 속에 은폐된 [날것/익힌 것/삭힌 것(rotten)]으로 요리 삼각형을 도식화했다.[4]

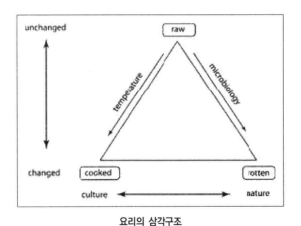

요리의 삼각구조

---

4) 『슬픈 열대』, p. 23.

이런 구조주의를 바탕으로 그를 구조인류학의 선구자로 만들어준 저술이『슬픈 열대』이며, 여기서 그는 구조인류학을 적용하고 있는데, 기행문 혹은 에세이 혹은 자서전으로 불리는 이 작품은 브라질 오지에 사는 인디언들의 생활을 탐구하고 있다. 이는 자신의 구조인류학을 바다 건너 인디언 문화에 적용함으로써 보편적인 서구인의 인식론적인 정당성을 타진하는 것이다.

그런데 작품의 타이틀이 "슬픈 열대"라는 점에서 서구인들이 동양에 대한 동경과 갈망을 통해 표출하는 음험한 정복의식인 식민주의(colonialism)적 인식으로서의 오리엔탈리즘(orientalism)을 상기시킨다. 비록 서구인의 시각에 하루 사냥하여 하루 먹는 인디언에게 그가 동정적인 차원에서 "슬픈 열대"라고 하였지만, 이는 서구 백인의 유색인종에 대한 우월감을 표현하는 불편한 진실이기도 하다. 말하자면 서구인의 미지의 세계에 대한 야망과 정복욕에 입각한 이국취향적인 식민주의적인 작품으로 볼 수도 있을 것이다. 하지만 그는 이런 약점을 의식하는 듯 작품의 곳곳에서 자성(自省)하기도 한다. 그는 서구인들이 규정하는 [문명/야만의 이분법(dichotomy)을 넘어, 열대 원주민들이 서구인들의 체계적이고 조직적인 문화가 부재한 듯이 보이는 상황에서도 스스로를 유지하는 조화롭고 균형 잡힌 문화를 운용하고 있음을 역설하며, 원시문화를 서구식으로 적용하여 개조하려는 서구 제국주의와 자본주의를 신랄하게 비판한다.

레비스트로스는 [인간에 대해 말하는 것은 '언어'에 대해 말하는 것이고, 언어에 대해 말하는 것은 '사회'에 대해 말하는 겠이라고 주장한다. 인간의 문화적 양상의 토대가 되는 것이 언어라는 것이다. 언어가 관습이 되고 언어가 제도가 되고 언어가 전통이 되고 언어가 윤리가 되고. 그리하여 그는 언어학자의 이론을 자신의 인류학, 신화학에 적용하게 된다. 물론 명확한 언어이론을 원시, 야생, 미개와 같은 불명확하고 비언어적인 영역에 적응함이 적절한지에 대한 반성이 필요하다. 이때 원시신화를 분석하기 위해 동원되는 인류학과 기호학이 과연 그 신화를 규명하는 데 유익한 수단이 될 수 있겠는가? 이 물음에 조나단 컬러(Jonathan Culler)는 인류학과 기호학으로 원시신화를 탈-신비화(demystification)하려는 의도는 이해하지만 그것이 오히려 원시신화를 호도하는 신비화에 조력하는 수단이 될 수 있다고 말하면서, 푸코(Michel Foucault)의 주장을 소개한다. 그것은 인간은 최근의 발명품이어서 그 나이가 2세기가 채 안되었으며, 우리의 단순한 지식 속에 포장되었다는 것이다.[5]

환언하면, 인류학과 기호학이 원시문화를 규명하려고 접근하지만 그것이 또 하나의 포장지에 불과하다는 것이며, 아울러 인간의 의식수준이 사물의 진리를 규명하기에 아직 일천(日淺)하다는 것이다. 그러므로 우리는 인류학과 기호학이 원시문화의 정체를 발견하는 로제타석(rosetta stone)이 아니라 또 하나의 의미생산의 수단으로 보아야 한다. 그럼에도 레비스트로스는 용감하게 언어와 문화의 일체적 관계를 바탕으로 원주민의 행동, 요리, 의례, 친족, 혼인, 토템, 터부를 언어법칙에 적용한다. 그러나 원시문화를 체험하지 못한 결정적인 흠결을 감수하면서도, 물론 원시문화를 모조리 체험하고 원시문화를 이해할 수도 없지만, 언어규칙에 내재하는 대립관계와 유비관계가 원시문화 속에 적용이 가능하다고 본다. 말하자면 최소의 소리단위로서의 음소(phonemes)를 원시인의 인식소(episteme) 혹은 신화소(mythmes)로 간주하는 것이다. 이런 점을 존 던의 「슬픔을 금하는

---

5) *The Pursuit of Signs: Semiotics, Literature, Deconstruction*, p. 32.

고별사」("A Valediction: Forbidding Mourning")에 적용해 볼 수 있다.

후덕한 사람들은 조용히 죽어가며
자기 영혼에게 가자고 속삭이고
반면 슬퍼하던 친구들은 말하기를
이제 죽나보다 혹은 아니라고 말할 때

우리도 공연히 소란피우지 말며
홍수 같은 눈물, 폭풍 같은 한숨을 거둡시다.
속인들에게 우리의 사랑을 말하는 것은
우리의 기쁨을 모독하는 것이니.

지구의 움직임은 재난과 두려움을 초래하고,
사람들은 그 피해가 어떤지 압니다.
하지만 천체들의 움직임은,
비록 크다 해도, 무해(無害)합니다.6)

달빛 아래 우둔한 연인들의 사랑은
(오직 그들의 영혼은 관능뿐이어서)
이별을 받아들이지 못하나니,
헤어지면 그 감각적인 사랑을 할 수 없기에.

그러나 우리는 그토록 고결한 사랑을 하므로
우리 자신들이 그것이 무엇인지 모르지만,
서로의 마음을 확신하기에,

---

6) 이 부분은 [작은 것은 요동하나 큰 것은 요동치 않는다고 볼 수 있다.

눈, 입, 손을 놓쳐도 근심할 것 없습니다.

우리 둘의 영혼은 하나이니
내가 떠나도 갈라지는 것이 아니고
다만 퍼질 뿐이랍니다.
공기처럼 얇게 편 금박(金箔)처럼.

우리의 영혼이 둘이어야 한다면
견고한 컴퍼스의 두 다리 같아야 합니다.
그대의 영혼은 고정된 다리, 움직이는 모습이 안 보이지만,
다른 다리가 움직이면 따라서 움직이지요.

그대의 다리는 한가운데 서 있으나,
다른 다리가 방랑할 때,
몸을 기울여 그쪽으로 귀 기울이고
그것이 제자리에 돌아오면 꼿꼿이 섭니다.

그대도 내게 그런 존재가 되어주세요.
다른 다리처럼 비스듬히 달려야 하는,
그대의 굳건함이 나의 원을 바르게 하고,
내가 출발했던 곳으로 되돌아 올 수 있습니다.

As virtuous men pass mildly away,
 And whisper to their souls to go,
Whilst some of their sad friends do say,
 "The breath goes now," and some say, "No,"

So let us melt, and make no noise,
    No tear-floods, nor sigh-tempests move;
'Twere profanation of our joys
    To tell the laity our love.

Moving of the earth brings harms and fears,
    Men reckon what it did and meant;
But trepidation of the spheres,
    Though greater far, is innocent.

Dull sublunary lovers' love
    (Whose soul is sense) cannot admit
Absence, because it doth remove
    Those things which elemented it.

But we, by a love so much refined
    That our selves know not what it is,
Inter-assured of the mind,
    Care less, eyes, lips, and hands to miss.

Our two souls therefore, which are one,
    Though I must go, endure not yet
A breach, but an expansion,
    Like gold to airy thinness beat.

If they be two, they are two so
    As stiff twin compasses are two:
Thy soul, the fixed foot, makes no show
    To move, but doth, if the other do;

And though it in the center sit,

    Yet when the other far doth roam,

 It leans, and hearkens after it,

    And grows erect, as that comes home.

Such wilt thou be to me, who must,

    Like the other foot, obliquely run;

Thy firmness makes my circle just,

    And makes me end where I begun.

시작품이 아귀가 맞는 설계도와 같다. 남녀의 사랑을 두 다리가 달려 있는 컴퍼스에 비교한다. 남녀가 두 사람이지만, 컴퍼스의 다리가 두 개지만, 몸체가 하나인 것처럼, 둘이 헤어져도 어디를 가나 자연 속에서 결국 하나라는 것이다. 젠더의 발생은 본질적인 것이지만 시적화자는 자연이라는 본질에서 파생된 것은 본질로 환원된다는 점을 인식한다. 다시 말해, 개인은 자연의 모판(matrix)으로, 우주의 티끌인 모나드(monad)로 환원된다. 그러니 개체가 원래대로 돌아가는 현상을 목격하고 본질적으론 슬퍼할 일은 아닐 것이다. 슬퍼하는 일은 [심리]적인 동기에서 비롯되고 [언어]를 통해 표현된다. 그런데 슬픔은 자연 그대로 분출되는 것이 아니라 억압된 언어로 표현된다.

영화 〈25시〉(*The 25th Hour*, 1967)에서 2차 대전에 참전했다가 난리 통에 어느 독일 병사에게 겁탈당하여 남의 아이를 출산하고 키워온 아내의 환영을 받는 늙은 병사(앤터니 퀸 분)의 울지도 웃지도 못하는 어색한 표정이 상기된다. 이것은 부부의 화목을 위하여 "슬픔을 금하는" 폭력적인 상황이며, 그렇지 않을 경우 [억압과 승화]라는 문명의 [터부]에 저촉되어

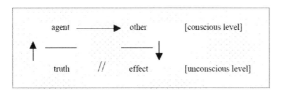

라캉의 진리부재 다이어그램

문명인으로서 자격을 박탈당하기 때문이다. 이런 점에서 야성이 기호에 의해서 거세됨을 라캉(Jacques Lacan)은 공식으로 제시한다. 슬픔의 무의식적 진실은 의식적 주체인 중개인을 통해 의식적 수준에서 타자에게 간접 전달되고 그 반응의 결과는 무의식 속에 은폐된다. 다시 말해, 연인의 부재로 인한 상실감에 치를 떠는 야성을 승화시키는 문명의 처방은 억압적인 것이다.

별리의 진통과 아픔을 논리, 합리, 이성에 충실한 컴퍼스의 원리로 승화시키는 것이 다른 도리 없이 문명인의 삶이다. 그런데 인간이 남/녀로 분리된 것은 본질적인 것이고, 세상의 목적 혹은 사명으로 일시 헤어지는 것은 인위적인 것이다. 그러나 본래 자연과 인간은 하나이다. 정신적인 측면을 수용하는 인간의 육체를 구성하는 광물질들(minerals)은 모두 자연의 구성요소이기 때문이다. 그런데 인간은 자기 마음속에 또 하나의 신성한 자연을 구성한다. 이것이 리얼리티 혹은 재현의 자연이자 천국의 구현이다. 존재론적으로 산은 산이고 물은 물이다. 그런데 인식론적 회의를 거쳐, 산은 산이 아니고 물은 물이 아니다. 그러나 실재적으로 산은 산이고 물은 물이다. 그런데 야성과 문명의 구도에서, 이별은 이별이고 슬픔은 슬픔이다. 아니 이별은 이별이 아니고 슬픔은 슬픔이 아니다.

3.3 언어학과 신화학

레비스트로스가 언어학을 신화학에 결부하려는 것은 원시든 현대든 문화를 하나의 언어체제로 파악하는 것이다. 요리, 음식, 결혼, 예절, 정치, 가족관계가 하나의 언어가 되며, 언어적인 표현인 것이다. 심원한 문화무의식(langue)에서 재현되는 의례(ritual)의 표현(parole)의식인 것이다. 레비스트로스는 원주민들에게 언어학적인 접근을 시도하여 세 가지의 행동양식을 탐구한다. 그것은 인간사회의 구조인 [친족체제, 신화체제, 야생의 사고]에 관한 것이다. 인간사회는 언어의 구성요소처럼 친족(kinship)으로 구성된다. 선조, 조부모, 부모, 삼촌, 외삼촌, 조카, 사위, 며느리의 관계가 인간사회로서 인연에 따라 장기판의 말처럼 줄줄이 형성이 된다. 그리고 혼인의 범위와 금지에 대해서도 규정한다.

어떤 현상의 성질을 규정하는 것은 현상 자체의 어떤 본질, 자질, 양상, 특징이 아니라, 현상들 사이의 관계로 보는 구조주의의 바탕에서 가능하다. 말하자면 인간은 인간사회 속에서, 장기판의 말은 장기판(chess board) 속에서, 야구선수는 야구팀 속에서, 나는 가족 속에서 존재의 의미가 있다. 미개사회의 가족관계에 대해 레비스트로스가 발견한 보편적인 것은 4가지 관계에 관한 것인데, 이는 형제/자매, 남편/아내, 아버지/아들, 외삼촌/조카의 관계이다.[7] 여기서 외삼촌/조카의 관계는 형제/자매의 관계에 대응하고, 아버지/아들의 관계는 남편/아내의 관계와 대응한다고 본다. 이는 결국 [숙질관계]의 구조에 관한 것으로 수렴된다. 그 구조는 형제/자매/아버지/아들로 구성되고, 이는 한 쌍(pair)으로 결합되어 적극적 관계와 소

---

7) *Language and Materialism*, p. 17.

극적 관계를 나타낸다.

  그런데 이런 원초적이고 환원할 수 없는 관계의 명확한 설정이 지향하는 바는 근친상간(incest)의 터부를 확립하여 친족관계의 혼란상을 방지하기 위한 것으로 본다. 나아가 양어머니와 아들 사이의 불륜도 가족질서를 파괴하였으므로 근친상간에 해당할 것이다. 이와 관련하여 영화 〈페드라〉(*Phaedra*, 1962)가 상기된다. 젊은 미모의 양어머니와 아들과의 불륜은 바흐의 〈토카타와 푸가〉(*Toccata and Fuga*)가 장엄하게 연주되는 가운데 아들이 절벽으로 추락하면서 비극으로 끝난다. 그러므로 남자는 다른 남자로부터 여자를 얻어 와야 하고, 대신 그 남자에게 자기 딸이나 여동생을 주어야 한다. 생물학적인 가족에게 이런 저런 호칭이 부여됨(interpellation)으로써 기호화되고 음소화 되어 가족의 구성원들은 공동체에서 기능한다. 이런 점에서 인류학자나 신화학자는 자연에 대한 객관적, 즉물적, 1차적인 관점을 취하는 것이 아니라 인간의 정신이 자연에 부여한 언어적 의미적 문화적 관점에 의해 조성된 구조를 취하는 것이다.

  친족은 본능적으로 생물학적으로 규정되는 것이 아니라, 자연 속에 본래 존재하는 것이 아니라, 자연으로부터 기호적으로 파생된 것이다. 소쉬르의 언어학에서 [나무]라는 실제의 대상에서 [나무]라는 기호가 파생되듯이. 자연 혹은 야생 속에 친족이라는 것은 애초에 존재하지 않는다. 친족은 인간의 의식 속에 존재하고 그것은 생물학적인 친족이 아니라 상징적인 친족에 해당한다. 라캉은 아버지를 세 종류로 분류한다.[8] 생물학적 아버지와 상징적 아버지와 상상적 아버지. 가족 내 여자들을 타향으로 방출하여 새로운 인척집단을 구성하여 존재를 위한 메커니즘을 조성한다. 그

---

8) 『라깡 정신분석 사전』, p. 225-28.

리하여 자의적이고 체계적인 인맥이 형성된다.

복잡다단한 영국 왕실의 계보를 살펴보면 의도적이고 정치적이고 체계화된 친족, 혈족, 인척관계를 살펴볼 수 있다. 친족체계는 상징체계이므로 인류학, 신화학, 언어학의 상징체계와 연관된다. 집안의 어머니를 사모하는 아들은 아버지의 살해 위협을 받아 부득이 집을 떠나 다른 집안의 여자와 새로운 가정을 이루어야 한다는 사회분화의 원리로서의 오이디푸스 콤플렉스 또한 친족 간의 터부를 준수하기 위한 기호적 상징적 장치로 볼 수 있다.

신화는 언어의 의미체계와 연관되어 의미작용을 통하여 존재한다. 주술사가 주문을 암송하여 신비한 힘을 초대하여 일상을 왜곡하는 것과 샤먼이 초월적 존재를 초대하여 질병을 치료하는 것은 의식적인 지식의 차원이 아니라 무한한 무의식의 심연을 바탕으로 행사된다. 프로이트(Sigmund Freud)가 지적한 대로 미지수(X)로 지시되는 무의식(Es)의 심연에는 초월적인 존재가 도사리고 있을지 모른다. 융(Carl Gustav Jung)의 말에 따르면 무의식 속에 인간의 상처받은 심성을 치유할 수 있는 원형으로서의 늙은 현자(Wise Old Man)가 호출을 기다린다고 주장한다. 이것은 인과관계를 탐문하는 과학적인 차원과 달리 초월적인 차원이다.

신화 속에는 현실에서 볼 수 없는 기이한 존재들이 등장한다. 수호신, 악령, 용, 천사, 루시퍼,

신화적 의식구조

지니(genie), 관음. 이렇듯 신화는 야생의 사고, 꿈, 무아지경의 추상의 세계를 선망한다. 신화는 아이들의 유희수준으로 평가절하 되지만 이를 과연 과학적, 합리적, 논리적인 잣대로 규정할 수 있는가에 대하여 의문을 제기할 수밖에 없다. 그것은 인간이 명정(明靜)한 상태로만 존재할 수 없기 때문이다. 그렇지 않을 경우 인간의 삶은 굉장히 삭막하고 기계적일 것이다. 현실의 장벽에 부딪힌 사랑은 꿈속의 사랑을 통해 심리적 균형을 잡아야 하기 때문이다. 가문의 반대에 부딪혀, 즉 남녀 간의 땀내 나는 본질적인 사랑이 아니라 가문(prestige of family)이라는 건조한 비본질적인 상징체제의 반대로 인하여 현실적인 사랑을 실현할 수 없는 로미오와 줄리엣은 신화적인 차원에서 사랑을 실현하기 위한 피안으로서의 죽음을 택할 수밖에 없었을 것이다.

대다수의 인간들이 허황된 것이라 생각하는 신화는 사실 허황된 것이 아니라 비본질적인 삶을 영위하는 상징적이고 기호적인 인간에게 영혼의 회복을 위하여 본질적인 차원을 제공하는 초월적이지만 분명히 현실을 구성하는 세계인 것이다. 장자(莊子)가 낮잠을 자다가 꿈속에서 나비가 되어 내가 나비인지 나비가 나인지 모르는 정체성의 혼동이 발생했듯이. 사실 꿈인지 생시인지 모르고 인간은 살아가는 것이다. 다시 말해 신화는 상징과 기호로 심리적인 외상을 입은 인간의 상처 난 영혼을 치유해주는 은밀한 공간이자 쉼터로 기능하는 것이다. 신화는 신비롭지만 인간의 입이나 기호를 통하지 않고 결코 드러날 수 없다. 그러니까 신화는 스스로 드러나는 것이 아니라 인간이라는 매체를 통하여 현시되는 것이다.

환언하면, 신화는 형상이 없는 본질적인 신화가 아니라 비본질적인 상징적인 신화가 되는 셈이다. 마음속에 그려지지만 손에 잡히지 않는 그림이 신화인 것이다. 신화의 무의식은 감추어져 있지만 인간을 통해 비로소 의식화된다. 신화는 언어의 도움을 받아 현실에 인공적인 모습으로 등장한다. 영화 〈은행나무침대〉(1996)에서 황장군은 기호의 호출을 받아 시/공의 시차(jet lag)를 극복하고 현재에 재림한다. 신화는 현실의 불가능을 가능케 해주는 가능성의 공간이기에 어떤 논리적 제약과 인과적 관계가 불필요하다.

3.4 이성의 신화

레비스트로스는 신화를 명백히 이성적인 구조의 칼로 절단하여 언어의 그물에 담고자 한다. 물론 이 과정에서 신화의 본질이 거세되는 이른바 거두절미(去頭截尾)의 사태가 발생할 것이다. 아울러 언어에 담기지 못하는 몽환적이고 신비로운 부분은 독자의 무의식 혹은 상상력에 의지하지 않을 수 없다. 말하자면 아서왕(King Arthur)의 신비로운 보검 엑스캘리버(excalibur)를 그냥 [칼]이나 [검]이라고 지시하면 이 보검이 배태하는 신화적인 부분이 거세되고 말 것이다. 이렇듯 신화를 언어로 담는 것은 불완전하고 불충분하지만 언어 외에 다른 수단이 없는 실정이다. 아서왕의 신화는 영웅 신화의 소산이다. 영웅적 이상(heroic ideal)을 설정하는 영웅 신화의 흐름은 대개 영웅의 신탁(神託), 영웅의 탄생, 영웅의 성장, 영웅의 시련, 영웅의 죽음, 공동체의 생존 혹은 평화로 이어진다.

그런데 이것을 언어학의 구조에 대입해 볼 수가 있다. 표층구조와 심층구조의 적용. 아서왕의 신화는 개별 신화로서 발화에 해당하는 표현

(parole)의 일환으로 볼 수 있고, 이 신화가 파생되는 모태(matrix)로서 무궁무진한 영웅 신화를 문화무의식(langue)으로 볼 수 있다. 또 하나의 사례로서, 고대 아테네의 비극 시인으로 아이스킬로스(Aeschylus), 에우리피데스(Euripides)와 함께 그리스의 3대 비극 시인으로 꼽히는 소포클레스(Sophocles)의 『오이디푸스 왕』(*Oedipus Rex*)을 상기한다. 마찬가지로 이 작품은 개별 신화의 표현이며, 오이디푸스 신화(문화무의식)에서 파생된 것이다. 이렇듯 신화는 [랑그와 파롤]의 이분법 구조를 통하여 지속적으로 확대 재생산되어 시대를 초월한다. 신화는 단순히 소통을 위한 수단만이 아니라 세대와 세대를 연결하는 마법의 매체가 된다. 이 점을 앤드류 마벌의 「수줍은 숙녀」("To His Coy Mistress")에 적용해 볼 수 있다.

> 그러나 우리들이 충분한 공간과 시간을 가지고 있다면,
> 그대의 이 수줍음은, 여인이여, 아무런 죄가 아니겠지요.
> 우리는 나란히 앉아 어느 길을 갈까 생각하며
> 우리의 긴 사랑의 날들을 보낼 수 있겠지요.
> 인도의 갠지스 강가에서
> 그대는 루비를 찾으며,
> 나는 험버 강가에서
> 사랑을 하소연할 것입니다.
> 그대를 사랑하고, 노아의 대홍수 십 년 전부터
> 그대는, 원한다면, 내 사랑을 거절할 수 있을 것입니다.
> 유대인이 개종할 때까지
> 나의 식물 같은 사랑은
> 제국보다 더욱 광활하게, 더욱 느리게 자랄 수도 있겠지요.
> 일백 년이 걸릴 것입니다.

그대의 눈과 이마를 찬미하는 데.

그대의 두 가슴을 흠모하는 데 이백 년,

나머지 부분엔 삼만 년,

모든 부분을 찬양하는 데 적어도 한 시대가 걸릴 것입니다.

그리하면 마지막 시대엔 그대의 마음을 볼 수가 있겠지요.

왜냐하면 여인이여, 그대는 이런 찬사를 받을 만한 가치가 있으며,

나는 결코 이보다 못한 상태로 그대를 사랑하지 않겠습니다.

하지만, 바로 나의 등 뒤에서, 나는 항상 듣습니다.

날개 달린 시간의 마차가 황급히 다가오는 소리를;

그리고 저편 우리 앞에 놓여 있습니다.

막막한 영겁의 사막이.

그대의 아름다움은 더 이상 찾을 수 없을 것이며

대리석 무덤 속에선 울리지 않을 것입니다.

나의 메아리치는 노래가; 그땐 벌레들이

그토록 오래 간직한 처녀성을 범할 것입니다.

그리고 그대의 까다로운 영예는 티끌로 변하고

나의 욕망 또한 재로 변할 것입니다.

무덤이 고요하고 은밀한 곳이지만

내 생각엔, 아무도 그곳에선 포옹하지 못할 것입니다.

자, 그러니 그대의 살결에 젊음의 색조가

아침 이슬처럼 머무는 동안,

그리고 그대의 정열적인 혼이 발산하는 동안

온 몸의 기공에서 순간의 불길로

자, 이제 즐깁시다, 우리가 할 수 있을 때.

애욕에 빠진 맹금류처럼

당장 우리의 시간을 삼켜 버립시다,

그래서, 천천히 씹어 삼키는 시간의 힘에 시들기보다는.

우리의 힘을 굴립시다.
우리의 상냥함을 하나의 공으로 만들어
우리의 쾌락을 터뜨립시다. 격렬한 충동으로
생의 철문을 통해
우리의 태양을 멈추게 할 수는 없지만
달리게 할 수는 있겠지요.

Had we but world enough, and time,
This coyness, Lady, were no crime.
We would sit down and think which way
To walk and pass our long love's day.
Thou by the Indian Ganges' side
Shouldst rubies find: I by the tide
Of Humber would complain. I would
Love you ten years before the Flood,
And you should, if you please, refuse
Till the conversion of the Jews.
My vegetable love should grow
Vaster than empires, and more slow;
An hundred years should go to praise
Thine eyes and on thy forehead gaze;
Two hundred to adore each breast;
But thirty thousand to the rest;
An age at least to every part,
And the last age should show your heart;
For, Lady, you deserve this state,
Nor would I love at lower rate.
　　But at my back I always hear

Time's wingèd chariot hurrying near;
And yonder all before us lie
Deserts of vast eternity.
Thy beauty shall no more be found,
Nor, in thy marble vault, shall sound
My echoing song: then worms shall try
That long preserved virginity,
And your quaint honour turn to dust,
And into ashes all my lust:
The grave's a fine and private place,
But none, I think, do there embrace.

    Now therefore, while the youthful hue
Sits on thy skin like morning dew,
And while thy willing soul transpires
At every pore with instant fires,
Now let us sport us while we may,
And now, like amorous birds of prey,
Rather at once our time devour
Than languish in his slow-chapt power.
Let us roll all our strength and all
Our sweetness up into one ball,
And tear our pleasures with rough strife
Thorough the iron gates of life:
Thus, though we cannot make our sun
Stand still, yet we will make him run.

여기서 "날개 달린 시간의 마차"는 고전영화 〈무기여 안녕〉(*A Farewell to Arms*, 1957)에서 헨리와 캐서린의 밀어 속에 등장한다. 휴가 나온 군인과 여인의 짧은 해후. 이때 신화적 요소는 시공의 무한한 전개와 할당이다. 그러나 영겁의 탁류(濁流) 속에서 인간에게 할당되는 시간은 한 세기 미만에 불과하다. 그러니 대상에게 무한정한 마음의 비상을 허용하기보다 육신의 유한한 능력을 절감하게 된다. 그래서 태초 이래 우주의 종말까지 맥맥이 이어가는 영원한 시간 혹은 역사를 [랑그로, 우리의 단속적인 인생을 단말마적인 [파롤로 볼 수 있고, 이는 역사라고 하는 환유적인 신화 속에서 지속적으로 소멸되는 은유적인 개체들의 운명을 의미하다. 이는 엘리엇(T. S. Eliot)이 제기한 전통 속에 개성의 지속적인 희생과 소멸을 의미하는 몰개성 이론(impersonal theory)과 연관된다. 영고성쇠의 자연과 무한한 시간의 흐름 속에서 단속적인 인간이 취할 태도는 자연과 시간의 무심한 흐름과는 상관없는 자족적인 것이다.

시적화자는 인간이 종종 범하는 공간의 범주오류, 즉 현실을 살면서 자아를 망각하고 초현실을 동경하는 거시적 비전(macro-vision)을 지양하고, 인간이 [장기판의 [맬과 같이 사회의 구성원으로서의 관계의 가치와 의미를 확립하는 미시적 시각(micro-view)을 지향한다. 그런데 인간은 욕망, 열정, 감정의 야성을 가지고 태어났지만 그것들을 제대로 발휘하지 않고 스스로 그것을 거세하고 억압하며 대기의 압력과 지상의 중력을 극복하려는 망상을 품고 있다. 하지만 어떤 인간이 초현실의 비전을 체득한다 하더라도 현실의 장기판에서 아무런 의미가 없다. 그것은 상호 차원이 다르기 때문이다. 한편 이 작품은 영원한 시간의 흐름 속에 파편적인 쾌락을 포착하려는 점에서 장구한 역사의 흐름을 공시적인 관점에서 바라보는 구조주의를 함축하는 모더니티를 배태하고 있다고 볼 수 있다.

3.5 형태소와 신화소

신화의 구성은 언어학의 그것과 대체적으로 유사하다. 그것은 언어의 단위가 되는 음소(phoneme)와 형태소(morpheme)에서 구, 절, 문장, 문단, 에세이가 창출되기 때문이다. 이를 신화에 적용하면, 신화의 최소 단위인 신화소(mythemes)에서 이야기의 일단이 시작되어 사건의 문단을 구성하고 전체적인 내용으로서 거대서사를 구성하기 때문이다.[9] 이 와중에 통시적인(diachronic) 점과 공시적인(synchronic) 점도 고려된다. 전체적인 맥락에 해당하는 것이 [랑그]이며, 특정한 부분과 시점에 해당하는 것이 [파롤]이기 때문이다. 인간의 심연에 자리하는 태곳적 영웅 신화가 21세기 어느 날 어떤 계기로 문득 분출되는 것이다. 현대의 오케스트라를 통하여 16세기 신비한 바로크의 음악이 재생되듯이, 영화과 연극을 통하여 영웅 신화의 심연에서 아서왕과 주술사 멀린(Merlin)이 마치 호로병 속의 지니(genie)처럼 불시에 현시되듯이.

신화분석에 프라하학파(The Prague School)의 창시자인 로만 야콥슨(Roman Jakobson)이 제시한 은유(metaphor)와 환유(metonymy)의 차원도 동원된다. 그것은 인생이 은유와 환유의 구조 속에 적용될 수 있기 때문이다. 인간의 행동은 반복적으로 대체되고, 사물에 대해 오직 부분의 진실만을 말할 수 있다. 신화는 신화에 의해 대체되고 신화는 매체를 통해 일부만 드러난다. 신화는 은유(유사, 계열, 화용)와 환유(인접, 통합, 통사)의 기능을 가지고 있는 주술로서의 꿈과 같은 이야기이기에 프로이트의 꿈 이론과 연관된다. 그리하여 신화에서는 시/공을 초월하여 비합리적인 비논

---

9) *Literary Theory: An Introduction*, pp. 103-04.

리적인 사건들이 발생한다.

한국인으로서의 내가 영국 왕이 되어 영국의 금발처녀를 왕비로 맞이하고, 내가 베어울프가 되어 괴물과 싸우며, 내가 로마의 검투사가 되어 아프리카출신 검투사와 사투를 벌인다. 지금도 생생하지만 필자는 한국의 대표적인 고승 성철과 함께 산사 언덕에서 장시간 대화를 나눈 꿈을 꾼 적이 있다. 지금도 비구(比丘)의 돌 위에 좌정한 모습과 단단해 보이는 해묵은 지팡이가 너무나 눈앞에 생생하다. 초현실의 현실화 혹은 신화의 재림.

신화이론에서 비롯된 [야생의 사고]는 현재 사회전반에서 적용된다. 그것은 구태의연한 관습적인 사고방식을 떠나 새로운 활로를 찾는 혁신적인 사고를 표방한다. 들뢰즈(Gilles Deleuze) 식으로 말하자면, [홈 파인 사고](striated thought)가 아니라 [매끈한 사고](smooth thought)인 셈이다. 그러나 이것은 어디까지나 레비스트로스의 저술 『야생의 사고』(*The Savage Mind*)에 토대를 둔다. 이 개념의 정의에 대해서 그는 다음과 같이 말한다. "야생의 사고는 야만인, 미개인, 원시인의 사고가 아니다. 효율을 높이기 위해 세련되었거나, 길들여지지 않은 자연 그대로의 사고이다."[10]

영화 〈야생 속으로〉(*Into the Wild*, 2007)

레비스트로스는 아프리카, 남북아메리카, 오스트레일리아 원주민들의 미분화된 생활양식, 토템과 주술의 현실, 그 공동체를 이루는 토대와 구조를 분석한

---

10) 『야생의 사고』, p. 317.

다. 그는 토템이즘 저변에 내재하는 신화와 토템이 공동체에 어떻게 작용했는지, 특히 인간의 사고방식에 신화적 재료들이 어떤 역할을 하고 있는지를 탐색하고 마르크스의 변증법적 구조인 [토대와 상부구조](base and superstructure) 이론에서 상부구조를 확립하려고 했다. 그가 제기하는 상부구조의 변증법은 언어의 변증법과 같이 우선 구성단위를 세워놓고 하나의 체계를 만든다. 언어학의 자음과 모음의 삼각 혹은 사각구조처럼. 이 구조는 관념과 사실 사이의 소통매체로서 사실을 기호로 둔갑시킨다. 어쩔 수 없이 현대인의 이성적인 마인드는 원주민의 경험적 다양성에서 문화인의 개념적 단일성으로 나아가고, 나아가 유의미한 문화적 합의와 종합으로 나아간다.

레비스트로스는 원시부족의 수많은 토템과 터부를 분석하며 인간의 정신과 사유를 형성하는 야생적 사고를 추적하면서, 비식자성(illiteracy)의 원주민의 신화를 토대로 한 주술적 사고가 공시와 통시와 같은 시간개념을 고려하며 이성과 논리를 토대로 합리적인 논리를 유추하는 현대인의 사고와 거의 다르지 않은, 오히려 고도의 사유체계로 무장한 과학적 사고임을 증명한다. 아울러 『미개인의 사고』(How Natives Think, 1910)를 집필한 프랑스의 뤼시엥 레비브륄(Lucien Lévy-Bruhl)도 미개인들이 논리이전의 사고방식과 느낌을 가지고 있다고 보고 사물들이 언어체제를 경유하는 것이 아니라 언어이전의 사고와 직결된다는 점을 주장하였기에 원시 혹은 야생/문화의 구분이 발생한다.

이는 서구인들의 과거와 현재에 통용되는 사고방식이긴 하지만 원시와 문화의 유사성을 강조하는 레비스트로스의 사고방식과 다르다. 이 점은 할리우드 영화 〈늑대와 춤을〉(Dances with Wolves, 1990)에 나오는 인디

영화 〈늑대와 춤을〉

언들의 즉물적인 이름 짓기와도 연관될 수 있다. 그들은 서구인 혹은 이집트인이나 중국인처럼 인물이나 경험을 기호로 압축한 추상적인 형상문자 혹은 상형문자(hieroglyph)로 둔갑시키지 않고 그 특징을 자연 그대로 묘사한다. 물론 묘사하는 과정에서도 그 구체성이 희석될 수 있지만. 이 영화의 제목은 늑대와 춤을 추는 것이 아니라 한 인디언의 역동적인 이름을 나타낸다. 그 밖에 그 영화에 등장하는 즉물적인 이름은 "주먹 쥐고 일어서", "발로 차는 새", "머리에 부는 바람", "열 마리 곰" 등이다.

레비스트로스는 현대인이 비식자성의 원주민을 의식주에 국한하여 본능적 욕구에 충실한 동물과 진배없는 야만인으로 규정하고, 주술은 단지 다신적 신념으로 우상숭배에 불과한 미신에서 나온 사술(詐術)일 뿐이며, 원주민의 신화적 사고를 비이성적, 비논리적, 비합리적인 미개한 사고로 치부해온 것은 플라톤이 말하는 이른바 동굴인의 오류이자 편견이었음을 지적한다. 과학문명의 발달과 더불어 연역과 귀납과 같은 논리적 사고를 하는 서구인들의 편향된 원시인에 대한 합목적적인 인식은 영토의 확장과 자원조달이라는 이기적인 국가주의와 식민주의에 입각한 서구열강들의 지배욕의 에너지로 작용한다. 그리하여 서구인들은 스스로 정의로운 세계의 기준이 되어 원시인들을 선도하여야 하는 것이다.

세계 공용어로서 영어를 익히게 하고 성경을 가르쳐 교화시키고 서구의 기계, 전기, 전자, 정보시스템을 원시문화에 이식하여 서구중심의 문화 건설 혹은 역사구성에 참여시키려 한다. 그리하여 중국인, 한국인들은 고유의 민속의복을 벗어던지고 정장과 연미복 차림으로 국제무대에 나서고, 아프리카 토인들은 맨발과 나체 수준에서 나이키 운동화를 신고 나일론 팬티로 치부(恥部)를 가리고 원시축제에 참여한다. 영화 〈미션〉(*Mission*, 1986)에서 서구의 선교사들은 폭포수 위에 거주하는 원주민 과라니족의 선교를 위해 목숨을 걸고 폭포수 위를 기어오른다. 이때 원주민에게 문화적으로 접근하는 가브리엘 신부가 연주하는 오보에 소리가 들려온다. 그것은 물소리, 바람소리, 벌레소리와 달리 제국주의와 식민주의의 함성이다. 물론 천국에서 들려오는 천사의 노랫소리일 수도 있을 것이다.

레비스트로스가 원시취향의 학자로서 원시문화를 선호하고 옹호하는 측면이 있긴 하지만, 그가 주장하는 [야생의 사괴라는 개념은 [미개인의 사괴가 아니라 사회마다 제각기 통용되는 관습, 전통을 구조적으로 확립하려는 다양한 문화양식의 일환이다. 이 사고는 기호, 수식, 공식을 동원하여 강박적으로 구체적인 현실을 포박하여 포장하는 문명의 사고와는 달리, 비기호적이고 구체적인 몸짓을 통한 원시사고의 표명이기에 문명인의 사고와 동등한 사고방식의 일환일 뿐이다. 이런 사고는 문명의 사고가 부여하는 강박적인 현실 속에서 원형과 현실의 불일치로 인한 신경증 (neurosis)에 걸려 신음하는 현대인들의 붙박인 영혼에게 자유로운 비상(飛上)을 제공하여 영혼을 일순간 회복하는 일종의 꿈의 공간으로 기능할 수 있을 것이다.

문명인과 원주민의 사고는 인디언의 경우처럼 사물의 범주화를 위한 방법과 관심영역이 다를 뿐, [야생의 사괴는 어디까지나 [문명의 사괴의 또 다른 일부로서 현대인이 외면하고 무시하는 가운데 인간예술과 문명을 추동시키는 [내재적 사고(intrinsic thought)로 볼 수 있을 것이다. 야성의 사고는 예술부분에 많이 발휘된다. 특히 고흐, 피카소, 마그리트, 샤갈, 잭슨 폴록의 그림에서 정형을 지양하는 비선형적인 투박하고 흐릿한 원시의 사고를 엿볼 수 있다. 예술은 과학적 인식과 주술적 사고가 대립하는 가운데 공동체의 동일성과 창조적 확충(amplification) 사이를 방황한다.

3.6 언어도단의 신화

야생의 사고는 문명의 사고와 달리 어떤 한계나 제한이 없다. 그야말로 무시무종, 언어도단의 해방구이다. 문명의 사고는 말하자면 [바벨탑의 사고(Thought of Towel of Babel)에 불과하다. 기호와 언어가 소통하는 범위 안에서 발전하고 유지되는 식자성(literacy)을 바탕으로 하는 한계의 문화. 그러므로 야생의 사고는 사실 극한을 지향하며 인위적인 이성/감성, 구체/추상, 주관/객관, 통시태/공시태, 과학/주술의 구분이 무효화되는 무의식의 공간인 것이다. 인간이 만든 이기적인 물질가운데 프랑켄슈타인의 탄생이라고 불리는 최악의 물질인 플라스틱도 시간이 걸릴 뿐 인간을 질식시키는 와중에 야생에서 백 년 이내에 소멸될 것이다. 이런 점에서 현재 전 지구적으로 야단법석인 환경오염이라는 것도 야생의 관점에서는 시간이 흐르면 절로 해결될 사실상 무의미한 것이다.

따라서 인간이 자연을 해체하기 위하여 만든 이분법의 구도는 절로 해체될 속성을 가지고 있다. 파도가 밀려오는 모래사장에 남긴 발자국처럼.

사물을 기호로 대립하게 하고 분류하는 것은 호모루덴스(Homo Ludens)로 서의 인간의 태생적인 숙명이지 않은가? 전 세계 인류의 귀를 즐겁게 해 주는 모차르트(Wolfgang Amadeus Mozart)의 대위법(counterpoint)의 음악을 수렴하는 쾨헬(Ludwig von Kochel)의 방대한 분류표도 사실 야생의 관점에 서 아무 의미가 없는 하나의 먼지에 불과할 것이다. 야생의 사고는 카오스 를 지향하는데 인간은 이를 비난하고 불평하고 인위적이고 자위적인 질서 와 조화를 탄생시킨다. 그러나 인간의 구조는 야생의 블랙홀 속으로 잠식 된다. 그럼에도 인간의 프로메테우스(Prometheus)적인 기질은 지상의 종말 이 올 때까지 사물을 분류하고 편리한 방정식으로 사물을 대립시키는 변 증법적 질서의 확립을 계속 추동할 것이다.

야성의 사고를 문명의 사고와 대등하게 보는 것은 원주민들의 토템에 의한 동식물 분류법이 다윈(Charles Darwin)이 식물의 유전계보를 작성하 는 것처럼 치밀하고 정교하기 때문이다. 물론 야성의 시대에 학문과 인식 의 발달이 미흡하기에 덜 진보적인 부분도 있을 것이다. 그것은 대립적인 비교에 의한 구조적인 분류이다. 형태/조직, 암/수, 시각적/촉각적 외양의 구분, 크기(대/중/소)의 구분 같은 것, 약용/식용/독성. 예를 들어, 미국 인 디언 부족 가운데 가장 큰 부족으로 남서부에 거주해온 나바호(Navajo) 인 디언의 경우, 사물을 언어 사용의 유/무로 분류하는데 언어를 사용하지 않 는 편에 동물과 식물을 포함시키고, 동물은 다시 달리는 동물, 날아다니는 동물, 기어 다니는 동물로 분류한다.

또 미국 북부와 남부 다코타(North and South Dakota)에 거주해온 인디 언 부족인 히다차(Hidatsa)족의 매사냥을 의례로 연관시킨다. 사냥꾼이 미 끼를 들고 구덩이 숨어서 기다린다. 말하자면 사냥꾼이 역으로 사냥의 매개물인 미끼가 되는 것이다. 매를 잡기 위하여 사람은 사냥꾼임과 동시에 미끼가 되어야 하는 것이다. 마치 베어울프가 괴물의 본거지로 쳐들어가 듯이. 호랑이 잡으러 호랑이 굴속으로 진입하기. 이때 영웅은 괴물의 사냥꾼이자 괴물의 먹이가 되는 위험에 노출된다. 이는 우연이 아닌 전 세계 신화의 보편적 동일성이라 하지 않을 수 없다. 그리고 히다차족은 여성의 월경(menstruation)이 매사냥에 좋은 영향을 미친다고 본다.

북미인디언들은 사물의 미/추에 대한 탁월한 식견을 가지고 있었는데, [더러움]이란 각기 순수한 상태에서 머물러야 할 두 개의 물체가 너무 밀접하게 결합할 때 생기는 것으로 본다. 또 영화 〈늑대와 춤을〉에서 나오듯이, 사람의 이름을 지음에 있어 인디언들이 동물이나 식물 이름을 사용하는 것은 사람과 동물을 동일시해서가 아니라 인디언 부족의 위계질서를 표시하기 위해서라는 것이다. 신화적 사고는 표상에 결속된 채 지각과 개념의 중간지점에 위치하고 있어 주변에 파급되는 일반화의 능력을 갖고 있다. 신화적 사고는 유추(類推)와 비교를 통한 작업이며, 내포(connotation)와 외연(denotation)의 형태로 분리가 어렵다. 신화적 사고는 사건이나 사건의 잉여를 가지고 구조를 만들며 사건과 경험의 인질이 되어 심오한 의미를 발견하도록 끊임없이 요구한다. 그러나 그것은 포로일 뿐만 아니라 해방자이기도 하다.

무의미한 것에 대해 과학은 합리화하거나 포기했지만 신화적 사고는 이의를 제기한다. 현대인들이 이해하기 어려운 인디언들의 주술적 사고는 신화적 사고라고도 할 수 있다. 신화적 사고의 특성은 현대인이 보기에 사물의 대응이 부적합하게 구성되고 어이없는 근거와 이유를 가지고 있다는 것이다. 홍수를 몰고 오는 우기(雨期)를 뱀과 결부시키는 것처럼.

흔히 [에버리진](aborigine)으로 불리는 오스트레일리아 원주민에게 신화는 사물의 기원이며 전통의례의 기초가 된다. 태초에 [와위락] 자매는 바다를 항해하면서 가는 곳곳 동식물에 이름을 붙였다. 신화적 존재이기에 사람이라고 부르기에 어색하지만, 두 자매 중 한 사람은 임신 중이었으며 또 한 사람은 자기 아이를 안고 있었다. 두 사람은 떠나기 전에 같은 부족에 속하는 남자와 근친상간의 관계를 맺었다. 동생이 출산한 뒤 그들은 여행을 계속하다가 어느 날 그들이 속한 부족의 토템인 뱀이 서식하는 물가에서 발을 멈추었다. 그런데 언니가 월경으로 인한 출혈로 냇물을 더럽히고 말았다. 그러자 그 뱀이 격노하여 그 모습을 드러내고 강우를 동반하여 홍수를 일으켜 여자와 아이들을 삼켜버렸다. 그 후 그 뱀이 머리를 치켜들면 홍수가 나고 뱀이 머리를 수그리면 홍수는 사라졌다고 한다.

말하자면 종교라는 것은 자연법칙의 인간화이며, 주술이라는 것은 인간행동의 자연화라고 볼 수 있을 것이다. 전자는 자연법칙의 무자비함에 대한 복종이며, 후자는 내면에서 파생된 초월적 사고의 외부로의 확산으로 볼 수 있다. 그런데 논리와 합리와 상식을 초월한다는 점에서 양자는 각각 서로의 요소를 함축한다고 본다. 따라서 주술 없는 종교도 없고 종교 없는 주술도 없을 것이다. 그것은 만물에 생명이 있다고 보는 애니미즘(animism)이라는 개념이 있듯이 인간이 자연을 보고 초자연을 생각하기 때문이다. 이 인간의 무의식에 자리하는 초자연이 종교와 주술적 요소를 반영하는 무대가 된다. 주술(magic)은 마법(witchcraft)과 마술(sorcery)을 포함한다. 전자는 악의를 행사하는 선천적인 재능을 말하고 후자는 악의를 행사하는 후천적인 기술을 의미한다.

원주민들은 현대인이 상실한 초월적인 능력을 가지고 있기에 그들을 미개인이라고 무시하거나 비하(卑下)할 수 없다. 그들은 현대인에게 부재한 육감(sixth sense)을 가지고 자연현상이나 징조를 보고 현실을 정확히 예측해 낸다. 이와 연관하여 최근 장안에 화제가 된 파트리크 쥐스킨트(Patrick Suskind)의 소설 『향수: 살인자의 추억』(The Perfume: The Story of a Murderer, 1985)에 나오는 주인공 그르누이는 냄새와 향기를 감별해내는 유별난 야성으로서의 후각으로 세상을 지배한다. 급기야 자기가 만든 마성(魔性)의 향수를 머리 위로 뿌리자마자 그 오묘한 천상의 향기에 취한 군중들이 모두 달려들어 그를 흔적 없이 먹어치웠다는 대목은 섬찟하다.

반면 기계, 전자, 정보 문명의 회로에 길들여 중독된 현대인에겐 원주민이 가지는 야생적 감수성과 민감성은 부재하다. 현대인들은 자신들이 깊이 판 이성과 합리의 우물 속에 갇혀 생존에 유익한 야성의 사고를 망각하고 벽에 반추되는 환등(幻燈)을 보며 청맹과니처럼 살아간다. 그들은 몸이 아프면 의사가 처방한 화학물질을 섭취하고 점점 원시의 치유력과 생명력을 상실한다. 설상가상 인공지능(artificial intelligence)이 진단하고 로봇이 수술하는 시대가 이미 도래했다.

예술은 인공적이면서도 아우라(aura)를 가지고 있다는 점에서 과학적 사고와 신화적 혹은 주술적 사고의 중간지점에 위치하고 있다. 예술가는 과학자와 주술가의 양면을 갖고 있다. 이때 르네상스를 대표하는 천재 레오나르도 다빈치(Leonardo da Vinci)가 상기된다. 그는 마이더스처럼 손에 대는 것은 모조리 걸작이 되는 탁월한 조형적 재현력을 가지고 있었으며, 모든 분야에 걸쳐 장인의 정신을 발휘하였다. 회화, 미학, 음악, 수리, 생물학, 해부학, 지리학, 기계학, 동물학, 지질학, 항공학에서 탁월한 재능을 보여주었다. 현재 시/공을 초월한 만능인을 뜻하는 르네상스 인간

(Renaissance Man)이 그에게 적합한 이름이다. 예술가는 장인의 능력으로 물체를 재생산하지만 이것은 인식의 대상이다. 회화의 주제는 어디까지나 시간의 종말 혹은 순간의 포착이며, 회화나 조각에서 대상의 어떤 요소는 과감히 포기해야 한다. 말하자면 회화에서는 부피, 조각에서는 색깔, 냄새, 촉감, 시간의 차원을 포기해야 하는 것이다. 모두 시시각각 변하는 시간의 길고 긴 변화의 흐름 속에서 불과 한 순간에 포착된 것이기 때문이다.

예술은 집합, 즉 사물과 사건에서 출발하여 구조를 발견해 나가고 신화는 하나의 구조에서 시작하여 하나의 집합을 구성하려고 한다. 화가는 삽화와 도식의 중간지점에 위치한다. 내적 지식과 외적 지식, 존재하는 것과 형성되는 것을 결합하고, 미지의 물체를 캔버스 위에 창조해내는 것이 화가의 재능이다. 미적 감동은 구조적 질서와 사건의 질서 간의 조화로운 결합에서 발생한다. 감상자는 사물의 결합으로 인한 합리적 조화를 발견할 때 미적 감동을 느끼는 것이다. 인간의 의식구조에 따라 피상적인 단순한 예술이나 철학적이며 복합적인 예술이 선택된다.

:04 바르트의 신화론

블레이크(William Blake), 워즈워스(William Wordsworth),
콜리지(Samuel Taylor Coleridge)

전망: 플라스틱의 신화

20세기의 사상사를 화려하게 장식한 롤랑 바르트(Roland Barthes)는 신화의
해석에 대해서도 날카로운 안목을 보여주었다. 『신화론』(*Mythologies*)에서
그는 레슬링, 광고, 여행안내서, 프랑스인의 와인선호, 아인슈타인, 세계적
인 전도사 빌리 그레이엄(Billy Graham), 시트로엥 자동차의 내재된 이미지
를 신화적으로 풀이해 보았다. 이는 사회현상에 대한 신화적인 접근을 시
도한 실사구시(實事求是)의 관점을 보여주는 것이며 본고의 목적에도 부합
한다. 그가 보기에 신화는 일종의 허구(mythos)로서 신이나 초자연적인 세
력을 다루는 것이라는 외연을 가지고 있지만 동시에 무시간적이고 보편적
인 호소력과 진리를 함축한 이야기를 지시하기도 한다. 그러니까 바르트
가 보기에 신화는 시공을 초월하면서도 역사와 사회에 영향력을 행사하고

있다는 점에서 역사적인 구체성을 지닌 이데올로기의 일환이다.

이런 점에서 [홍익인간은 단군왕검 신화에서 비롯된 한반도의 전승문화이자 건국 이데올로기인 것이다. 로마시대의 검투사, 현대의 레슬러들의 모습도 기실 과거 초월적인 계시와 본능과 욕망을 바탕으로 야만의 제전(carnivalesque)에서 시행되었던 야만적 신화의 문화화된 모습인 것이다. 그는 신화의 왜곡이 본질의 왜곡을 의미하는 것으로 보고 있다. 이를테면 로마시대를 재현하는 영화의 경우 과장되고 억지스러운 모습으로 나타나거나, 교활한 정치인이 밀짚모자를 쓰고 자전거를 타고 사진 속에 등장하거나, 프랑스어가 유럽 상류사회를 대변하고, 표준말이 부르주아 지식인의 전형을 대변하는 것처럼 보이는 경우이다. 이것을 악의적으로 이용하여 대중들은 순진하게 현혹되고 세뇌(brainwashing)되는 대상이 된다.

이렇듯 신화와 본질은 왜곡되고 대중을 이용하기 위한 선동의 자료로서 도구로 원용된다. 신화가 내재한 이데올로기적 의미는 악의성과 순진성이다. 그는 자연스러운 것인 척하는 문화적 산물을 혐오한다. 그 가운데 플라스틱은 현대문화와 자본주의를 대변하며 자연스럽고 보편적이고, 무시간적이라는 이미지를 가지고 있으며 이것이 플라스틱의 오도된 신화라

불멸의 도구

는 것이다. 또 와인은 프랑스 귀족의 정체성을 나타내며, 한국의 폭탄주는 운명공동체적인 동지적 정체성을 나타낸다. 그러니까 신화는 플라스틱, 포도주, 폭탄주가 내포하는 물질적 의미를 이념적이고

보편적인 가치를 지닌 기호적 의미로 둔갑시킨다.

이러한 신화에 대한 두 가지 야누스적인 관점이 있는데 그것은 극과 극의 관점으로 전폭적인 [맹신의 관점](view of blind belief)과 미신으로 치부하는 [불신의 관점](view of disbelief)이다. 여기서 바르트의 신화에 대한 입장은 대중들이 어떤 인물을, 어떤 현상을, 그 본질에 대한 비판적인 안목대신 맹목적으로 동경한다고 하는 [맹신의 관점]을 지적한다. 신화는 특정한 것을 보편적인 것으로 둔갑시키고, 문화적인 현상을 자연적인 현상으로 둔갑시킨다. 말하자면 와인을 마시고 블랙커피를 마시는 소위 [강남 스타일]이 현대인의 삶을 대변하는 것이고, 플라스틱이 자연스러운 삶의 도구로 인식되는 것이다.

그는 오도된 신화의 사례로서 『파리 마치』(*Paris March*)지의 표지사진 속에 등장하는 프랑스 삼색기를 향해 거수경례하는 흑인병사의 태도를 소개한다. 한 병사의 특정한 사례를 통해 프랑스라는 위대한 제국에 헌신하는 인종초월의 보편신화를 나타낸다. 프랑스와 마찬가지로 우리나라에는 특정한 것이 보편적인 것으로 둔갑하는 경우가 유독 잦다. 그래서 신화에 대한 바르트의 비판적인 인식은 정치인의 감성적 술수에 잘 현혹되는 순박한 우리 국민들에게 특히 전파되어야 할 필요가 있다. 바르트가 보는 신화의 개념은 문화가 그것의 주변 세상에 대해 의미를 지시하고 인정하는 태도라고 본다. 그러므로 그가 보기에 모든 것이 신화가 될 수 있다. 이 점을 블레이크의 「순수의 전조(前兆)」("Auguries of Innocence")의 일부에 적용해 볼 수 있다.

한 알의 모래에서 세상을 보고
한 송이 들꽃에서 천국을 보기 위해
네 손바닥에 무한을 쥐고
한 순간에 영원을 쥐어라.
새장에 갇힌 한 마리 로빈 새는
천국을 온통 분노케 하고
비둘기로 채워진 비둘기 집은
지옥의 곳곳을 흔들어댄다.
주인 문전에 굶주림으로 쓰러진 개는
그 나라의 멸망을 예고한다.

To see a World in a Grain of Sand
And a Heaven in a wild flower
Hold Infinity in the palm of your hand
And Eternity in an hour.
A Robin Red breast in a Cage
Puts all Heaven in a Rage
A Dove house filld with Doves & Pigeons
Shudders Hell thr' all its regions
A dog starvd at his Masters Gate
Predicts the ruin of the State

블레이크의 시적 경향에 대해 시성 엘리엇은 전 세상이 공모하는 것을
고발하는 정직성을 가지고 있다고 평가한다.[1] 여기서는 부분을 통해 전체
를 파악하는 환유(metonymy)의 신화가 드러난다. 부분의 모습은 전체의

---

1) *The Sacred Wood*, p. 88.

모습을 대변하기에 [프랙털](fractal) 신화로 볼 수도 있다. 일부의 징조를 보고 전체의 재앙을 파악한다. 마치 소돔과 고모라의 재앙에서 천사가 성 내에 열 명의 의인을 찾지 못하여 대재앙을 예고하듯이. 작은 사소한 일들 이 모여 큰 사건이 발생하는 [하인리히 법칙](Heinrich's Law)처럼. 그런데 전체론의 신화는 대중을 규합하는 점이 있지만 개성이 말살되는 문제가 야기된다. 마치 히틀러가 아리안(Arian) 순종주의의 선민신화 속에 독일인 들을 구속하여 파멸의 구덩이로 몰고 갔듯이.

한 알의 "모래"가 세상을 반영하고 한 송이 "들꽃"이 천국을 반영한다 는 점에서 우리는 세상에 대한 화자의 입장을 발견한다. 그것은 화자가 사 는 "모래"와 같은 세상은 암울하고 허무한 불모의 공간이지만, 이 무기물 의 온상 위에 피어나는 유기체로서의 "들꽃"이 "천국"으로 향하는 단서라 는 것이다. 다시 말해, 흙이라는 무생물 위에 피어나는 꽃이라는 유기적 생명체의 현시를 통해 몽롱하고 비현실적인 천국신화를 해체한다. 아울러 "로빈", "개", "비둘기"는 "들꽃"처럼 재앙과 지복을 담보하는 무기물의 온상 인 지상의 배열적 조화를 담보하는 피조물로서의 유기체들이다. 따라서 이 작품에서 제시하는 "순수"를 지향하는 천국신화는 애매하고 몽롱한 것 이 아니라 실제적인 것이다.

4.1 글쓰기의 신화

사상적으로 바르트에게 절대적인 영향을 준 사람은 사르트르(Jean-Paul Charles Aymard Sartre)였다. 당시 프랑스 사회는 독일 나치에 의해 수치스럽게 점령당한 궁핍한 나라의 면모를 일신하려 전전긍긍하였다. 불멸의 나폴레옹의 제국이 독일군에 의해 쑥대밭이 되었으니 얼마나 자존심 상할 일인가? 프랑스 곳곳을 잠식한 독일의 파시즘과 이에 부역한 프랑스 비시 (Vichy)정부의 청산을 위한 몸부림으로 나라 전역이 몸살을 앓았다. 프랑스인의 기질은 바스티유 감옥의 파괴에서 보았듯이 최근 프랑스 급진주의자 [노랑조끼]의 활동을 보듯이 굉장히 참여적이고 투쟁적인 편이다. 그것은 대의를 위해 목숨을 걸고 투쟁하는 스타일에 나타난다.

이 와중에 국외적인 위험요인으로 미국과 소련 사이에 군비확장을 통한 냉전이 진행되고 있었다. 국내외적으로 위기에 봉착한 프랑스의 예민한 지식인들은 미국의 [상실된 세대](lost generation)처럼 삶의 회의와 갈등에 사로잡혀 존재의 진정한 의미를 탐문하기 시작했으며, 국가, 정부, 제도에 사로잡힌 인간의 운명을 탄식하여 탄생한 이념이 실존주의였다. 그 주도적인 인물이 [즉자/대자](being-in-itself/being-for-itself), [존재와 무](being and nothingness)를 제기한 사르트르였다. 전자의 경우 사물에 대한 기호적 접근을 의미하고, 후자의 경우 존재는 자율적 타율적인 공격을 받아 무화된다는 것이다. 말하자면, 인간은 태어나자마자 자신의 약점으로 인해 그리고 주변 타자에 의해 공격을 받으며 점차 쇠퇴하게 된다. 환언하면, 인간은 적자생존, 무한경쟁의 정글에 노출되어 위태로운 삶을 영위하게 된다는 것이다. 그런데 사르트르가 주장하듯 공고해 보이는 인간존재와 제도는 [대자(對自)]적인 강렬한 저항 없이도 시간의 흐름에 따라 절로 무화된다. 이런 점에서 그의 저항은 거대한 우주 속에서 지구라는 찻잔 속의 저항일 뿐이다.

사르트르는 명저 『문학이란 무엇인가?』(Qu'est-ce Que La Littérature?)에

서 작가와 독자와의 소통을 강조하고, 실존주의의 두 모토로서 [자유와 참여]를 제한하는 폭력을 탐문한다. 그는 천지개벽의 계기가 된 프랑스혁명 (1789)을 기점으로 작가의 활동을 분석한다. 사자를 피하면 호랑이를 만난다는 식으로, 혁명 이전의 작가들은 유산자(bourgeois)의 도구와 수단으로 존재했지만, 혁명 이후 그들은 무산자(proletariat)의 도구와 수단이 되었다는 것이다. 분명히 사르트르에게 마르크시즘의 영향이 지대했지만 한편 그것의 이념적 강제나 구속을 의심받기도 했다.[2] 그것은 공동체 구속의 마르크시즘과 자유와 참여를 강조하는 실존주의는 분명히 상극이었기 때문이다. 전자는 부르주아 타파를 주장하는 이데올로기의 종속을 의미하고 후자는 정권과 제도로부터 자유와 해방을 의미하지 않는가? 사르트르의 이 저술은 나중에 바르트의 명저 『글쓰기의 영도』(*Writing Degree Zero*)의 토대가 된다.

바르트의 『글쓰기의 영도』에서는 부르주아 문체를 제거하는 글쓰기에 대한 논의가 핵심이다. 그는 작가가 구사하는 언어와 작가가 글을 쓰는 문체에 대해 반성하고 제3의 개념인 [에크리튀르](écriture)를 제시한다. 이는 독자로 하여금 무표정, 무반응을 일으키는 글쓰기의 형식적인 차원이 아니라 독자로 하여금 반작용을 유발하는 능동적인 글쓰기이다. 보통 관습적인 글쓰기는 형식적인 차원에서 [반反-소통]이 된다. 그러니까 글쓰기가 소통이 아니라 오히려 불통의 매체가 되는 것에 대한 바르트의 비판이다. 그의 입장은 [자유]를 선택하는 사르트르의 입장보다 [부조리]를 선택하는 카뮈(Albert Camus)의 입장을 더 선호하는 듯하다.

---

2) 실례로, 1950년 한국전쟁에 대한 모리스 메를로 퐁티(Maurice Merleau-Ponty)와 사르트르의 설전이 벌어져 두 사람은 결별했다. 전자는 당시 소연방과 북한의 남한 침략을 비난했고, 후자는 지지했다.

인간의 신화적 일상

카뮈는 『시시포스의 신화』 (*The Myth of Sisyphus*)에서 언덕 아래에서 위로 애써 바위를 굴려 올라가지만 그것을 도로 떨어뜨리는 작업을 수없이 반복하는 신화 속의 시시포스의 저주받은 운명과 매일 동일한 작업을 수없이 반복하는 현대인의 저주받은 운명을 탄식하고 무한한 자유를 갈망한다. 바르트가 보기에 시시포스의 비극이 글쓰기에도 전파되었다고 비판한다. 자유분방한 글쓰기인 것처럼 보이지만 결국 부르주아 문학의 수준으로 환원되는 것. 19세기 리얼리즘 혹은 자연주의 소설은 이러한 증상을 치료하기 위하여 등장하였고 현실에 대한 사실적 묘사가 특징이라는 일반적인 정의와는 달리 복잡한 기술이나 섬세한 구성에 구속되지 않는 글쓰기의 형식으로 바르트는 본다.

그런데 리얼리즘도 사회로부터 소외된 형식으로 보아 비판한다. 리얼리즘은 세상을 사실 그대로 재현하기 위해 문학적 관습을 초월하려 했지만 결국 환상을 창조하는 문학적 관습, 즉 언어적 구성물로 환원된다고 본다. 문학이 기성세력의 사회를 치유할 수 없다면 문학은 살해되어야 한다고 본다. 바르트는 글쓰기에서 상투적이고 관습적인 문학기호를 박멸하려 했던 시인을 스테판 말라르메(Stéphane Mallarmé)라고 본다. 그의 혁신적인 정신을 다음에 나오는 시작품 「백조」("Le Cygne")를 통해 느낄 수 있다. 그것은 미끈하고 안일한 현실에 대한 음습하고 섬뜩한 전망을 제시한다. 현실을 타개하지 못하는 자신의 모습을 탄식한다. 동시대 다른 상징주의 시인들의 시작품과 비교해 특이점이 있는가?

> 순결하고 생기 있어라, 더욱 아름다운 오늘이여,
> 사나운 날개 짓으로 단번에 깨뜨려버릴 것인가.
> 쌀쌀하기 그지없는 호수의 두꺼운 얼음.
> 날지 못하는 날개 비치는 그 두꺼운 얼음을.
>
> 백조는 가만히 지나간 날을 생각한다.
> 그토록 영화롭던 지난날의 추억이여!
> 지금 여기를 헤어나지 못함은 생명이 넘치는
> 하늘나라의 노래를 부르지 않는 벌이런가.
> 이 추운 겨울날에 근심만 짙어진다.
>
> 하늘나라의 영광을 잊은 죄로 해서
> 길이 지워진 고민의 멍에로부터 백조의
> 목을 놓아라, 땅은 그 날개를 놓지 않으리라.
>
> 그 맑은 빛을 이곳에 맡긴 그림자의 몸이여
> 세상을 멸시하던 싸늘한 꿈속에 날며,
> 오, 구더기! 눈도 귀도 없는 어둠의 빛이여,
> 너 위해 부패의 아들, 방탕의 철학자
> 기뻐할 불량배의 사자는 오도다.
>
> 내 송장에 주저 말고 파고들어
> 죽음 속에 죽은, 넋 없는 썩을 살 속에서
> 구더기여, 내게 물어라, 여태 괴로움이 남아 있는가 하고...[3]

바르트는 방대한 역사와 전통을 자랑하는 통시적 글쓰기의 신화를 배척한다. 그것의 실천은 애매하지만, 글쓰기는 문학적 언어가 아니라 근본적인 말에 운명을 맡기고 문학을 초월하는 것으로 보아야 하기 때문이다. 말하자면 글쓰기는 스타일을 지우는 작업이어야 한다는 것이다. 이런 밀교적인 글쓰기의 사례로 카뮈의『이방인』(L'Étranger 혹은 The Stranger)을 든다. 이런 글쓰기를 스타일이 부재한 중립적이고 비관습적인 이념부재의 글쓰기 혹은 [영도의 글쓰기]로 부른다. 다시 말해 문학의 관습에 오염되지 않고 스타일이 부재한 상태를 이상적인 글쓰기의 상태라고 보는 것이다.

들뢰즈(Gilles Deleuze) 식으로 말한다면 고정된 질서에서 벗어난 카오스의 상태를 의미하는 [기관 없는 신체](corps sans organs)로 볼 수 있다. [영도의 글쓰기]는 타락한 부르주아 문학을 세척하는 [추상기계]로 볼 수 있다. 카뮈가 창조한 프로메테우스적인 인물 [뫼르쇠는 사회전반에 확산된 거짓말 문화에 대해 저항한다. 그는 거짓말을 거부함으로써 거짓말의 사회로부터 배척된다. 이 거짓말은 문학과 등치된다. 그것은 현실의 문학이 거짓말이라는 것이다. 그런데 바르트의 말이 일리가 있지만 사물을 묘사하는 말/글이 거짓을 말하지 않을 수가 있는가? 거짓말은 인간의 신화, 역사, 현실 아닌가? 거기다 바르트가 말하는 진정한 거짓 없는 글쓰기를 탄압하는 억압기제(mechanism of repression)로서 공동체의 검열제도(censorship)가 존재하지 않는가?

바르트의 혁명적 글쓰기는 일종의 변증법적 글쓰기와 연관된다. 변증법은 소크라테스와 헤겔의 입을 통해 마르크스를 거쳐 바르트에게 전달된

---

3) http://www.seelotus.com/gojeon/oe-kuk/poetry/baek-jo.htm

다. 마르크스는 이를 부르주아의 세상에 대한 프롤레타리아의 투쟁으로 치부하여 절충적인 이념으로서 제3의 혁명적 질서인 공산주의를 유도해 냈다. 마찬가지로 바르트는 기존의 타락한 부르주아 글쓰기에 대항해 [영도의 글쓰기]를 제시함으로써 제3의 혁명적 글쓰기를 꿈꾸었던 것이다. 이런 대립이 초래한 혁명적 질서가 [저자의 죽음](the death of the author) 혹은 허구의 창작과정을 보여주며 허구의 진실을 파괴하는 초소설(metafiction)이 아니겠는가? 말하자면 그의 기발한 글쓰기는 기존의 글쓰기(테제)에 대한 안티테제가 되는 것이다.

이런 점에서 바르트는 『서푼짜리 오페라』(*The Three Penny Opera*)로 널리 알려진 독일 극작가 베르톨트 브레히트(Bertolt Brecht)에 대해서 관심을 표명했다. 주지하듯이 브레히트가 상기시키는 문학개념은 [낯설게 하기](defamiliarization)이다. 그것은 극의 인물과 관객의 동일시(identification)를 거부하는 것. 다시 말해 극중에 몰입하여 자아를 상실하는 비극을 방지하기 위하여 관객은 극과 거리를 두어야(distancing) 한다는 것이다. 현실의 재현인 극은 어디까지나 극일 뿐이며 관객의 인생이 아닌 것이다. 말하자면 [독자와 텍스트] 사이의 거리두기도 이와 같다. 그러므로 관객과 독자는 극이나 텍스트에 함몰되어 주체를 상실하지 않기 위하여 버텨야 한다(resisting text).

그리고 [영도의 글쓰기]의 관점에서 바르트가 특히 주목한 작가가 알랭 로브그리예(Alain Robbe-Grillet)[4]이다. 아주 상세하게 사물을 묘사하여

---

4) 프랑스 브레스트에서 출생했으며, 통계기사로 열대지방에 오래 체재하였다. 소설 『엿보는 사람』, 『1955, 비평가상(賞)』, 『질투』(1957), 『미로에서』(1959) 외 소설과 영화가 결합된 시네로망(cine-roman) 『지난해 마리엥바드에서』(1961)가 있고 평론은 「새로운 소설을 위하여」(1963) 등으로 [누보로망(Nouveau roman)]의 기수로서의 위치를 확립했다. "미래의

독자들이 상징적, 은유적으로 접근하지 못하게 하거나, 등장인물들이 거의 재현되지 않는 무의미한 세상을 보여주고, 시각적으로 사물에 접근하기에 읽어야 할 선명한 이야기가 없다. 그러므로 독자들을 사로잡기 위해 강박적으로 창작되는 부르주아 문학을 거부하는 셈이다. 바르트는 로브그리예가 사물에서 독자를 추방하기 위하여 사물을 묘사한다고 본다. 그러나 그는 로브그리예가 속하는 밴[反]-소설로서의 누보로망(Nouveau roman) 계열의 소설도 부르주아 문학의 계열에 속하는 일종의 아방가르드에 동화된다고 의심한다. 문학의 급진적인 경향도 영역의 확장을 꾀하는 부르주아 문학의 음모라고 본다. 결론적으로 바르트의 자유로운 글쓰기는 제도적이고 관습적인 구태의연한 글쓰기 신화에서 탈피하는 것이라고 본다. 그 고질적인 구습은 리얼리즘의 신화이며 심리학의 신화이며 저자의 텍스트를 진리라고 외치는 동굴의 신화이다. 이런 점을 워즈워스의 「세상사가 힘겹다」("The World is too much with us")에 적용해 본다.

> 세상은 우리에게 너무해요. 일찍부터 늦게까지
> 얻고 쓰는 데, 우리는 우리의 힘을 써버려요.
> 우리는 우리의 자연에서 보는 것도 거의 없어요.
> 우리의 심장을 줘버려요, 추악한 안일함!
> 가슴을 달에게 드러내는 바다
> 매 시간 울부짖으며 움츠려 잠든 꽃 같은 바람
> 우린, 모든 것을 위한 진리를 벗어났어요.
> 그것은 우릴 감동시키진 않아요. 위대한 신이여!

소설에는 행동이나 사물도 '무엇인가이기 전에 '그곳에' 엄연히 존재하는 것이 된다'고 하여 인간중심의 '의미부여'를 배척했기 때문에 '시선파'(視線派)라고도 말한다. [wiki.com]

난 차라리 낡은 교리로 사육된 이도교가 될래요.
그러면 이 기쁜 초원에 서서,
나의 외로움을 달랠 세상을 볼래요.
바다에서 떠오르는 프로테우스를 보거나
늙은 트리톤이 부르는 고동소릴 듣거나.

The world is too much with us; late and soon,
Getting and spending, we lay waste our powers;
Little we see in Nature that is ours;
We have given our hearts away, a sordid boon!
This Sea that bares her bosom to the moon;
The winds that will be howling at all hours,
And are up-gathered now like sleeping flowers;
For this, for everything, we are out of tune;
It moves us not. Great God! I'd rather be
A Pagan suckled in a creed outworn;
So might I, standing on this pleasant lea,
Have glimpses that would make me less forlorn;
Have sight of Proteus rising from the sea;
Or hear old Triton blow his wreathèd horn.

　인간은 사는 것이 괴롭다. 석가모니가 삶에 부가되는 고통의 원인을 생
/로/병/사 네 가지로 정의했듯이. 여기에 인간과 인간의 만남으로 인한 종
국적인 상실감, 즉 인연(*nidana*, first cause)이 추가될 수 있겠다. 인간은 사
방이 적으로 둘러싸여 있다. 환경적으로, 위로는 기압(atmospheric pressure)
이 육신을 누르고 밑에선 중력(gravity)이 팔다리를 당기고 공동체 속에서
죽은 타자의 전통을 학습해야 하고 또 타자들과 제한된 생존수단을 쟁취

하기 위해 무한경쟁을 해야 하고. 내적으로 박테리아, 바이러스, 신경증, 욕망, 불안, 긴장에 시달린다. "우리는 우리의 자연에서 보는 것도 거의 없어요."에 보이듯이, 그렇다고 인간이 진리를 아는 것도 아니다. 인간의 진리는 2차적인 기호적 진리 혹은 시적진리이기에 변증법적 갱신 혹은 패러다임의 변화가 발생하는 임시적인 것이다.

그래서 수도승은 인간의 의식 속에 각인된 기호의 공식을 지우고 사물과 직접 소통하려고 골방에서 무(無)를 화두로 몸부림친다. 그런데 자연과 그 파생물이 존재하는 상태를 의식적으로 무(無)화시키려는 수련은 초인적인 것이다. 그리하여 득도한 수도승은 비인간, 초인이 되어 사회와 영구히 유리된다. 그러니까 인간의 삶은 본질적이 아니라 비본질적인 것이 운명이다. 진실이 아니라 비진실이 인간의 삶이다. 이러한 점에서 "우린, 모든 것을 위한 진리를 벗어났어요."에 나타나듯이, 인간사회는 거짓말 신화가 만연하는 사회가 된다. 그래서 "나에게 진실을 말해봐!"라는 말보다 사실 "나에게 거짓말을 해봐!"라고 하는 것이 더 진솔한 표현일 것이다. 인간이 기호의 그물에 포착되는 순간 거짓말의 세계에 포섭되어버린다.

아울러 인간이 사회의 구성원으로 역할을 다하기 위하여 자아(ego)라는 허위의 마스크를 착용해야 하지 않는가? 그러니까 카뮈의 [뫼르쇠는 사회가 거짓말투성이라 저항할 것이 아니라 사회의 본질이 거짓말임을 인식하고 기꺼이 수용했어야 했을 것이다. 그래서 "나의 외로움을 달랠 세상을 볼래요."에 보이듯이, 화자는 인간이 여태 진리라고 바라본 것이 허위임을 인식하고 인식전환을 시도한다. 대대손손 조물주에 대한 고독한 숭배와 욕망의 승화를 버리고 밀교사원에 조각된 탄트라(tantra)의 육적인 이교도로, 그리스 신화5) 속으로 나아간다. 그런데 이런 방편적인 인식의 전환도 다른 거짓말의 신화 속에 편입되는 지름길이다. 결론적으로, 생존에 허비되는 우리의 목숨과 진리를 바라보지 못하는 내면의 갈증이 상징의 억압으로 불만의 신경증세(neuroses)로 자리하여 콤플렉스의 신화를 구축한다.

4.2 대중신화

바르트는 그의 『신화론』을 통해 몽롱한 신화가 과거에만 안주하는 것이 아니라 현재에도 여전히 영향력을 행사하고 있음을 설파한다. 그러나 모든 대상들이 다 신화적 대상들이 되는 것은 아니고 그가 보기에 신화적 대상이 되는 조건은 의식성과 소통성이다. 신화적 대상이 되기 위하여 대중의 인식능력에 의한 활발한 의미생산과 의사소통이 전제되어야 한다는 것이다.6) 바르트는 신화가 〈반지의 제왕〉(*The Lord of the Rings*)이나 〈해리포터〉(*Harry Potter*)에 나오는 극적인 상황만이 신화가 아니라 인간의 일상 전역에 신화적인 현상이 파급되고 있음을 바라본다.

말하자면 광고, 기사, 상품, 경기, 행사 등에 신화가 내재되어 있으며 인간들을 포획하여 동화시키기 위한 동인이 된다는 것이다. 구체적으로 신화의 대상이 되는 인물과 사물들은 바르트가 보기에 시트로엥 자동차,

---

5) 성경과 달리, 그리스 신화에서는 신이 우주만물을 창조한 것이 아니라, 우주만물이 신을 창조한 것으로 본다. 그러니까 신이 존재하기 이전에 하늘과 땅이 선재(先在)하였고, 하늘과 땅이 신을 창조했다는 것이다. 최초의 신족인 타이탄(Titans)들이 하늘과 땅의 자식들이며 나머지 신들은 그 후손들이라는 것이다(*Mythology: Timeless Tales of Gods and Heroes*, p. 24).

6) *Roland Barthes: Structuralism and After*, p. 106.

와인, 빌리 그레이엄, 레슬링, 아인슈타인의 두뇌 이미지 등이다. 바르트가 바라보는 신화의 개념은 그리스 신화를 연상하는 신화는 외연적으로 초월적인 힘을 행사하는 허구적인 이야기에 불과하지만 한편 내연적으로 영원하고, 보편적인 진리를 가지고 있다고 본다. 그것은 신화의 기호가 자연스러운 것으로 치환되고 인간들이 이에 동조 동화되는 것이다. 물론 부르주아 문학이 더 이상 논의의 대상이 되지 않는 듯 작가들과 독자들에게 자연스러운 것으로 둔갑하는 것도 문학의 신화화가 된다.

이런 현상은 각 분야에서 나타난다. 리얼리즘의 천국인 할리우드의 영화에서, 권력 지향적 이데올로기를 은폐하며 서민 행세하는 정치인의 포스터에서, 대중들의 영적인 히스테리를 자극하는 빌리 그레이엄의 연설에서 발견된다. 특히 광고에서 바르트는 [가루비누와 합성세제]서 부여되는 특별한 이데올로기를 발견하는데, 프랑스에서 유행하는 가루비누 상품인 '퍼실'(Percil)과 합성세제 상품인 '오모'(Omo)의 광고에서, 전자는 [때](stain)를 벗겨주는 이미지를 제시하는 반면, 후자는 군대처럼 [때를 공격하는 이미지를 부여한다고 본다.

바르트는 우리가 애용하는 [플라스틱]이 무겁고 공간을 차지하는 철 대신 등장한 기적의 창조물로서 이것이 자연스럽게 사용되는 것을 비판한다. 조물주는 금, 은, 동, 철을 만들었고, 인간은 플라스틱을 제조했다. 얼마나 기가 막히는 은유이며 모방인가? 플라스틱은 인간의 부르주아 문화가 생산하여 전 세계에 유통시켜 뒷동산의 소나무처럼 자연스럽게 우리의 일상에 존재한다. 거대한 고래도 바다에 부유하는 플라스틱을 해초로 보아 플라스틱을 먹고 죽기도 한다. 그리하여 플라스틱은 인간의 편리한 친구이자 생태계를 위협하는 적이 된다.

약국(pharmacy)의 기원이 되는 파르마콘(*pharmakon*)이 약(medicine)이 되기도 하고 동시에 독(poison)이 되기도 한다는 데리다(Jacques Derrida)의 언명처럼. 컴퓨터는 문명의 이기이지만 동시에 인간의 기억을 잠식하는 흉기가 된다. 또 와인(wine)은 노동자들에게 목숨을 연명하는 음료가 되지만 식자층에겐 자신의 명성과 부를 상징하는 수단이 된다. 무엇보다 와인은 프랑스인의 고상한 취향을 대변한다는 신화 속에 안주한다. 프랑스 와인의 대명사로 소수에게 제한적으로 공급되는 [로마네 콩티](*Romanee Conti*)는 프랑스 귀족과 상류층의 명예와 자존심을 대변한다. 이처럼 와인은 진리의 성배(Holy Grail)처럼 프랑스 사회와 문화의 정체성을 암시하는 신화적 대상이 된다.

바르트는 현대인의 자연스러운 일상에 잠복하고 있는 신화를 발굴해낸다. 마치 무의식 속의 괴물을 탐지하여 대화요법(talking cure)으로 추방하려는 프로이트의 후예처럼. 또 바르트는 프랑스 사회에서 하위 소득계층에 유통되는 『엘르』(*Elle*)라는 잡지는 하류층의 일주일 생활비를 초월하는 산해진미를 보여준다고 말한다. 왜 그럴까? 무슨 은밀한 신화가 도사리고 있는 것일까? 하류층의 신분상승을 유도하는 신화일까? 이런 점에서 한국드라마의 배경은 서민이 주인공임에도 서민이 도전하는 공간은 재벌의 회사이거나 정원이 딸린 가정부가 상주하는 이층집 맨션이고 행선지는 주로 미국이나 유럽이다. 이것이 하류층의 신분상승의 동기를 부여하는 혹은 하류층의 욕망을 보충하는 신화가 아닐까? 이처럼 신화는 특정 계층의 문화를 보편적이고 자연스러운 문화로 바꾸어버린다.

정치적 신화의 사례로서, 물론 모든 인간사의 배후에 도사리는 모든 신화는 정치적이고 이데올로기적이긴 하지만, 1949년 창간된 프랑스의 대중지『파리 마치』(paris-match)의 화보로 나오는 프랑스 군복을 입은 어린 흑인 병사의 거수경례의 모습에서 식민주의(colonialism) 신화를 탐색한다. 그 흑인병사는 프랑스의 삼색기를 향해 눈을 부릅뜨고 부동자세로 경례를 한다. 이 화보가 암시하는 바는 프랑스는 위대한 제국이며 병사가 흑인임에도 프랑스를 위해 충성을 맹세한다는 것이다. 마찬가지로 지난 2018년 월드컵 대회에서 프랑스대표 팀의 흑인스타들은 얼마나 프랑스의 삼색기 아래에서 충성을 다해 뛰었던가? 이를 통해 프랑스 내에 다른 유색인들도 프랑스 삼색기 아래에서 충성을 다해야 한다는 식민주의 신화가 자연스레 정착될 수 있는 것이다. 흑인이 백인의 문화에 동화된다는 점에서 파농(Frantz Fanon)이 주장하는 [검은 피부, 흰 마스크](Black Skin, White Mask) 개념과 연관될 수 있다.

또 바르트는 영국의 사례를 든다. 그가『신화론』을 집필할 당시 어느 날 영국여왕의 어머니가 사망하였는데 그 관이 안치된 곳에 군중들이 떼로 몰려와 행인들이 그곳을 지나가기 위해 몇 시간 동안 줄을 서서 기다렸다는 집단현상을 통해 영국의 국왕제도에 대해 영국인들이 동조한다는 신화를 창조한다고 본다. 바르트는 이런 신화를 창조하는 주체가 부르주아이며 이들이 정치, 경제, 사회, 문화, 예술에 침투하여 지배이데올로기를 양산하는 신화를 창조한다는 것이다. 그런데 소위 신화론을 연구하는 학자들은 공시적인 관점에서 현재 일상에 침투한 신화의 은밀한 폐해를 지적하거나 비판하지 않고 고색창연한 연대기적인 신화의 연구에만 매몰되는 비현실적인 박물관적 사고를 가지고 있다고 바르트는 비판한다.

4.3 기호학의 신화

바르트의 신화론은 소쉬르의 기호학에서 영향을 받은 바 크다. 소쉬르의 기호론은 바르트가 프랑스 사회에 고정된 고질적인 부르주아 문화를 비판하는 데 크나큰 수단이자 무기가 되었다. 바르트의 기호론은 소쉬르가 사후 출판한 『일반언어학 강의』(*The Course of General Linguistics*)에 기초한다. 바르트는 언어가 역사적인 현상이 아니라 현재 존재하는 체계로 바라보는데, 그것은 [파롤과 랑그] 사이의 대립을 의미한다. 이것이 언어의 구조가 되는 것이다. 언어의 실제행위로서의 파롤은 언어의 규칙과 체계로서의 랑그를 모태로 무한 생성된다. 프로이트 식으로 말하자면, 파롤은 의식이며 이는 무의식에서 전의식(preconsciousness)을 관통하여 현실에 드러난다.

문학적으로 말하자면 하나의 텍스트는 문학전체의 구조 혹은 맥락에서 파생되는 것이다. 다시 말해 텍스트는 콘텍스트를 통해 생산된다. 텍스트의 독창성을 아무리 강변해도 한 텍스트는 다른 텍스트의 패러디인 셈이다. 기호는 기표와 기의의 자의적 임의적 관계의 산물이다. 기호학은 구조주의를 만나 다른 기호 체계로 확장된다. 이런 점에서 기호구조주의는 언어학, 문학, 사회학, 역사학, 인류학, 정신분석학, 철학, 미술에 적용된다. 이후 언어연구는 실제 언어행위보다 이의 바탕이 되는 언어구조와 규칙에 집중된다. 문학의 경우, 텍스트를 잉태하는

인격기호

문학의 체계에 초점을 맞춘다.

기호학과 구조주의는 한통속이며 상보적인 관계를 유지하며 공존한다. 말하자면 바르트에게 기호학은 사회의 구조를 탐구하는 수단이 된다. 기호는 임의적이고 자의적이기에 세상과 무관하며 세상과 직접적으로 관계하지 않지만 언어체계 속에서만 의미연쇄를 작동시킨다. 언어는 기호체계일 뿐이며 도로표시판, 건축디자인, 옷, 음식도 이에 속하기에 사회의 모든 의미현상들이 소쉬르의 언어학을 토대로 분석될 수 있다.

바르트는 『신화론』에서 기호가 세 가지 관계를 가지고 있음을 제시한다. 무엇보다 기호는 기표와 기의의 관계이고 낱말 혹은 소리와 의미의 관계이다. 장미가 유럽문화에서 로맨스의 기호라면, 그것은 장미가 연애 시에 혹은 연서(戀書)에 사용될 때 사람들이 장미라는 기표(단어 혹은 이미지)와 장미의 기의(문화적 의미)를 로맨스의 기호로 반복적으로 사용했기 때문이다. 실제 장미가 내포하는 기표와 기의를 통하여 장미는 문화적인 정열의 장미, 애정의 장미로 태어난다. 그런데 언어와 신화 사이에 차이가 있다. 앞에 나온 프랑스 삼색기 앞에서 어린 흑인병사가 거수경례를 하는 것은 사실 화보에 불과하지만 그 저변에 애국주의와 식민주의의 신화가 자리하는 것이다.

다시 말해, 표층의 언어에 내재하는 반역적인 심층의 신화 같은 것이다. 흑인의 삼색기에 대한 경례의 심층에 애국주의 혹은 식민주의가 자리하는 것이다. 신화는 이미 존재하는 기호에 작용하기에 그것이 무슨 매체이든 상관이 없이 작용한다. 말, 글, 옷, 사진, 영화, 연극, 음악, 방송, 건축 등을 막론하고. 신화는 표층적인 1차 체계의 언어에 작용하여 새 의미를 생성시키는 2차 체계의 언어이므로 일종의 메타언어(metalanguage)가 된다. 그러니 언어에서 분화된 신화는 얼마나 비현실적인 것인가? 하지만 비현실적인 신화는 우리의 현실을 위협하는 치명적인 동인이 되지 않는가? 물론 신화가 발생하지 않고 1차 체계의 언어에만 머물 수도 있다. 그것은 확산되는 판단을 중지(epoche)하는 현상학적인 관점에서 흑인 병사가 삼색기에 경례하는 것에 불과할 수도 있다.

따라서 신화는 이성(학력)과 재력을 보유하여 사회를 주도하려는 부르주아의 지배이념을 확산하기 위해 정치적으로 동원된다. 그런데 이 세상에 이데올로기로 채색된 언어적 과정을 통과함이 없이 존재하는 사물의 체계가 과연 존재할 것인가?

신화는 패션에도 적용된다. 그것은 인간들이 의상을 신속하게 교체해야 한다는 의복의 수명단축을 강조한다. 그런데 인간의 옷은 패션쇼의 디자이너들이 주장하는 것처럼 철따라 시시각각 다양하게 바뀌어야 하는 것인가? 이것도 옷을 철따라 바꾸어 입어야 한다는 강박적인 신화의 일환이 아닌가? 원시인처럼 옷을 거부할 수는 없는 것일까? 고대인처럼 인간이 옷을 한 벌 걸치면 그것이 다 닳을 때까지 입을 수 없는 것일까? 패션산업은 인간의 의복을 신속히 유통하기 위해 자연스레 여러 가지 번드르르한 행사를 기획하고 개최하지만 사실 그 내면에 소비 촉진의 신화가 도사리고 있다. 그 전시되는 의상들은 실용성과 편리성과는 다소 거리가 있는 허장성세의 이념으로 장식된다. 환상적인 음악과 경쾌한 율동에 맞추어 최신의상을 걸친 늘씬한 모델들이 행진을 하고, 관중들은 마치 자신들이 그 무리 속에 참여 아니 존재하는 듯한 착각을 일으켜 그 동일시의 환상 속에서 충동구매(impulse buying)의 대열에 가담한다.

패션쇼의 이유

　　이런 점에서 바르트는 패션에 동원되는 언어들을 분석하고 대중 기만의 신화소(mythemes)를 지적한다. 그의 견지에서 의상을 장식하는 약호들은 의미작용의 대상[object], 의미작용의 보충[supplement], 변형된 의미작용[variant]으로 구성된다. 의미작용의 대상을 환상적으로 미화하고 그것의 조화를 강조하여 소비자 혹은 대중에 그 적절성을 주입한다. 이 구조에 따라 패션은 철마다 의미작용이 변형되는 카멜레온의 신화를 연출한다.

　　[a] skirt[o] with a full[v] blouse[s]
　　　　풍덩한 블라우스와 치마

　　[b] a cardigan[o] with its collar[s] open[v][7]
　　　　목깃이 열린 카디건

　　바르트는 패션체계에서도 내포(connotation)와 외연(denotation)을 발견한다. 전자의 예로 추상적인 권력의지를 반영하는 패션을, 후자의 예로 구체적인 실용성을 반영하는 패션을 언급할 수 있다. 판사들이 입는 검은 가

---

7) 『문제적 텍스트 롤랑/바르트』, pp. 101-03.

운은 내포를 가지는 패션이며, 노동자가 입는 데님(denim) 소재 청바지는 외연을 가지는 패션으로 볼 수 있다. [외연]은 사물에 접근하는 최초의 문자적 서술을 의미하는 1차 체계의 언어를 말하고, 이에 대한 다양한 의미론적 해석을 시도하는 것이 2차 체계의 언어인 [내연]이다. 패션은 실용성, 자연성, 현대성의 외연 속에 상업성의 내연을 함의한다.

　따라서 바르트의 패션 신화는 기표와 기의의 [1대 1] 대응관계인 구조주의적인 관점에서 기표와 기의의 [1대 N]의 의미 분열을 지향하는 탈구조주의적인 관점을 지향한다. 기표와 기의의 관계가 자연스러운 것 같지만 사실 임의적이듯이, 패션과 기호 또한 자연스러운 것 같지만 사실 자의적이며 폭력적인 것이다. 부르주아는 이성, 재력, 권력으로 자신들이 만들어낸 패션이라는 기호를 대중에 자연스레 유포된 신화처럼 시중에 자연스럽게 유통시킴으로써 시장에 대한 지배력을 공고히 하려는 음모를 가지고 있음을 바르트는 신랄하게 비판한다. 이것이 바르트의 탈신화화의 사명이다. 그런데 흘러넘치는 에너지의 법칙에 따라 자본, 권력, 인력으로 무장한 부르주아가 신화 조작 외에 무엇을 욕망하겠는가? 이 점을 콜리지의 「쿠블라 칸」("Kubla Khan")의 일부에 적용해본다.

　　그러나 오! 그 깊은 신비한 협곡이 비스듬히
　　푸른 언덕 아래로 삼나무 숲을 가로질러
　　야만적인 곳! 신성하고 매혹적인
　　하현달 아래에 여전히 출몰하는
　　악마연인을 그리며 울부짖는 여인!
　　이 협곡으로부터 끊임없이 들끓는 소란으로,
　　마치 이 대지가 가쁜 숨을 쉬듯,

But oh! that deep romantic chasm which slanted
Down the green hill athwart a cedarn cover!
A savage place! as holy and enchanted
As e'er beneath a waning moon was haunted
By woman wailing for her demon-lover!
And from this chasm, with ceaseless turmoil seething,
As if this earth in fast thick pants were breathing,

　이 작품은 콜리지가 꿈속의 상황을 현실에 일부 옮긴 것으로 알려져 있다. 그러니까 꿈속의 신화가 시작품의 현실이 된 것이다. 그러기에 신화가 현실에 아무런 영향력을 행사하지 못한다고 보는 것은 단순한 발상이다. 간밤의 악몽이 현실에도 영향을 미치지 않는가? 그 꿈속의 신화를 현실에 적용시키기 위하여 혹은 현실을 분석하는 단서로 삼기 위하여 해몽(oneiromancy)이라는 분야가 있다. 꿈은 메시지(message)로 부호화(encode)되어 탈코드(decode)의 대상이 되는 것이다. 이 작품에서 "푸른 언덕" 아래 펼쳐진 깊은 골짜기를 묘사하는 1차적 언어체계에서 2차적인 언어체계로서 신화가 드러난다. 그것은 "악마연인"과 "여인" 간의 로맨스이다. "여인"이 "악마연인"을 동경한다는 점에서 피학적인(masochistic) 애정의 바로크 신화가 드러난다. 지상은 이성과 합리가 판치는 곳이 아니라 드라큘라(Dracula)의 야성이 판치는 "마력"의 공간이 되는 것이다.

　한편 시적화자가 지상에서 "야만적인 곳"인 피안의 세계로 탈출을 시도한다는 것은 실현가능성이 전무한 어디까지나 마음의 그림이다. 현실의 골짜기와 "신비한 골짜기", "여인"과 "악마연인" 사이에 건널 수 없는 간격이 노정된다. 그것은 현실과 꿈이 혼재하는 [몸과 마음의 신화이다. 마음이 허황되다고 하여 몸이 마음을 무시할 수가 있는가? 이런 점에서 낭만주의 신화로 작용하는 [불신의 자발적 중단](willing suspension of disbelief)은 당연한 것이다. 그러나 몸과 마음의 노선은 각각 리얼리즘과 낭만주의의 신화를 고수할 수밖에 없을 것이다. 몸과 마음의 노선은 각각 리얼리즘과 낭만주의의 신화를 고수하기에.

4.4 [탈-]구조주의 신화: 저자의 죽음

프랑스의 사상운동이 거리투쟁으로 격렬해지던 시점인 1950-60년 사이에 프랑스의 실존주의에 배태된 허무주의는 구조주의로 극복되고 있었다. 바르트는 당시 고답적인 대학 내 아카데미 비평을 비판하고 언어학, 정신분석학, 마르크스주의, 구조주의를 통해 당시 아카데미 비평 혹은 [랑송주의 비평][8]을 일신하려 했다. 이는 주로 문학작품의 의미를 작가, 역사, 전기에서 찾으려는 비평방식이다. 이에 반해 바르트는 자신의 혁신적인 비평방법을 [해석적 비평](interpretative criticism)이라 명명한다. 바르트는 사물의 핍진성(verisimilitude)을 옹호하며 기존의 문학전통과 관습에 의존하는 아카데미 비평을 비판한다.

구비평은 상식, 합리, 객관성, 명확성, 진리추구를 강조함으로써 문학

---

8) 랑송의 과학적인 실증주의적 방법론이 역사 전기적 비평방법이 형성되는 데 큰 기여를 했다. 그는 주로 원고의 이해, 서지, 연대기, 전기 작품에 대한 비평 등 보조과학이나 다른 모든 과학들, 즉 주로 역사학, 문법학, 철학사, 과학사, 민속사 등을 경우에 따라 적절히 이용함으로써 도움을 얻을 수 있다고 보았다. 하나의 텍스트를 안다는 것은 무엇보다 먼저 그 텍스트가 어떻게 존재하는가를 아는 일이다. 즉 서지에 의하여 정정, 보완된 전통은 작품들이 어떤 것인가를 지시해준다고 보았다. [http://m.blog.daum.net/msj514/12676680]

계의 부르주아의 기득권을 보호하려 한다. 그리하여 바르트가 공격하는 구비평은 부르주아 비평이 되는 것이다. 이런 점에서 바르트는 자신의 비평적 태도를 밝힌 『비평과 진실』(*Criticism and Truth*)에서 세 가지 태도를 제시한다. 그것은 과학적 읽기, 비평적 인식, 읽기의 혁신이다. 과학적 읽기는 문학에 대한 구조주의적 접근을 말하며, 비평적 인식은 텍스트로부터 전기적 참조가 아니라 의미생성에 치중하는 인식이며, 읽기의 혁신은 텍스트 외적인 관습을 파괴하는 것을 말한다.

바르트의 구조주의는 『서사의 구조주의적 분석 입문』(*Introduction à L'analyse Structural des Récits*)이라는 서사에 대한 구조주의의 적용에서 시작한다. 서사는 『베어울프』(*Beowulf*)처럼 인간의 문명만큼 유구한 역사와 전통을 자랑한다. 서사분석이 과학적인 것으로 인정받기 위해 서사가 개별적인 귀납에서 보편적인 연역으로 수렴되어야 한다. 서사는 담론의 일종이기에 개별 문장으로 대체된다. 그리하여 서사는 문장처럼 통사적 축(syntactic axis)과 계열적 축(paradigmatic axis)으로 분석이 가능하다. 서사의 진행은 전자에 해당하는 수평적인 것들과 후자에 해당하는 수직적인 것들이 동시에 작용함으로써 이루어진다. 낱말이 선택되고 문장이 드러나듯이 사건의 여건이 조성되고 사건이 발생한다. 그리하여 바르트는 서사를 세 가지의 층으로 구분한다. 첫 번째 층은 [기능]이며, 두 번째 층은 [행위]이며, 세 번째 층은 [서술](narration)이 된다.

여기서 [기능]은 배열과 통합을 의미하며, [행위]는 극중의 인물이 현실적인 인물이 아닌 가상의 인물이기에 그 존재는 부정되어야 하며 대신 행위가 존중되어야 한다고 본다. 다시 말해 극중 인물은 실제로 존재하는 것이 아니라 행위 참여자(participant)에 불과하다는 것이다. 예를 들어, 바르트가 혐오하는 부르주아 소설에 등장하는 인물은 사실상 존재하지 않고 행위만 존재한다는 것이다. [서술]의 내부에는 [발신자]와 수신자가 존재하고 외부에는 [화자]와 독자가 존재한다. 여기서 독자에 대한 연구가 관건이다. 따라서 서사의 의미는 현실의 재현에서 비롯되는 것이 아니라 서사의 체계에서 비롯되는 것이다. 문장이 송신자와 수신자를 설정하듯이 서사도 화자와 독자를 설정해야 한다. 서사의 독창적인 의미는 저자의 내면에서 생성되는 것이 아니라 저자의 내면을 매개로 서사의 체계에서 생성되는 것이다. 그리하여 독창성을 가진 [심리학적 인간]과 언어구조의 매개체인 [언어학적 인간]이 대립한다.

탈구조주의에서는 저자를 하나의 탐구의 대상으로 바라본다. 이는 저자에 치중함이 없이 의미생산의 원천을 탐문하려는 것이다. 독자, 문화양식, 상호텍스트성도 여기에 포함된다. 의미는 권위적인 것이 아니고 그 지속성에 대해 회의한다. 단일하고 일관된 본질로서의 자기(the self)의 개념은 허구적인 구조물이고, 개인은 긴장을 표현하고 절대적인 지식이 아니라 개별지식을 존중한다. 텍스트의 의미에 대한 독자의 다양한 생산을 존중한다. 저자의 의도는 독자의 의미보다 부차적이고 텍스트는 단일한 목적과 의미를 가지지 않는다. 설사 의미의 충돌이 독자 사이의 갈등을 유발할지라도 텍스트에 대한 의미의 생산은 촉진되어야 한다. 그러나 탈구조주의는 구조주의의 연속이라고도 하고 구조주의에 대한 반발이라고도 한다.

추정컨대 탈구조주의는 구조주의에 대한 안티테제로서 변증법적 과정으로서 이념투쟁을 겪었다고 본다. 그러나 그 절충의 결과는 여태 오리무중이다. 탈구조주의는 언어적 분석을 통하여 텍스트의 의미를 발견한다. 그 과정에서 보편적이고 중심적인 의미는 없다고 주장한다. 기호의 의미는 전 세계 문화마다 다르며 따라서 보편적인 의미는 없다는 것이다. 예를 들어, [사과]는 일반인들에게 과일로 인식되고, 기독교도에게 터부를 의미하기도 하고, 소비자들에게 휴대폰 제품으로 인식된다. 또 [하얀색]은 어떤 문화권에선 [죽음]을 의미하기도 하고 또 다른 문화권에서는 [행복]을 의미하기도 한다. 따라서 탈구조주의에서 보편적인 진리나 의미는 없다. 그것은 언어 자체가 의미를 기호에 부여하는 문화의 소산이기 때문이다.

구조주의자들은 텍스트의 의미가 문화의 기표로부터 분리될 수 없다고 보았으나 탈구조주의자들은 반대했다. 레비스트로스(Claude Levi Strauss)와 같은 진리중심주의(logocentrism)에 사로잡힌 구조주의자들은 데리다와 같은 탈구조주의자들에게 비판을 받았다. 거듭 말하여 저자의 의도보다 텍스트에 대한 독자의 수용 혹은 인식이 중요하다. 구조주의나 탈구조주의나 모두 저자의 중개역할을 거부한다. 텍스트가 독자의 시선에 포착되는 순간 저자는 사망하고 독자가 탄생한다.

따라서 바르트는 [저자의 죽음](The Death of the Author)을 선포했는데, 이를 저자의 [탈-중심화](decentering) 혹은 [불안정화](destabilizing)라고 부른다. 바르트는 저자에 대한 아무런 관심 없이 독자, 문화규범, 상호텍스트성을 통해 텍스트의 의미를 천착한다. 애초에 바르트는 부르주아 이데올로기가 언어가 자연스럽고 투명하다고 주장하는 것에 대해 비판적이었다. [저자의 죽음]이라는 개념은 바르트의 동명의 에세이에서 소개되어 포스트모더니즘의 대부로서의 니체(Nietzsche, Friedrich Wilhelm)가 천명한 [신의 죽음]처럼 문학계를 강타했다.

바르트는 독자의 관습적 기대에 부응하는 텍스트를 [읽을 수 있는 텍스트](readable, *lisible* text)로, 독자의 관습적 기대에 반하는 독자의 진땀나는 참여, 즉 다양한 상상력이 동원되는 텍스트를 [쓸 수 있는 텍스트](writable, *scriptible* text)로 명명했다. 바르트는 발자크의 중편소설『사라진』(*Sarrasine*)을 통해 [쓸 수 있는 텍스트]의 실천사례를 보여준다. 그렇다면 바르트의 입장은 저자의 의도를 오류로 규정하고 텍스트의 구조만을 검토하는 [신비평](New Critics)의 입장과 연관된다.

그러나 겉보기에 그렇지만 심층적으로 바르트와 신비평의 입장은 상호 다르다. 신비평은 텍스트 독해에 있어 저자의 공간을 완전히 삭제함에 반해, 바르트는 저자의 공간을 완전히 삭제하지 않고 작가의 공간을 중립적으로 유지하면서, 그/그녀를 언어가 소통하는 교차로로 본다. 환언하면, 저자가 주체가 아니 일종의 매체가 되는 것이다. 그것은 언어를 통하여 문화를 텍스트로 변환시키는 매체이다. 저자가 죽었으므로 독자가 원하는 대로 텍스트라는 매체에 접근한다. 따라서 저자는 텍스트로부터 독립된 자유로운 행위자가 되어 기표와 기의의 의미화 과정을 변화시킨다. 텍스트의 기의는 다수의 독자들을 통하여 더욱 분열되고 분화되어 [저자의 죽음]에 공모(共謀)하게 된다.

4.5 시각의 신화: 푼크툼과 스투디움

원근법적, 중심적, 관습적 시각을 중시하는 부르주아 시각은 시중에 일반화된 시각의 신화이며 이를 혁신하기 위하여 바르트는 사진을 통해 텍스트에 대한 새로운 시각을 제시한다. 텍스트에 대한 독자의 자세는 대개 2가지로 나눠진다. 주어진 의미 찾기와 확립된 의미를 무시하기. 바르트의 관점에서 사물 혹은 텍스트의 의미는 현재완료된 것이 아니라 미래완료적인 것이다. 따라서 텍스트의 의미는 고정된 된 것이 아니라 계속 유동적인 것이다. 크리스테바(Julia Kresteva)의 개념으로 주체의 확립은 연기되고 계속 [소송 중](on trial)인 것이다. 이런 점에서 텍스트의 의미는 불교에서 말하는 채울 수 없는 공(空)이나 변화무쌍한 자성(自性)에 해당될 수 있을 것이다. 세상에서 절대적인 의미, 초월적인 의미가 광산에서 금덩이처럼 우연히 발견되는 것이 아니라 시중에서 독자들이 생산하는 것이다.

사물 혹은 기표에 대한 언어적 접근이 의미로 파생되기에 의미는 철인 소크라테스가 보았든 한국의 어린아이가 보았든 사실 평등한 것이다. 아니, 어린아이의 시각이 더 진리에 근접하다고 한다. 어차피 진리는 부재하기 때문이다. 그리하여 바르트는 사물 혹은 텍스트 읽기의 신화에 대한 갱신을 시도한다. 그것은 프로이트가 제기한 [사후적 구성](posterior configuration)이다. 역사, 사건, 증상은 분석의 사후적 접근을 통해 구성된다. 당시에는 모르지만 차차 역사, 사건, 증상의 전모가 드러나는 것이다. 과거의 사건들에 대해 현재의 시점에서 의미가 생성되는 것이다. 그것은 과거의 시점에 찍힌 사진 혹은 텍스트에 대한 현재적 읽기이다.

사막의 푼크툼?

바르트는 『카메라 루시다』(Camera Lucida)에서 사진보기 혹은 사진 읽기에 대한 이질적인 두 요소의 공존인 이원성(duality)을 제시한다. 그것은 [푼크툼](punctum)

과 [스투디움(studium)]이다. 그리스어 트라우마(trauma)에서 비롯된 전자의 특징은 [보이는 것 외에 보기] 혹은 [드러난 것 외에 드러나기]로 정리된다. 후자는 전자에 비해 일반적인 읽기에 해당하며, 너무나 명백한 장면이기에 사고의 노력 없이도 한눈에 쉽사리 파악할 수 있는 것이다. 전자는 구태의연한 부르주아적 읽기에 대한 비판으로 태동한 것이다. 부르주아적 읽기는 명확한 읽기를 통해 자본주의 이데올로기를 주입하는 것을 의미한다. 양자는 사진의 이원성이며 텍스트의 의미가 중첩되는 것이다.

스투디움은 문화, 양식, 전형, 정보를 획득하는 근거가 되는 대상의 태도, 모습, 몸짓, 배경, 행위, 분위기와 연계되어 있다. 이에 반해 푼크툼은 스투디움의 해체, 파괴, 갱신을 시도한다. 말하자면 푼크툼은 테제로서의 스투디움에 대한 안티테제가 되는 셈이다. 부연하면, 푼크툼은 말 그대로 스투디움을 찌르고 상처내고 구멍을 내는 것이다. 스투디움은 관광지의 사진, 보도사진의 읽기에 해당한다. 사진에 스투디움만 있고 푼크툼이 부재할 수 있지만, 역으로 푼크툼이 존재하고 스투디움이 부재하지는 않는다. 푼크툼의 사진은 스투디움의 장식이 된다.

[모나리자의 초상화]에서 누구나 어느 인상 좋은 여인을 감지할 수 있지만, 한편 이 여인의 얼굴에서 히스테리증상을 읽을 수도 있을 것이다. 이처럼 스투디움은 열린 의식이며 오감적 세계를 드러내지만, 푼크툼은 가려진 무의식과 육감적 세계를 함축한다. 말하자면, 가시적인 의식으로 사물을 명백하게 포착하려는 데카르트적인 사고방식보다 비가시적인 감성으로 사물에 접근하는 흄(T. E. Hume)적 사고방식이 푼크툼의 태도에 해당한다고 볼 수 있다. 전자는 보편적인 시각을 추구하지만, 후자는 주관적인 의식을 지향한다.

그러나 우이독경(牛耳讀經)의 시각처럼 사물의 특이성을 감지하지 못하는 경우 사물에 대한 예민한 주관성을 기대할 수 없을 것이다. 그러나 푼크툼은 기호화되지 않고 표현되지 않는 것이다. 바르트는 사물에 대한 독특한 접근을 시도한다는 점에서 두 시각 가운데 푼크툼을 더 선호하는 듯하다. 그러나 사진의 읽기에서 단서가 되는 것은 어디까지나 스투디움이라는 점에서 이것은 밀교(密敎)적인 푼크툼의 영역으로 나아가는 과정에서 말하자면 그리스 신화의 아리아드네(Ariadne)의 실타래 역할을 한다고 본다. 사진 속에는 평범한 사실의 목소리와 특이한 사실의 목소리가 혼합되어 있다. 육안으로 확인하는 것을 스투디움으로, 심층적으로 확인하는 것을 푼크툼이라고 할 수 있다.

그리고 푼크툼은 라캉(Jacques Lacan)이 말하는 실재계(the real)와 같이 언어의 화살을 회피한다. 결코 기호적으로 포박(捕縛)할 수 없는 내면에 잔존하는 형언할 수 없는 욕망의 찌꺼기인 [작은 대상 에이](objet petit a)처럼. 그렇다면 불교적 관점에서 염화시중(拈花示衆)의 미소처럼 이심전심의 몰아의 경지와 연관이 된다. 사진이나 텍스트의 읽기는 사후적 구성이라는 점에서 과거에 대한 현재적 접근이다. 한편 스투디움은 사진틀 안에서 보이지만 푼크툼은 사진틀 밖에 잠재적으로 존재하는 점에서 악보를 초월하여 악보 밖의 카덴차(cadenza)를 중시하는 재즈의 경향을 가진다.

지금 필자가 바르트의 스투디움과 푼크툼을 기술하는 것도 사실 그 개념의 스투디움과 푼크툼을 발견하려는 노력과 다름없다. 사진이나 텍스트는 그것 전부의 모습을 독자에게 드러내면서도 아킬레스건(Achilles tendon)처럼 사실 가려진 부분이 있다. 그렇다면 스투디움은 실재의 마스크이며 푼크툼은 실재를 담보하는가? 그러나 바르트가 어떤 사진에서 푼크툼을 발견했다 하더라도 사실 사진과 무관한 임의적인 것이고 개별반응인 귀납적인 것이다. 그런데 푼크툼의 신비한 아우라를 향유하기 위하여 독자의 예리하고 심오한 자질이 요구된다.

『대사들』: 푼크툼?

붓다의 많고 많은 제자 가운데 [염화시중의 미소]를 감지한 제자는 가섭(迦葉)이 유일하듯이 사진으로부터 푼크툼을 감지할 독자는 흔치 않다. 천재 아인슈타인도, 스티븐 호킹도 이해하기 어려운 불교의 정전을 대중들이 쉬이 읽고 진리를 깨달을 수 있겠는가? 그러므로 스투디움과 푼크툼에 대한 논의는 진리의 문제, 즉 사물과 기호의 대립으로 다시 환원될 수밖에 없다. 선사(禪師)들의 눈에 인생의 고상한 차원에 접근하려는 기호는 사실 [똥 막대기]⁹⁾에 불과한 것이다. 푼크툼은 신화적인 측면이 있지만 대중에게 하나의 복종적 관점만을 강요하는 전체주의적 원근법적 부르주아 신화에 저항하는 탈구조주의적 읽기의 의의가 있다 할 것이다. 이 점을 워즈워스의 「틴턴 사원」("Tintern Abbey")의 일부에 적용해본다.

---

9) 이는 법열을 향한 지독한 정신수련의 과정인 무문관 제21칙의 공안이다. 부처가 무엇인가? 라는 제자의 질문에 운문화상은 "마른 똥 막대기"라고 거두절미 대답하였다. 이 화두를 [간시궐](乾屎闕)이라 칭한다.

다섯 해가 지나갔다. 다섯 여름이,
다섯 번의 기나 긴 겨울과 함께! 그리고 나는 다시 듣노라.
이 물소리를, 숲속 샘에서 흘러내리는
부드러운 내부의 속삭임과 함께, ─한 번 더
나는 가파르고 높은 절벽을 바라보노라.

그 거칠고 한적한 풍경에 주노라.
더욱 깊은 은둔의 사고를; 연결하노라.
고요한 하늘이 있는 풍경을.
내가 다시 휴식할 날이 왔노라.
여기, 이 짙은 플라타너스 아래서, 보노라.

이 오두막집의 터, 그리고 과수원 숲을,
이맘때 풋풋한 과일과 함께
초록에 감싸이고, 스스로를 상실하노라.
숲과 덤불 속에서, 다시금 나는 보노라.
이 울타리를, 울타리라고 할 수도 없는, 작은 행렬들
제멋대로 자란 숲의: 이 목가적인 농가들을

문 앞까지 초록이 있고; 연기의 화환이
솟아오른다, 침묵 속에, 나무사이로부터!
어렴풋한 느낌이지만, 무언가 있는 듯 보이네.
집 없는 숲에 사는 방랑자나,
아니면 어떤 은둔자의 동굴, 그곳에 불을 피우고
은자(隱者)가 홀로 앉아있네.

Five years have past; five summers, with the length
Of five long winters! and again I hear
These waters, rolling from their mountain-springs
With a soft inland murmur. — Once again
Do I behold these steep and lofty cliffs,

That on a wild secluded scene impress
Thoughts of more deep seclusion; and connect
The landscape with the quiet of the sky.
The day is come when I again repose
Here, under this dark sycamore, and view

These plots of cottage-ground, these orchard-tufts,
Which at this season, with their unripe fruits,
Are clad in one green hue, and lose themselves
'Mid groves and copses. Once again I see
These hedge-rows, hardly hedge-rows, little lines
Of sportive wood run wild: these pastoral farms,

Green to the very door; and wreaths of smoke
Sent up, in silence, from among the trees!
With some uncertain notice, as might seem
Of vagrant dwellers in the houseless woods,
Or of some Hermit's cave, where by his fire
The Hermit sits alone.

여기서 우리가 손쉽게 발견할 수 있는 스투디움은 목가적인 전원풍경을 보고 그 사물위에 현재의 추상을 덧씌운다는 것이다. 그렇다면 이 작품 속에 배태한 푼크툼을 무엇이라 할 수 있겠는가? 그것은 시인이 진리의 사제로서 1인칭 관점에서 방브니스트(Emile Benveniste)가 언급한 언술의 주체(subject of enunciation)임과 동시에 언술 속 주체(subject in enunciation)가 되려고 하는 것이다. 이는 데카르트의 진리를 바라보는 관점과 흡사하다. 그것은 "나는 생각한다 고로 나는 존재한다"는 것이다. 이 명제를 이 작품에 그대로 적용한다면, [나는 보노래 고로 [나는 존재하노래로 볼 수 있다. 이는 고대음유시인이 리라(lyre)를 탄주하며 시를 낭송하던 진리중심주의와 비슷하다. 시인과 시의 일치. 이것이 데리다가 그토록 비판한 음성중심주의(phonocentrism) 혹은 진리중심주의(logocentrism)의 사례이다.

그리고 푼크툼의 다른 한 가지는 시인 혹은 화자의 자연에 대한 입장이다. 여기서 자연에 대한 시인 혹은 화자의 입장은 자연을 아늑한 은둔의 장소로 보고 인간이 추구해야 할 진정한 삶의 안식처로 보는 것이다. 그래서 국가, 사회, 가정과 같은 인간의 공동체는 안식의 장소로서 부적당하기에 배척되므로 지상에서의 존재의 연속성을 저해한다. 따라서 공동체의 틀 속에서 인간이 인간과의 관계를 통하여 각자의 의미를 가지는 구조주의적인 관점이 와해되고 자연이 인간의 우상이 되고 인간의 중심이 된다. 이런 점은 범신론(pantheism)을 주장한 미국의 초월주의자(transcendentalist)들의 사유와 연관된다.

이는 자연이 인간에게 위로와 평안과 안식을 부여한다고 하는 과도한 맹신이다. 인간의 작용에 무반응으로 저항하는 자연이 진정한 인간의 안식처가 되는 것은 인간이 자연을 안전하게 통제할 때만이 가능한 것이 아닌가? 과연 야수가 도사리는 숲속에, 정글에 평화가 있는가? 산사태 혹은 산더미 같은 홍수 앞에서 평화가 있는가? 그러므로 인간들은 자신들을 위협하는 폭포수 앞에서 교두보를 만들어 놓고 자연을 찬양하고 음미하는 것이다. 전해지는 말에 따라 고주망태가 되어 평화로운 호수 속의 탐스러운 달을 포획하려는 이태백(李太白)에게 과연 존재의 안전이 있던가? 그

『월하독작』(月下獨酌)의 푼크툼

것은 존재의 위기 아니던가? 환언하면, 인간은 자연이 배태한 적자생존(natural selection)의 법칙을 능가할 때 비로소 존재의 평화를 향유할 수 있는 것이다.

:05 카시러의 상징

셸리(Percy Bysshe Shelley), 키츠(John Keats), 포(Edgar Allan Poe),
테니슨(Alfred, Lord Tennyson)

5.1 신화적 사고

상징주의를 화두로 삼아 현상을 호도하는 상징의 기능과 역할에 일평생
몰입한 에른스트 카시러(Ernst Cassirer, 1874-1945)는 히틀러 치하의 독일을
떠나 자신의 학문을 전개하고 일신을 의탁할 서방세계를 탐문하면서 디아
스포라(diaspora)의 삶을 영위하다가 말년에 미국에서 생을 마쳤다. 그가
포획한 대주제인 상징주의는 인간이 접근할 수 있는 진리의 본질(nature of
truth)이 아니라 진리의 매체(medium of truth)라는 점에서 플라톤의 이데아
론을 계승하며 인간의 삶의 목적이 진리 혹은 기원의 천착이 아니라 솔직
히 상징의 천착이라는 점에서 적절한 것으로 보인다.

그는 유태인이었지만 독일대학을 위하여 복무중이기에 자신이 독일인
이라 잠시 동일시의 착각에 빠졌으나 그가 점차 독일대학에서 소외되어

학문의 교두보를 상실함으로써 그가 유태인임을 뒤늦게 자각하게 되었다. 마침내 독일에서 그의 학문적 야망은 아리안 혈통을 강조하는 당시 히틀러의 순혈주의로 인해 좌절되었다. 사실 그에게 독일의 고고한 철학적 예술적 전통은 세계에 편재하는 상징의 한 형식으로 분석의 대상에 불과한 것이다. 독일의 유수한 관념철학과 낭만주의 문학과 고전음악은 독일신화와 궤를 달리할 수 없을 것이다.

카시러의 철학적 입장은 주로 선험(a priori)을 중시하는 칸트주의에 기초하며, 불후의 역저『상징 형식의 철학』(the Philosophy of Symbolic Forms)에서는 인간의 표현 양식의 저변에 잠복하고 있는 정신적 배경 혹은 내재적인 표상을 추적한다. 이것은 문화양식의 배경에 깔린 신화의 실재와 연관되며, 지식을 구성하는 도구로서의 보편적인 개념은 개별적이고 특수한 사례가 발생하기 전에 이미 존재하는(preexistent) 것이라고 본다.

다시 말해 이는 현상의 배후가 되는 신화의 선험성을 시사한다. 이러한 내용들이『언어와 신화』(Language and Myth),『국가의 신화』(The Myth of the State),『상징 형식의 철학 II: 신화적 사고』[1]에 반복적으로 언급된다. 그가 보기에 인간의 정체성은 기계적이고 실증적인 인식론에 의해서가 아니라 불가피하게 인간의 주변을 배회하는 다양한 상징 형식(symbolic forms), 즉 [언어, 종교, 신화, 과학, 기술에 의해서 좌우된다고 본다. 이 인위적인 형식들이 그가 주장하는 대중의 무지를 예방하는 소위 문화철학(Philosophy of culture)이다. 이와 연관하여 상징, 기호, 예술, 즉 사물의 재현(representation)에 대한 카시러의 허무한 생각은 다음과 같이 제시된다.

---

1) 카시러의 [상징 형식의 철학은 제1권『언어』, 제2권『신화적 사고』, 제3권『인식의 현상학』으로서 전3권으로 구성되어 있다. 아울러 제4권을 위한 미완의 유고집인『상징 형식의 형이상학』이 있다.

언어, 예술, 신화를 분석함에 있어, 우리의 첫 번째 문제는, 어떻게 유한한 그리고 특별한 감각내용이 일반적인 정신적 의미의 수단으로 변화될 수 있는가? 이다. 만약 우리가 문화적인 형식들의 물질적인 양상을 고려하면서 만족한다면, 그들이 채택하는 기호들의 물질적 자질을 묘사하면서, 그렇다면 그들의 궁극적이고 기본적인 요소들이 특별한 감각의 총체 속에 존재하는 것 같다. 시각, 청각, 또는 촉각의 단순한 자질 속에서. 그러나 그러고 나면 기적이 발생한다. 그것이 고려되는 방식을 통하여 이 단순한 감각적 물질은 새롭고 다양한 삶을 갖는다.

In analyzing language, art, myth, our first problem is: how can a finite and particular sensory content be made into the vehicle of a general spiritual "meaning"? If we content ourselves with considering the material aspect of the cultural forms, with describing the physical properties of the signs they employ, then their ultimate, basic elements seem to consist in an aggregate of particular sensations, in simple qualities of sights, hearing, or touch. But then a miracle occurs. Through the manner in which it is contemplated, this simple sensory material takes on a new and varied life.[2]

특히 주목할 부분은 카시러가 말하는 소위 [신화적 사괴에서 바라보는 신화에 대한 정신구조의 분석이다. 그는 현실에서 활용되는 언어와 과학과 똑같은 문화적 범주로 신화를 인식하고 신화 또한 인간의 문화생활의 일환임을 보여준다. 다시 말해 신화란 결코 민족, 사회, 집단, 개인이 꾸며낸 현상의 배후에 대한 막연한 상상, 환상, 공상이 아니라 진리와 지식을 추구하는 데에 동원되는 하나의 방편이자 수단이라는 것이다. 그런데 신화가 문화적 범주에 속해있다고 주장할 수 있지만 [신화적 사괴에는 인식

---

2) *The Philosophy of Symbolic Forms*, p. 93.

기독교 신화의 상징

론으로 환원되지 않는 비이성적이고 비합리적인 부분이 있다. 마치 점보비행기가 태풍, 천둥, 번개가 요란한 대류권(troposphere)을 벗어나 성층권(stratosphere)에 이르면 변함없는 대기의 고요와 평화를 맞이하듯이. 이런 점에서 우리는 셸리(Percy Bysshe Shelley)의 「해방된 프로메테우스」("Prometheus Unbound")를 통해 신화적 사고의 현실적 적용을 모색해 볼 수 있다.

대지여 바다여 울어라 소리쳐라.
대지의 갈라진 심장이 대답하리라.
소리쳐라, 산자와 사자의 정령들이여.
너희 피난처, 너희의 수호자는 쓰러지고 패배하고 말았다.

Wail, howl aloud, Land and Sea.
The Earth's rent heart shall answer ye.
Howl, Spitits of the living and the dead.
Your refuge, your defence lies fallen and vanquished.

주지하듯이 그리스 신화 속에서 반항아로 군림한 프로메테우스(Prometheus)는 신에게 저항하며 인간에게 불을 선사하고 신의 제왕 제우스로부터 징벌을 받아 영원히 구속된 상태(captivity)인데, 시인이 해방시켰다는 것이다. 마치 손오공의 광란을 저지하는 경전에 통달한 삼장법사처럼. 이는 다시 말해 백 년 감옥인 "대지"에 유배된 기결수로서의 인간의 필연적인 구속과 그 감옥의 창밖을 염탐하는 신화적 사유이다. 나아가 이는 지상에 불시착한 부조리한 운명을 탄식하는 실존주의 신화로 확산될 수 있다. 신이 영어(囹圄)의 몸이 된다는 것이 신화적 사고인데 하여튼 제우스의 농간으로 사슬에 묶인 인간 사랑의 신 프로메테우스를 구원하기 위하여, [사랑을 상징하는 에이시아(Asia)는 "대지"의 협조로 프로메테우스를 해방시킬 방안을 모색하던 중, 어둠의 신 [데모고곤](Demogorgon)이 등장하여, 제우스의 최후를 예고한다. 신의 제왕 제우스에게 [데모고곤]은 다음과 같은 비합리적인 징벌을 선포한다.

> 나는 영원이다. 그것보다 더 두려운 자를 찾지 말아라.
> 왕좌에서 내려오라, 그리고 나를 따라서 깊은 늪으로 내려오라.
> 나는 네 아들이다. 마치 네가 새턴의 아들이었던 것과 같다.
> 나는 너보다 강력하다. 자, 이제부터 너는 나와 함께
> 어둠 속에서 살아야 한다.

> Eternit. Demand no direr name.
> Descend, and follow me down the abyss.
> I am the child, as thou wert Saturn's child ;
> Mightier than thee: and we must dwell together
> Henceforth in darkness.

카시러는 신-칸트주의(Neo-Kantianism)의 계열에 포함된다. 간단히 말하여 신-칸트주의는 사물에 대한 과도한 자연주의적, 유물론적, 실증주의적인 접근에 대해 민감한 알레르기를 일으키며, 흐릿해지는 이성을 비판하는 차원에서 [칸트로 돌아가자!]라는 입장을 취한다. 그런데 사물에 대한 지식은 어디까지나 인간의 변덕스러운 인식에 연유함을 고려할 때에 사물

에 대한 어떤 입장이라도 생성과 소멸이 자연스러운 것이다. 일반적으로, 사물을 바라볼 때 자연과학적인 관점은 자연의 법칙에 주안점을 두고, 정신과학적인 관점은 주관적인 개성의 관점에 주안점을 둔다. 여기에 자연과 인간을 관장하는 말하자면 빅뱅의 원천으로서의 초월적인 종교적인 신화적인 관점이 가세한다. 그는 신-칸트주의자들과 마찬가지로 정복할 수 없는 물자체(Ding an sich, thing-in-itself)를 부정하고 사물은 오직 인간의 인식에 의해 파악된다고 본다. 말하자면 칸트의 관점에서 실증주의자나 유물론자들이 집착하는 물자체의 본질에 대한 탐색은 원천적으로 불가능하기에 방편적으로 물자체의 현상을 검토하자는 것이다.

카시러는 개별적인 인식과 공통적인 언어와 보편적인 신화에 의해서 세계가 구성된다고 본다. 그는 스승인 헤르만 코헨(Hermann Cohen)이 시도한 칸트의 초월적 이상주의에 대한 수리학적 적용을 상징의 형식으로 변형시키려 했다. 이 과정에, 그는 사회과학과 자연과학에 신-칸트주의적인 입장을 적용한다. 그는 칸트의 관점을 실천하기 위해 신화, 종교, 언어, 철학, 역사, 예술, 과학 속에 드러난 인간의 문화적 표현들을 결집하였다. 그가 보기에 인간은 이성적인 동물(rational animal)일 뿐만 아니라 상징적인 동물(symbolic animal)이다. 자연 자체를 인간이 파악하기는 불가능하기에 부득이 인간이 자연을 파악하기 위해 시도하는 것은 자연을 상징의 기호로 둔갑시키는 방편적인 능력을 발휘하는 것뿐이다. 하지만 그의 이론은 점차 영어권의 선험적인 측면을 부정하는 과학적 실증주의와 [마음은 늘 대상을 지향한다라는 사물에 대한 내적 지향성(intentionality)을 중시하는 유럽의 현상학에 밀려 퇴조되었고, 또 당시 독일을 지배한 나치(Nazism)에 의해서 독일학계에서 추방되었다.

5.2 신화와 언어

카시러는 상징의 형식이 세계에 대한 과학적이고 명확한 인식이 아니라 세계에 대해 인간이 이해한 가정된 제도의 형식과 연관된다. 스승 코헨이 타계한 후에 점차 그는 가치와 문화에 관심을 가졌으며, 이성비판(the critique of reason)에서 문화비판(the critique of culture)으로 나아간다. 그는 사물의 존재가 상징에 연유한다고 보기에 그의 핵심적인 주제는 [상징 형식]이다. 그가 보기에 세상에 사물이 존재하는 것이 아니라 상징이 존재한 다. 이 개념에 대해 석학들 사이에 설왕설래 여태 논의분분 하지만 그는 상징 형식을 공허한 것이 아니라 어떤 [정신적 에너지]를 수렴한 것으로 본다. 자연과 예술에서 발산되는 일종의 아우라를 감지하듯이. 다시 말해 철학자, 과학자, 예술가의 정신이 메마른 기호를 통해 감성적으로 재현되 는 것이다. 소설『메밀꽃 필 무렵』에서 이효석이 달빛이 교교히 비치는 화 사한 메밀밭의 풍경과 그 후끈한 남녀관계를 얼마나 감성적으로 잘 묘사 하고 있는가?

이런 점에서 언어, 신화, 종교, 예술은 각기 독특한 상징 형태를 우리 에게 보여주며, 이를 각가지 상징에 정신력이 배어 있다는 것으로 볼 수 있다. 사물로서의 산의 상징으로서의 산(山)의 한자에 배어 있는 그 압축 과 절제의 정신이 감지되며, 십자가의 상징에서 로마 콜로세움에서 순교 한 초기 기독인들의 붉은 피가 감지되고, 음양오행(陰陽五行)에 입각한 태 극기는 대한민국 오천만 국민들의 시련과 도전이 밴 감성적 상징이 아닐 수 없다. 카시러에게 상징은 사물의 문자적 상징이 아니라 인간의 감정을 유발하는 사물의 심리적 상징인 것이다.

그리스 비극을 보고 영웅과의 동일시의 과정에서 연민과 공포(pity and fear)를 느끼지 않는가? 나아가 바이블(Bible)은 단순한 상징이 아니라 초월적 정신력 아니 신성의 결집체라고 볼 수 있다. 이때 객관적인 현실과 파생되는 자의적인 기호와 상징 그리고 이미지의 세계와 충돌한다. 카시러는 [곡선(curved line)의 삽화를 예로 들어 설명한다. 기하학자(geometer)들에게 그 선은 평면의 두 차원 사이에 질량적인 관계를, 물리학자들에게 그 선은 질량에 대한 에너지의 관계를, 예술가에게 그 선은 명/암의 관계를 나타낸다. 우리의 시선을 통해 그 선은 지각적인 차원에서 경험적 차원으로 전환된다. 그러나 상징에 대한 개별인식은 보편적이고 진정한 것은 아니다.

신화는 언어라는 상징의 장치에 의해 재현될 수밖에 없다. 카시러가 고민하는 것은 신화의 매체로서의 언어 그리고 신화로서의 언어이다. 홍익인간이라는 신화를 전달하는 언어와 홍익인간이라고 표시된 신화의 대립과 양립. 그래서 양자 간에 오해가 종종 발생한다. 그러나 신화는 오해의 양태가 아니라 시원적(archaic)으로 이해해야 할 양태로 보아야 한다.[3] 이렇게 논의 분분한 개념적이고 담론적인 지식이 우리의 일상에 영향을 줄 것인가? 그는 고대 그리스 철학과 신-칸트주의 철학을 관통하는 철학적 지식을 추적하며 직관과 그 개념화의 모순적인 관계를 조망하려고 했다.

이 와중에 그리스 철학의 두 학파, 밀레토스학파(Milesians)와 엘레아학파(Eleatics)를 천착한다. 전자는 우주를 구성하는 주체인 자연/신/인간 가운데 [자연]을 중시하고, 후자는 영원한 불변의 것을 추구한다. 그리고 카시러는 경험주의자와 합리주의자의 관계와 막스 플랑크(Max Planck)와 에

---

3) 『20세기 신화이론』, p. 52.

른스트 마하(Ernst Mach)도 연구했다. 그런데 물리학은 이러한 일체감과 확장성을 획득한다기보다 보편적인 상징에 의해서 가동된다. 이 과정에서 피조물인 그만의 독단으로 넘어갈 수 없기에 필수적으로 특별한 개념과 기호로 사물을 대체해야 하며, 이는 세상을 재현하는 문제와 결부된다. 이러한 점들을 키츠(John Keats)의 「희랍 항아리의 노래」("Ode on a Grecian Urn")의 일부에 적용해 볼 수 있다.

희랍 항아리의 신화

들리는 선율은 아름답지만, 들리지 않는 선율은
더욱 아름답다. 그러니 부드러운 피리들아 계속 불어라.
육체의 귀에다 불지 말고, 더욱 사무치게,
소리 없는 노래를 영혼에게 불어라.
나무 밑에 있는 아름다운 젊은이여, 그대는 노래를
그칠 수 없고, 또 저 나무들의 잎들도 질 수 없으리.
대담한 연인이여, 그대 결코 키스할 수 없으리.
비록 목표 가까이 이른다 해도-허나 슬퍼하지 마라.
그대 비록 행복은 갖지 못한다 해도 그녀는 시들 수 없으리.
영원히 그대는 사랑할 것이며 그녀는 아름다우리!

Heard melodies are sweet, but those unheard
　Are sweeter; therefore, ye soft pipes, play on;
Not to the sensual ear, but, more endear'd,
　Pipe to the spirit ditties of no tone:

Fair youth, beneath the trees, thou canst not leave

　　Thy song, nor ever can those trees be bare;

　　　Bold lover, never, never canst thou kiss,

　　Though winning near the goal —yet, do not grieve;

　　She cannot fade, though thou hast not thy bliss,

　　　For ever wilt thou love, and she be fair!

키츠는 누구보다 신화적인 입장을 유지한 시인이다. 그것은 그가 [소극적 수용력](negative capability)을 주장했기 때문이다. 여태 논의가 분분하지만 이는 사물에 대해 각박한 논리, 합리, 이성, 과학적 사고의 적용을 가급적 배제하자는 것이고 나아가 현실에서 정답이 없고 결론이 나지 않을지라도 성급히 정답을 확정하고 결론을 내리지 말고 오히려 이런 답답하고 혼란한 상황이라도 인내해야 한다는 것이다. 그러니까 현실에 대해 제한된 이성적 접근 대신 무한한 상상력이 가동될 수 있다는 것이다.[4] 여기서 시적화자는 신화적 관점에서 인생을 언급한다. 그것은 비합리적이고 비현실적인 것이다. 그러나 인간은 반신반수의 운명을 타고 났기에 추상과 현실을 공유하게 마련이다. 명목(名目)의 낭만적인 추상을 세포적인 현실의 버팀목으로 삼기도 한다. 풍차에 대항하는 돈키호테처럼 비현실적인 마음으로 구체적 현실을 대하는 모순의 삶을 영위해야 하는 것이다.

간단히 말하여 인간은 꿈을 먹고 꿈을 꾸며 현실을 살아가는 것이다. 주체와 객체의 입장이 교차되는 상황에서 제각기 자아이상(ego-ideal)을 실현하기 위하여. 그러니까 인간의 삶은 애초에 신화적이고 기호적인 것이다. 피리를 "육체의 귀에다 불지 말고, 더욱 사무치게, 소리 없는 노래를

---

4) *Literature and Psychoanalysis*, p. 202.

영혼에게 불어라"에 보이는 신화적 사고는 육신의 귀에 소리를 지르지 않고 영혼의 귀에 소리를 지르라는 언어도단의 신화적인 발상인 것이다. 그리고 "저 나무들의 잎들도 질 수 없으리"에서와 "그녀는 시들 수 없으리"에서 자연의 법칙을 아예 무시하고 해체한다. 그렇다면 지지 않는 이파리와 시들지 않는 여인이 매력적인가? 그것은 정적인 무료한 사고이다. 변화, 차이, 간격, 우열에 의해 삶의 역동을 느끼지 않는 삶은 결코 바람직한 삶이 될 수 없을 것이다.

이렇듯 자연의 사슬에 얽매인 인간은 스스로 면죄부(indulgence)를 발급해 스스로 해방시키려 욕망한다. 아울러 100년 이하의 수명을 누리는 결정론적인 상황을 인간은 자연에 역행하는 유전자 조작의 생명과학(bioscience)을 통하여 스스로 극복하려 한다. 그리하여 위 시행에 나오는 신화적으로 지극히 낭만적인 상황은 120세의 장수를 희구하는 포스트휴머니즘(Posthumanism)이라는 불멸의 상징에 의해 실현가능성을 타진한다.

5.3 형이상학의 신화

언어와 함께 카시러가 관심을 가진 주제는 근본적이고 초월적인 주제를 다루는 형이상학에 관한 것이었다. 그는 하이데거(Martin Heidegger)의 의견을 참조하면서 유사 이래 탐구된 형이상학을 인간본성의 근본적인 연구로 대체하려 했다. 그의 주장 가운데 눈에 띄는 것은 공동체 환경에 대한 자아의 삼 단계 구조(tripartite structure)에 관한 것이다. 그것은 [내와 [네] 그리고 사회를 결속하는 [노동]이다. 카시러는 노동을 마르크스적인 계급

투쟁의 관점으로 보지 않고 그것은 사회적으로 조성되거나 영향을 받는 것이며 객관적인 세계에 대한 주관적인 작업으로 본다. 그리고 노동의 가장 큰 성과는 노동자에 의한 자본가의 타도가 아니라 [내와 [네의 공동작업인 [문화의 창조이다.

그가 보기에 상징 형태는 대개 언어, 신화, 예술, 종교, 과학, 수학이다. 신화는 언어의 원시적인 형식으로 간주된다. 기하학과 산술학은 과학적 상징 형식을 보강하는 논리이다. 상징 형식은 일종의 거대서사이며 원래 동물적 원시적인 것에서 복잡하고 추상적인 기호적 형태로 전환된 것이다. [정신의 에너지](energies of the spirit)로서의 신화는 칸트적 사유로 환원되지 않고 그 작용으로 인하여 상징적 형식은 실질적인 인류의 요구에 부응하여 개발되고 실용화 된다. 그 에너지는 내부적인 논리를 가지고 세계와 상호작용하여 조건적으로 변화한다. 그러므로 그의 인식은 논리가 삶과 연결된 것이라는 점을 고려할 때 후기-칸트주의적인 엄격한 순수이성의 형식과 양립한다고 볼 수 없을 것이다.

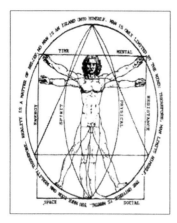

비트루비우스적 인간

문화인류학적인 관점에서 카시러는 『인간에 대한 에세이』(*Essay On Men*)라는 저술에서 독일의 생화학자 바르부르크(Otto Heinrich Warburg)의 인식과 신-칸트주의적인 인식을 접목시키려 노력했다. 그리고 그는 암의 발생요인을 미토콘드리아(mitochondrion)의 이상으로 보았는데, 이를 [바르부르크 효과](Warburg effect)라고 부른다.

아울러 그는 에스토니아의 생물학자 윅스퀼(Jakob Johann von Uexküll)의 이론을 소개하면서, 동물들은 그것들이 당면한 환경에 조건 지어져 파악되어야 한다고 본다. 동물들은 환경의 자극에 대해 다양한 신호를 주변에 보낸다. 이를 [기능적 공동체](functional circle) 혹은 [자기중심적 세계]라고 부른다.

이런 점에서 한국인은 한국인의, 미국인은 미국인의 환경세계가 존재한다고 본다. 환경세계는 구성원을 자극하여 반작용을 유도하는 환경의 변증법적 총체를 의미한다. 이런 환경에 대한 주관적인 인식은 칸트주의와 상통한다. 마찬가지로 개들도 상황과 환경에 따라 다양한 몸짓과 소리의 고저를 표현할 줄 안다. 이처럼 환경으로부터의 자극과 대상의 반응에 연관된 실험이 파블로프(Ivan Petrovich Pavlov)의 실험이다. 즉각적으로 먹이를 제공할 때(immediate signal)와 먹이를 제공한다는 매체를 사용할 때(mediate signal).

카시러는 이 동물이론이 인간에게도 적용되지 않을까 생각했다. 그것은 동물이나 인간이 모두 육체적인 신호(body language)를 구사하기 때문이다. 그러나 개에게 먹이를 주는 신호로서의 타종(belling)의 의미는 인간에게 동일하게 전달되지는 않을 것이다. 그것은 인간이 타종에 대한 다양한 의미를 부여할 수 있기 때문이다. 전화가 왔는지, 학교수업이 끝났는지, 교회종이 울리는지, 아니면 아이들의 장난인지. 인간에게 상징은 단순한 신호에 불과한 것이 아니다. 카시러의 관점에서 상징과 신호의 구분은 이러하다.[5] 후자는 존재의 물리적인 세계의 일환에, 전자는 의미로 채워

---

5) Symbols—in the proper sense of this term—cannot be reduced to mere signals. Signals and symbols belong to two different universes of discourse: a signal is a part of the physical world of being; a symbol is a part of the human world of meaning. Signals are 'operators';

진 인간세상의 일환에 속한다.

환언하면, 후자는 실질적인 존재를 함축하는 운영어(operator)를, 전자
는 기능적인 가치를 내포한 지시어(designator)를 나타낸다. 물리적인 자극
의 직접적인 수용과 내적세계의 표현 사이에 상징체계가 존재한다.

감각소여(sense data) ― 상징(symbol) ― 표현(parole)

이런 점에서 인간은 다른 동물과 비교하여 유무형의 폭넓은 현실을 살아
갈 뿐만 아니라 나아가 현실을 재창조해 나가는 초월적 차원 속에서 살아
간다. 배속의 허기를 느끼며 그 고통을 희망으로 대체하는 현실적이면서
도 초월적인 인간. 이 차원은 인간이 태어나 내던져진 시간과 공간의 선험
적인 차원이자 자아이상(self-ideal)의 초-현실적인 차원이 될 것이다. 거울
앞에서 거울 속의 자아를 욕망하는 인간. 이러한 점을 포(Edgar Allan Poe)
의 「애너벨 리」("Annabel Lee")에 적용해 볼 수 있다.

아주 오래전
바닷가 어느 왕국에
당신이 아는지도 모를 한 소녀가 살았지.
그녀의 이름은 애너벨 리
날 사랑하고 내 사랑을 받는 일밖엔
소녀는 아무 생각도 없이 살았네.

---

symbols are 'designators.' Signals, even when understood and used as such, have nevertheless
a sort of physical or substantial being; symbols have only a functional value. (*An Essay on
Man*, p. 32)

바닷가 그 왕국에선
그녀도 어렸고 나도 어렸지만
나와 나의 애너벨 리는
사랑 이상의 사랑을 하였지.
천상의 날개 달린 천사도
그녀와 나를 부러워할 그런 사랑을.

그것이 이유였지, 오래전,
바닷가 이 왕국에선
구름으로부터 불어온 바람이
나의 애너벨 리를 싸늘하게 했네.
그래서 명문가 그녀의 친척들은
그녀를 내게서 빼앗아 갔지.
바닷가 왕국
무덤 속에 가두기 위해.

천상에서도 반쯤밖에 행복하지 못했던
천사들이 그녀와 날 시기했던 것.
그렇지! 그것이 이유였지(바닷가 그 왕국 모든 사람들이 알 듯).
한밤중 구름으로부터 바람이 불어와
그녀를 싸늘하게 하고
나의 애너벨 리를 숨지게 한 것은.

하지만 우리들의 사랑은 훨씬 강한 것
우리보다 나이 먹은 사람들의 사랑보다도―
우리보다 현명한 사람들의 사랑보다도―
그래서 천상의 천사들도

바다 밑 악마들도

내 영혼을 아름다운 애너벨 리의 영혼으로부터 떼어내지는 못했네.

달도 내가 아름다운 애너벨 리의 꿈을 꾸지 않으면 비치지 않네.

별도 내가 아름다운 애너벨 리의 빛나는 눈을 보지 않으면 떠오르지 않네.

그래서 나는 밤이 지새도록

나의 사랑, 나의 사랑, 나의 생명, 나의 신부 곁에 누워만 있네.

바닷가 그곳 그녀의 무덤에서 −

파도 소리 들리는 바닷가 그녀의 무덤에서.

It was many and many a year ago,

    In a kingdom by the sea,

That a maiden there lived whom you may know

    By the name of Annabel Lee;

And this maiden she lived with no other thought

    Than to love and be loved by me.

I was a child and she was a child,

    In this kingdom by the sea:

But we loved with a love that was more than love −

    I and my Annabel Lee;

With a love that the winged seraphs of heaven

    Coveted her and me.

And this was the reason that, long ago,

    In this kingdom by the sea,

A wind blew out of a cloud, chilling

    My beautiful Annabel Lee;

So that her highborn kinsman came

 And bore her away from me,

To shut her up in a sepulchre

 In this kingdom by the sea.

The angels, not half so happy in heaven,

 Went envying her and me —

Yes! — that was the reason (as all men know,

 In this kingdom by the sea)

That the wind came out of the cloud by night,

 Chilling and killing my Annabel Lee.

But our love it was stronger by far than the love

 Of those who were older than we —

 Of many far wiser than we —

And neither the angels in heaven above,

 Nor the demons down under the sea,

Can ever dissever my soul from the soul

 Of the beautiful Annabel Lee:

For the moon never beams, without bringing me dreams

 Of the beautiful Annabel Lee;

And the stars never rise, but I feel the bright eyes

 Of the beautiful Annabel Lee;

And so, all the night-tide, I lie down by the side

Of my darling — my darling — my life and my bride,

 In her sepulchre there by the sea,

 In her tomb by the sounding sea.

시적화자의 사랑은 현실적이고 물리적인 것이 아니다. 여기서 두 사람 외에 타자들은 일체 개입될 수 없다. 그녀를 죽인 것은 모진 "바람"과 "친척"이었다. 모두 외부적인 요인에 의한 것이었다. 그녀는 바람을 통해서 바이러스가 감염되어 죽을 수도, 두 사람의 관계를 부적절하다고 바라보는 공동체의 관점에 따라 결자해지(結者解之)하려는 명예살인을 감행할 수 있는 친척들의 개입으로 혹은 정신적인 스트레스에 의해 죽을 수도 있다. 여기선 카시러가 말하는 사회구성원으로서의 자격을 획득하기 위한 [너와 내]의 단순한 관계 외에 [노동]이 결여되어 있다. 중력과 기압이 동반되는 자연환경과 생존경쟁의 거친 도전에 처한 여인의 반작용은 무력한 죽음이다. 다시 말해 거친 환경에 반응하여 수동적인 죽음으로 저항한 것으로 볼 수 있다. 물론 인간이 자연에 저항하든지 말든지 죽기는 마찬가지다.

이런 현실적인 도전에 더하여 신화적인 요소가 가미된다. 그것은 "천사"와 "악마"의 음모와 개입이다. 이를 비합리적으로 저지할 수 있는 것은 "달"과 "별"이 감동하는 화자의 지순한 "사랑"이다. 여기서 카시러가 말하는 상징과 신호가 적용될 수 있다. 그러나 화자의 주변에 외부적으로 작용하며 사랑을 탄주하는 비유적인 상징체계로 "달", "별", "천사", "악마"를 열거할 수 있고, 생존의 구체적인 신호체계로 "바람", "친척", "무덤", "왕국"을 열거할 수 있다. 한편 그녀의 죽음의 동인을 바람 부는 황야와 같은 현실에 취약한 면역체계와 공동체의 부적응으로 볼 수 있다. 결국 그녀는 오랜 역사성을 지닌 대지 위에 스쳐 지나간 하나의 상징으로 존재한다.

개(dog)는 삼차원에 대해서 인식하지도 못한 채 삼차원의 공간에서 활동하는 데 아무런 저항감이 없다. 그런데 유독 인간은 세상과 전혀 실질적인 관련이 없는 보편적, 비-지각적, 이론적 공간을 항상 염두에 둔다. 왜 그럴까? 신화적, 종교적, 초월적, 선험적, 원초적, 기하학적 공간이 인간의 다양성과 이질성을 통합하여 공동체에 적합하도록 인간에게 동질성과 보편성을 부과한다. 시간의 관점에서 인간은 과거의 감각을 기억하고 그것을 현재에 적용한다. 인간에게 과거는 그저 동일하게 현재에 반복되는 것이 아니라 현재의 상황에 걸맞게 창조적으로 변형된다. 동물은 과거를 세포에 되새기며 유전적으로 변형된 감각의 공간에 살지만, 인간은 역사와 기하학을 구축한다. 양자는 인간 세상의 구성에 필수적인 상징적인 참여 요소가 되고, 인간은 환경적 사실과 주관적 반응의 주체로서의 실행자와 수용자를 능가하는 초월적인 존재가 된다. 따라서 인간은 가능성, 상상, 환상, 꿈의 세상에 살 수 있다. 말하자면, 인간은 미래완료의 희망을 가지고, 배부르지 않는 음악을 듣고, 실속 없는 상상에 빠져 행복해 하는 괴상한 동물이다. 그럼에도 인간들은 불가근불가원(不可近不可遠)의 자연이라는 실재 위에 피상적인 의미의 세상을 구축하려 한다. 그것은 대개 데카르트와 흄의 인식을 토대로 인간의 공멸을 방지하기 위하여 이성의 상징과 감성의 상징으로서 의식과 무의식의 조화를 추구하는 것이다.

5.4 신화와 리얼리즘

신화는 리얼리즘에 의한 고대사의 재현인가? 하이데거의 제자인 현상학자 막스 뮐러(Max Müller)는, 그럴 수밖에 없었겠지만, 원시언어로서의 신화가 원시인들이 소통하는 실제적인 수단이며 허구가 아니라 실질적인 과거의 유산이라고 보았다. 그런데 신화가 무엇인지 이성적으로 알기 위하여 비신화적 개념을 통해 신화적 대상들을 해석하는 단계가 필요하다. 그것은 학자들이 고대사의 현장이 아닌 해묵은 문서를 통해 논리적 장치로 특정의 신화를 탐구하는 것이다. 마치 보물지도를 들고 보물의 현장을 발견하려는 것이다. 몽롱한 꿈을 명료한 현실의 언어로 파악하려고 하듯이. 돼지꿈은 재물이 굴러들어오는 꿈이라고 해석하는 것처럼 신화를 비신화적인 매체에 적용시킨다. 이처럼 신화의 임의적인 재현은 사물의 리얼리즘적 재현과 유사하다. 프로이트는 신화를 억압된 욕망의 일환이라고 생각했으며, 그의 제자 융은 신화를 현상의 배후인 원형과 연관시킨다.

카시러는 원시의 리얼리즘적 확산을 신화적 사고로 본다. 환언하면, 원시시대의 풍경이 현재에도 우리 시야에 그대로 이어지고 있다는 것이다. 이는 외면을 보고 내면의 상황(인성, 품성, 지성)을 그러리라 짐작하는 상모적(相貌的)인 관점인데, 우리 모두 얼굴이라는 형식과 생명을 가진 존재이듯이 주변의 타자들이나 사물들도 얼굴이라는 형식과 생명을 가지고 우리와 대면하고 있다는 것이다. 그러니 우리와 타자, 우리와 사물들은 현재가 비록 리얼리즘을 거부하는 포스트모더니즘의 시대라 할지라도 각각이 서로의 내면을 임의로 사실인 것처럼 재현하는 리얼리즘적 사고방식을 통해 생존을 위한 작용과 반작용을 구사한다. 그런데 원시신화에 대해 비신화적 매체로 대응하는 리얼리즘적 접근은 불가피한 것이다. 그것은 칸트가 엄명했듯이 인간이 사물자체에 접근할 수 없기에 원시신화를 신화자체만으로 해석을 할 수는 없는 노릇이기 때문이다.

구체적인 사건을 사건 자체만으로 해석할 수 있는가? 사건의 관찰자인 증인, 경찰, 검사, 판사의 이차적 삼차적 인식이 부가되어야 하지 않는가? 인간적으로 사물은 리얼리즘을 통하여 해석이 되지 않는가? 그런데 사물에 근접하는 리얼리즘마저 사실 언어적 구성물에 불과하다. 그럼에도 우리는 원시신화를 임의성의 매체인 언어로 해석하면서도 그 신화가 진실인 것처럼 말하고, 사건에 대한 서술이나 묘사를 하면서 진정한 것으로 생각한다. 참으로 신화와 기호, 사물과 기호 사이에 발생하는 리얼리즘적인 자가당착이 아닐 수 없다.

현실 혹은 사물에 대한 리얼리즘의 재현을 목표하는 예술에 대한 카시러의 입장은 예술이 모방, 허구가 아니라 현실의 발견으로 본다. 그것은 인간이 현실을 그대로 볼 수 없기 때문이고 시각, 기호적인 관점에서 2차적으로 바라봐야 하기 때문이다. 그리하여 현실에 대한 모방은 현실의 기호적 발견 혹은 현실의 은유가 되는 것이다. 이 점은 카시러가 현실을 상징으로 대체하는 것과 동일한 맥락이다. 상징의 동물로서 인간이 현실에 대해 취해야 할 어쩔 수 없는 입장 아닌가? 카시러가 보기에 과학은 현실의 단순화이며, 예술은 현실의 구체화이다.[6] 과학자가 자연법칙의 발견자라면, 예술가는 자연형상의 발견자이다. 전자는 과학적 이성을 바탕으로, 후자는 예술적 이성을 바탕으로 한다. 그런데 모두가 뉴턴이나 아인슈타인이 될 수 없듯이, 누구나 괴테, 고호가 될 수 없을 것이다. 일반인은 반복적인 자연법칙을 전혀 인식하지 못하고, 자연의 형상을 청맹과니처럼 수수방관한다.

자연형상의 발견에 대한 카시러의 입장은 [태양은 날마다 새롭다]라고 천명한 헤라클레이토스(Heraclitus of Ephesus)의 입장과 궤를 같이한다. 물론 태양의 규칙적인 양상만을 인식하는 과학자는 이를 부정하겠지만, 예술가의 눈에는 태양이 매 순간 달라 보이는 것이다.[7] 고호의 눈에 밤하늘

---

6) 『에른스트 카시러』, p. 52.

의 별들이 얼마나 달라보였는가? 참으로 고호의 참신한 현실발견이다. 카시러가 보기에 위대한 예술작품은 주관적인 세계와 객관적인 세계의 경계를 해체한다. 말하자면, 다빈치의 〈모나리자〉를 보고 뭇 사내들이 연민을 느끼고, 신라시대 솔거의 소나무 벽화에 잡새들이 낙상하고, 제임스 조이스의 『젊은 예술가의 초상』(*A Portrait of the Artist as a Young Man*)을 보고 에피파니(epiphany)를 감지한다. 이처럼 카시러는 진리추구의 초월적인 입장을 고수하는 본질주의자들의 노선을 추구하기에, 부득이 기호와 사물의 괴리로 인하여 진리부재의 입장을 취하는 후기구조주의자들의 비본질주의(non-essentialism)적인 노선과 궤를 달리한다.

카시러는 예술가의 리얼리즘을 살아있는 형식의 영역으로 본다. 그가 보기에 예술가가 접근 가능한 영역이 사물자체의 영역이 아니라 [형식의 영역]이라는 점은 인간의 한계를 시인한 셈이다. 다시 말해 인간의 본질은 사물을 보고 울고 우는 것이 아니라 그 상징을 보고 울고 웃는 것이다. 인간은 근본적인 것을 추구하지만 근본적인 것을 획득할 수 없고, 상징이라는 부차(副次)적인 것을 오히려 근본적인 것으로 착각한다. 그리하여 밤낮으로 경전을 암송하는 티베트 승려나 화려한 수사의 무대인 텍스트 속에서 진리를 탐구한 제임스 조이스는 본질주의(essentialism) 종교에 헌신한다. 이와 달리 뒤샹(Marcel Duchamp)이나 워홀(Andy Warhol)은 현실을 발견하기는커녕 현실을 조소하고 왜곡하는 피카소의 차원에서 몇 걸음 나아가 예술의 진정성을 아예 파괴해버린다. 이와 달리 카시러는 예술로부터 인간내면에 공통적으로 적용되는 미적 보편성을 발견하려 했다. 그리하여 위대한 화가는 사물자체가 아니라 사물의 형식을 보여주고, 위대

---

7) Ibid., p. 54.

한 극작가는 마음이 아니라 내적 형식을 보여주며, 예술가의 상상은 사물 자체의 표현이 아니라 상징적인 표현으로 나타나고 통일성과 연속성을 가진다고 본다.[8]

5.5 신화 상징

인간은 이성적인 동물이지만 이것만 가지고 인간의 정체성을 행사할 수 없다. 이성을 가지고 인간이 만든 것이 상징이며 이는 제도, 이념, 기호, 학문, 생산품을 망라한다. 그래서 카시러는 인간을 상징의 동물이라고 정의했다. 공동체에서 인간과 인간 사이에 소통하고 교환하는 것이 상징이며 이것이 부재하다면 인간의 삶은 여전히 원시시대 동굴인의 삶에 불과할 것이다. 그런데 상징에는 [비합리적인 상징]이 있고 [합리적인 상징]이 있다. 말하자면 언어, 수학, 과학은 이성과 논리를 동원하여 현상을 진단하기에 후자에 속하며, 여러 가지 종교경전에 나오는 우주와 인간의 근원에 대한 상징은 전자에 속할 것이다. 그런데 인간들은 현실을 초월하는 전자를 무시하고 현실을 고수하는 후자를 중시하는 우물 안 개구리 식의 사고를 통하여 스스로를 구속한다. 이에 반하여 카시러는 비합리적인 [신화 상징]을 인간들이 진정 외면해야 하는가에 대해 회의한다.

안과 밖의 혼연일체로서 자궁이 자손을 배출하듯 내부에서 재생산될 어떤 외재적인 것에 의한 지성적 형태에 대한 내용, 그리고 그 의의와 배후적 진리를 탐색하는 대신에, 우리는 누군가를, 무엇인가를 반영하는 이

---

8) Ibid., p. 58.

상징 형식 자체 속에서 진리와 내재적 의미를 위한 기준의 척도를 발견해야 한다. 그 상징 형식들을 무엇인가의 복사본으로 간주하기보다, 이 개별적이고 정신적인 상징 형식 속에서 발현된 각 세대의 잠재적인 특이성(specificity)을 주목해야 한다. 그것은 실질적인 존재의 고정된 범주 속에 본래 주어진 무언가의 단순한 기록 이상인 표현의 경향과 원초적인 방식이다. 신화 상징은 언어, 수학, 과학과는 판이한 그것만의 순수한 세계를 창조한다. 말하자면 현실에서 그 지시대상을 찾는 것은 숭고한 것이다. 그것은 현실의 상황에 양립되지 않고 현실의 기대에 부응하지 않는다. 이는 신화 상징이 일반 신화와는 재현의 양식이 다르기 때문인데, 당연히 현실과 괴리되는 갈등과 문제를 야기한다. 그럼에도 우리는 비합리적이고 미신적인 것처럼 보이는 신화 상징을 완전히 외면할 수 없는 실정이라 그것을 외경의 영역 속에 애매하게 수용한다. 이를테면 신자들이 천주교의 묵주 혹은 불교의 염주를 하나하나 굴리면 불행을 막아준다는 합리적이고 이성적인 근거가 있는가?

카시러가 신화의 일반화를 지적하면서 자주 애용하는 불가지(不可知)의 신화는 [미트라의 아베스타 신화](the Avesta myth of Mithra)이다. 그가 보기에, [미트라]를 보편적인 [태양신]으로 보아 이를 이집트인, 그리스인, 다른 고대인들에게 적용하려는 시도는 잘못된 것이다. 그것은 자연주의적이고 합리적인 개념으로 언어도단(言語道斷)의 신화적 대상들을 포획하려는 모순적인 시도이기 때문이다. 그는 신화 상징에 대해 논리적인 유추가 더 이상 유효한 해석의 수단으로 기능하지 못할 것이라고 지적한다. 미트라는 새벽에 산 정상에 나타나고 밤에도 지상을 비추어준다고 알려진다. 그것은 더 이상 낮에만 활동하는 태양의 신화적인 비유일 수 없으며 동화된(naturalized) 대상이 아니라 경험적 혼란에 대한 상징적 반응을 조성하는 대체적인 정신적 에너지의 발로이다. 미트라가 특별히 반영하는 것은 어떻게 명/암의 양상이 단 하나의 본질적 통일체인 코스모스로부터 나오는가 하는 것이다. 역사적 기원이 새롭고 자기폐쇄적인 경험의 세계를 제공하듯이, 신화 또한 정신적 삶의 공통적이고 분명한 양상의 표현으로서의 시대의 필요성과 연접하여 진화한다. 신화는 결코 희귀한 화용적인 교훈을 함축한 거친 비합리적인 이야기가 아니다. 그것은 원시적 사고에 현실적 경험을 초월하는 힘을 부여한 지각의 특별한 양상이다. 이는 역사적 기원에 대한 비코(Giambattista Vico)의 인식과 유사하다.

주지한 바와 같이 비코는 문화의식이 미흡한 18세기 미학에 대한 전문가로 알려져 있는데 주로 [시(詩)와 학문]의 의의에 대해서 언급했다. 그는 두 분야가 모두 [영원과 필연]을 추구하면서 [우연]을 외면한다고 지적하며, 후자는 추상적 성찰을 적용하지만 전자는 구체적 현실을 중시한다고 본다. 하지만 양자 모두의 공통점은 심오한 진실/진리를 추구하는 것이다. 그는 시가 세계의 이미지 구축에 적합하고 가장 진리에 접근하는 장르라고 보고 시인의 역할을 주목했다. 이런 점에서 시는 신화 상징으로, 학문은 일반 상징으로 볼 수 있다. 그가 보기에 원시인들은 인식론의 부재로 추상적 사고가 결여되어 직관과 감각과 상상력이 발달했을 것이고 이 점이 시인의 자질과 아주 부합한다고 본다. 그러니까 원시인 혹은 고대인들은 거의 다 시인인 셈이다.

그러므로 시는 문명의 시원(始原)이자 원천의 상징이며 이때 서술적 형이상학이 아니라 회화적 형이상학(pictorial metaphysics)을 추구하는 것이 시인이다. 비코가 보기에 시인의 형이상학이 출현하고 나서야 비로소 철학자의 형이상적 체계가 출현했다. 그는 좋은 시는 학자나 비평가의 전유물이 아니라 범인(凡人)들이나 어린이들이 느끼는 대로 사물을 그린 것이라고 본다. 카시러는 신화 상징에 보이는 문화의 양상이 인간문화를 위한 토대로서 기여하는 외경적인 서사로 간주한다. 비코처럼, 그는 현대의 이론적 표현의 가장 고양된 체계인 종교, 철학, 자연과학과 신화의 원시적인 인식 사이에 연속성이 있다고 본다. 그러나 그는 계몽주의적 낙관주의를 비코의 과학적 추상화의 진보적인 퇴보에 대한 염세적 확신과 공유한다. 말하자면 인간의 인식에 의한 사물의 추상화는 진리를 지향하는 것이 아니라 오히려 진리를 지양하는 셈이 된다. 이런 점을 테니슨(Alfred, Lord Tennyson)의 「모래톱을 지나서」("Crossing The Bar")에서 적용해보자.

해 지고 저녁 별 뜨니
날 부르는 또렷한 소리!
나 바다로 향해 떠나가는 날
모래톱에 슬픈 신음소리 없기를.
한없는 심해에서 나온 생명

다시 본향으로 되돌아갈 때에
소리도 거품도 없이 가득 차서
자는 듯 움직이는 밀물만 있기를.

황혼녘에 저녁 종소리 울리고
그 이후에 오는 것은 어둠!
내가 배에 오를 때에
이별의 슬픔일랑 없기를.

시간과 공간의 경계를 넘어
물결이 나를 멀리 실어간다 할지라도
내가 모래톱을 건너고 나면
내 수로 안내자를 얼굴 맞대고 보게 되리니.

Sunset and evening star,
And one clear call for me!
And may there be no moaning of the bar,
When I put out to sea,
But such a tide as moving seems asleep,
Too full for sound and foam,
When that which drew from out the boundless deep
Turns again home.

Twilight and evening bell,
And after that the dark!
And may there be no sadness of farewell,
When I embark;

For though from out our bourne of Time and Place
The flood may bear me far,
I hope to see my Pilot face to face
When I have crossed the bar.

시적화자가 중력과 기압에 저항할 기력을 상실하고 타자로부터의 감
시와 타자에 대한 봉사의 사명으로 기진맥진 바닥에 드러누워 육체를 내
동댕이치고 의식만이 혼미하게 신화적인 "모래톱"을 건너는 순간 별천지

에서 신화적인 존재를 대하게 될 것을 기대한다. 반드시 "수로 안내자" 같은 누군가가 그/그녀를 기다리고 있을 것을 종교적으로 확신한다. 그렇지 않으면 잔존한 삶이 편치 않을 것이다. 시원(始原)에 대한 동경은 시인의 형이상학이 분명하고 이때 삶의 의미와 가치를 저울질하기 위해 철학자의 형이상학을 동원한다. 시적화자의 지상에서의 탈출(exodus)에 자연은 미동도 하지 않고 조물주의 일상을 권태롭게 반영한다.

썰물은 밀려가고 "밀물"은 밀려오고. 에너지의 발산은 이미 에너지의 소멸을 예고하는 무상(無常)한 것. 순간적으로 깜박이는 등불은 암흑을 예고한다. 청년이 삶의 무게로 등이 휜 노인이 되어 바닥에 쓰러져 낙엽처럼 지상에서 사라지고 또 다른 청년이 득달같이 등장하고 또 다른 노인이 힘없이 사라진다. 부조리하게 탄생한 인간이 지상에 두고 가는 상징은 "황혼", "종소리", "어둠", "이별의 슬픔" 같은 인위적인 상징이다. 여기서 시적화자는 죽음이라는 원시적 사고를 "심해"로 에둘러 표현한다는 점에서 학문이 의미하는 추상적 성찰보다 시가 의미하는 구체적 현실을 재현한다고 본다. 그리하여 인간의 논리, 이성, 합리와 같은 일반 상징으로 진행되는 현실이 실존적으로 마무리되는 죽음이라는 궁극적인 상황 속에서 창조의 원천으로서의 "수로 안내자"를 만나는 것은 인간의 숙명에 대한 신화 상징으로 볼 수 있다.

5.6 과학과 신화

카시러는 그의 시대의 가장 중요한 주제인 상징의 발달과 철학과 동질적,

이질적 관계에 서있는 과학의 역사적 발달에 대해 포괄적으로 정의를 내린 신화적인 철학자였다. 과학에 대한 그의 저술『본질과 기능』(*Substance and Function*)은 20세기 들어서서 논의되는 주요 과학 개념에 대한 형이상학적 입문서로 기여한다. 첫 번째 부분은 수, 공간, 그리고 난제들의 개념을 다룬다. 그가 보기에 과학은 경험적 사실의 집합으로 볼 수 없다. 과학은 절대적인 자질을 발견하는 것이 아니라 자연 속에서 사물의 상대적인 자질을 발견하려고 한다. 그것은 자연에 대한 인간중심적인 관점이기에 아전인수(我田引水)의 노선을 취한다. 그것은 자연에 대한 부분적인 분석을 통하여 전체를 진단하려는 야심만만한 침소봉대(針小棒大)의 관점으로 볼 수 있다.

아이작 뉴턴(Isaac Newton)의 말대로 과학자는 와이키키 해변에서 모래알갱이를 세는 철없는 아이와 같다고 볼 수 있다. 간단히 말하여, 과학은 자연과 인간 사이에 주고받는 작용과 반작용에 관한 법칙과 원리를 탐구한다. 혹은 자연과 인간의 상보적인 관계를 진단하고 불가피한 그 생성과 소멸을 통해 반복되는 질량불변의 법칙을 희화화하는 인문학이다. 그리하여 구체적이고 감각적인 사물들은 공간적 시간적 상징의 임의적인 결정에 의해 경험적인 대상으로 변형된다. 대상의 자질은 측정에 의해 의미 있는 담론 속에서 상대성의 관점에서 계수화 된다. 명암의 정도 혹은 사물의 혼돈은 수의 체계가 되고, 이러한 수는 사물의 단위(unit)와 기호(code)가 되어 측정의 보편적인 기준으로 기능한다. 그런데 가능한 경험 밖에 서있는 대상들은 과학의 적절한 주제가 아니다.

카시러는 인간이 경험하는 두 가지의 지각을 과학적으로 정의한다. 사물지각(perception of thing)과 표현지각(perception of expression). 만약 전자만 존재하면 인간은 사물을 지각할 수 없을 것이다. 그것은 인간은 사물을 지각하고 동시에 이를 상징으로 표현해야 하기 때문이다. 인간에게 1차적으로 감지된 전자는 죽은 상태와 마찬가지이고 이 사물에 생명으로 불어넣어주는 것이 2차적인 표현이라는 상징이다. 그러니까 사물의 근원을 추적하는 과학의 심대한 이상에 인격적, 심리적인 요소가 가미되는 것이다. 하는 수 없지 않은가? 카시러는 전자의 경우를 [대상중심의 축]이라 보고, 후자를 [자아중심의 축]이라고 정의한다.[9] 그런데 사물은 기호를 생산할 수 없기에 사물이 존재하기 위해서 부득이 후자의 관점이 필연적이다.

다시 말해 사물은 원래 말이 없기에 사실 존재하지 않는 것과 진배없고, 사물은 인간의 감성적 소여(所與)를 통해서가 아니라 지각구조의 페르소나(persona)를 통해 비로소 상징화 된다. 따라서 과학은 [물자체]를 포착하려는 사물지각을 지향하지만, 현실적으로 표현지각의 산물에 불과하고 나아가 사물에 대한 신화적 인식에 불과하다는 점을 카시러가 지적한 것으로 본다. 중세 암흑시대 한때 지구가 평평하다고 신봉하던 적이 있었지 않은가? 그리고 중세 가톨릭에서 지구가 우주의 중심이라고 신봉하지 않았던가? 결국 인간의 과학적 인식은 신화적 인식의 일환이며 사고의 전환, 즉 패러다임의 전환(paradigm shift)을 통해 갱신될 뿐이다. 이러한 점에서 성자(聖子)가 아닌 과학자들이 추구하는 진리의 정체에 대한 검토가 필요하다.

과학에서 제기하는 진리는 궁극적인 진리가 아니다. 인간적인 차원에서 제1원인의 원초적인 진리를 추구하지만 사실 불가능하다. 그래서 인간 인식의 제한된 수준에서 과학적 진리에 머물 수밖에 없다. 마찬가지로 시인도 사물을 통해 궁극적인 진리를 추구하지만 사물의 묘사, 서술, 이미지

---

9) Ibid., p. 92.

를 통한 상징화에 불과한 시적진리에 그치고 만다. 진리가 머무는 곳은 노자(老子)가 [도가도비상도](道可道非常道)에서 암시하듯이 언어도단 혹은 붓다가 말하는 이심전심(以心傳心)의 경지에 위치한다. 과학의 진리는 측정의 진리이고, 법칙의 진리이고, 원리의 진리이다.

간단히 말하여 과학의 진리는 자연현상에 대한 상징의 진리이다. 먹구름은 비의 상징이고, 북극곰의 빙산유람은 온난화의 상징이다. 그리고 과학의 진리는 카시러가 보기에 절차적 하자에 속하는 [본능적 비약]의 결함을 가진다. 그러니까 과학자들이 일부의 현상을 분석하여 전체를 호도(糊塗)하는 경향이 있다는 것이다. 그런데 과학자들이 모든 자연현상을 수렴하여 검증할 수 없기에 과학적 진리는 한계를 노출할 수밖에 없다. 그리고 과학이 사물의 거죽을 대변하는 상징의 일환이라는 점에서 애초에 카시러는 과학적 진리에 대한 기대를 포기한다.

카시러는 칸트의 선험적인 차원, 즉 순수이성에 해당하는 공간에 대한 과학적 인식을 시도한다. 공간은 객관적 실재에 해당하며 공간은 기하학의 중심이다. 경험의 선결조건이 공간이다. 이는 반야심경의 색즉시공(色即是空) 공즉시색(空即是色)의 개념과 유사하다. 공간이 없이 경험이 없고 경험이 없이 공간이 없다. 나라는 경험적 주체는 현재 공간에 존재하고 있다. 삶의 무대 혹은 공간은 주체인 나를 위해 존재하고 나는 타자라는 삶의 공간 혹은 무대를 위해 존재하는 엑스트라이다. 부인할 수 없는 공간은 두 가지다. 프로이트와 융의 심리적 공간과 유클리드기하학의 물리학적 공간. 공간과 시간 속에 현실이 들어선다.

카시러는 두 가지 공간을 제시한다. 유기적 공간(organic space)과 지각적 공간(perceptual space). 전자는 동물에게 해당하는 공간이고 후자는 인간에게 해당하는 공간이다. 카시러가 보기에, 원시인의 공간은 욕망을 실현하는 행동의 공간이며 인간은 추상, 공상, 망상, 상상이 유발되는 과학적 공간, 즉 기하학의 공간에서 욕망이 거세된다. 그는 공간을 신화적 공간, 미적 공간, 물리학의 공간을 규정한다. 신화적 공간은 신비한 감정의 분위기로 충만하며, 미적 공간은 예술가의 상상으로 가득하고, 물리학의 공간은 비직관적인 합리적인 질서체계로 채워져 있다.[10] 감정의 소여로 인한 지각적인 공간은 상징적인 공간으로 변형되어 우리의 눈앞에 전개된다. 카시러는 과학적 사실은 관찰될 수 있는 사실 이전에 가설적인 사실혹은 상징적인 사실에 불과하다고 본다. 상징은 과학을 대변하고 의미를 생성시키는데 이를 상징적 회임(懷妊)이라고 한다. 이를 지각이 의미를 내포한다는 점에서 심리적 분절화(articulation)로 볼 수 있을 것이다.

5.7 정치와 신화

카시러의 정치철학은 르네상스 휴머니즘에 근거한다. 구체적으로 마키아벨리, 루소, 칸트, 괴테, 훔볼트의 사유를 연구했다. 정치에 대한 고대/중세/르네상스 개념들이 전체론적인 시각으로 수렴된다. 현대에 전체론적인 질서가 존재하며, 사자와 여우 탈을 쓴 마키아벨리 이후에 이 질서는 신적인 자연적인 차원보다 심리적인 관계에 기초한다. 사회적 정치적인 관계는 상징적 형태 같이 완전히 객관적이지 않고 주관적이지도 않다. 그것들은 우리의 이상적이고 포괄적이며 사회적 삶의 틀 속에서 우리 자신의 구

---

10) Ibid., pp. 101-02.

축을 재현한다. 인간의 사회적 의식은 동일시와 차별의 의심스러운 타자의 행동에 의존한다.[11] 인간은 결코 잃어버린 자신을 찾을 수 없을 것이다. 인간의 구성요소가 타자성(otherness)과 원형(archetype)이기에 물론 당연하다. 사회적 매체를 통하지 않고, 원형의 전승을 의식지 않고, 창조의 섭리를 고려치 않고 자신의 개별성을 인식할 수 없다. 물론 불교에서는 개별성으로서의 자성(自性)을 확정적으로 보지 않는다.

아리스토텔레스의 말처럼 사회적 동물인 인간은 사회의 규칙에 복종하지 않을 수 없다. 사회는 자아실현의 무대이기 때문이다. 인간의 존엄은 그들 스스로 정한 명목적 법에 의해 스스로 규제하는 합리적인 행위로부터 파생된다. 이런 점에서 카시러는 마르크스와 하이데거를 비판한다. 그것은 그들이 인간의 상황과 조건을 경직되게 결정론적으로 규정하였기 때문이다. 인간이 무작위로 세상에 던져졌다거나 정신없는 물질 속에 허무하게 치명적으로 매몰된 것. 카시러는 인간에게 부여된 정치적 질서 혹은 사회가치를 결정하는 물질적 존재론적 조건을 부정한다. 오히려 인간은 스스로 법과 사회제도를 창조하고 규범을 만들어 사회 속에서 입지를 공고히 한다는 것이다.

정치학은 만인평등과 만인행복을 주장하는 마르크스 일당들이 주장하듯이 사회제도와 인간의 관계에 국한되는 것이 아니라, 신화, 예술, 시, 종교, 과학과 같은 상징 형식 안에서 의미 있는 인간관계에 대한 연구주제이

---

11) Man's social consciousness depends upon a double act of identification and discrimination. Man cannot find himself, he cannot become aware of his individuality, except through the medium of his social life. [···] Man, like the animals, submits to the rules of society but, in addition, he has an active share in bringing about, and an active power to change, the forms of social life. (*An Essay on Man*, p. 223)

다. 유사 이래 인간문화는 인간 사이의 진보적인 자기해방의 과정을 수렴한다. 그러나 이것이 스스로를 옥죄는 자승자박(自繩自縛)의 결과를 초래하기도 했다. 이 과정에서 언어, 예술, 종교, 과학과 같은 다양한 국면들이 자리를 바꾸며 명멸했다. 자족적이긴 하지만 여러 국면전환의 상황에서 인간은 삶의 새로운 동기를 발견하고 입증하려 한다. 이는 자연의 관점에서는 반향 없는 메아리이겠지만 인간 스스로 유토피아를 꿈꾸고 이를 지상에 실현하려는 처절한 몸부림이다. 이 과정에서 파생되는 팔색조의 철학은 자기합리화의 묘약으로 혹은 진통제로 존재한다.

카시러의 사후 저술『국가의 신화』에서는 유럽의 과거에서 현재에 이르는 유럽의 정치제도와 주요 사상에 대한 평가가 수록되며, 그것은 플라톤의 이데아, 헤겔의 변증법, 히틀러의 전체주의(totalitarianism)에 관한 것이다. 신화가 정치와 무관하게 보이지만 사실 유능한 정치인은 신화를 이용하여 국민을 결속시켜 사회를 유토피아로 혹은 디스토피아로 변형시킨다. 다시 말해 신화를 국민의 의식 속에 주입하여 공동의 목적의식을 창조하는 것이다. 그것은 영웅숭배의 신화인데 카시러는 [의상철학]으로 유명한 칼라일(Thomas Carlyle)이 주장한 [영웅숭배론]이 독일 나치의 전체주의에 기여했으리라고 본다.12) 물론 신화는 민족성(ethnicity)의 기초를 형성한다고 주장하는 독일의 관념론자 셸링(Friedrich Wilhelm Joseph Schelling)의 말을 참고하여13) 히틀러가 아리안족을 규합하여 전설적인 니벨룽겐(Nibelungen)의 신화를 현실에 실현하려고 했을 수도 있을 것이다.

영웅숭배론은 간단히 말하여 인간들이 신적인 존재로서의 영웅을 받들

---

12)『에른스트 카시러』, p. 79.
13)『20세기 신화이론』, p. 34.

고 의지하며 고해의 삶을 살아간다는 것이다. 문제는 영웅 가운데 자신을 희생하는 이타적인 영웅과 타자를 수탈하는 이기적인 영웅이 있다는 것이다. 백성을 괴롭히는 괴물에 맞서 자기를 희생하는 베어울프와 전설의 의적(義賊) 로빈 후드(Robin Hood)와 독일인들을 사지로 몰아넣고 유태인을 학살한 히틀러와 백성을 노예로 삼는 북한의 세습 독재자. 그럼에도 우중(愚衆)들은 맹목적으로 영웅을 추앙하는 피학적, 노예적인 습성이 있다.

카시러는 고독하게 아리안 우월의 신화, 영원한 유태신화, 사회주의 유토피아 신화에 굳건히 대항했다. 그런데 마르틴 부버(Martin Buber), 에리히 프롬(Erich Fromm)과 더불어 유태 철학자의 반열에 서있는 카시러가 유태신화를 거부한 것은 특이한 일이다. 그는 신화를 유발하는 창조적인 활동에 반대하지 않았고, 신봉자들에 의한 맹목적이고 무분별한 충성에 반대했다. 그러므로 카시러는 신라의 골품제도에 따라 독일인의 성골(聖骨)도, 진골(眞骨)도, 6두품도 아닌 변방의 이방인이지만 진정한 독일의 민족성을 동경하며, 고전주의적 자유주의, 법의 전통, 평등성을 빌미로 추진하는 사적인 이익을 위해 군중을 동원하여 권력투쟁을 도모하는 불순한 의도를 비판한다. 이런 점에서 그는 하이데거와 독일 국수주의자들과 코드와 노선이 명확하게 달랐다. 통제와 억압으로부터 민주와 자유를 관철하려는 현대정치사상의 발달과정에서 우리가 주목하고 경계해야 할 것은 표층의 유희를 강조하는 포스트모던 문화의 저류(底流)에 은폐된 신화적 사고의 힘이다.

카시러가 전 세계 학계에 알려져 정치적인 영향력을 행사하게 된 결정적인 계기는 [다보스 모임](The Davos Conference)에서 비롯된다. 영어를 배제하고 프랑스어와 독일어를 사용하는 학술토론회로서, 토마스 만(Thomas

Mann)의 서사시 『마의 산』(*The Magic Mountain*)에 의해 유명해진 휴양지 스위스의 [다보스]에서 개최되었다. 1300명의 학술 참가자가 마을 주민수보다 많았고 3주 동안 56강좌가 열렸다. 참가자 중에 프리츠 하이네만, 칼 조엘, 엠마누엘 레비나스, 조아힘 리터, 모리스 더 간딜락, 루드우그 빈스웽거, 루돌프 카르납과 같은 당대의 유명 학자들이 있었다.

무엇보다 이 모임의 관심사는 카시러와 하이데거의 대결이었다. 신화와 존재의 권위자와의 모순적 대결인 셈이다. 그런데 그 세계적인 학술대회에서 카시러는 지병으로 인해 병상에 누워있는 상태였고, 하이데거는 학술토론에 별로 관심이 없었다. 그러나 [다보스 모임]에서 양자에게 주어진 물음은 칸트철학에 입각한 존재론의 입장이었다. 카시러는 칸트의 [물자체]를 폐기해야 한다고 주장했고, 하이데거는 칸트뿐만 아니라 존재의 의미 혹은 존재의 인간적 방식(*Dasein*)을 탐구하기 위해 철학자체를 폐기하기를 원했다.

이런 점에서 초월적인 신화를 통해 존재의 의미를 반추하려는 카시러는 본질주의적인 관점을, 과거 존재에 대한 초월적 주장에 회의하고 [현존재]를 주장하는 하이데거는 비본질주의적인 관점을 가지고 있다고 볼 수 있다. 지상의 인간에게 삶의 동기를 부여하는 상징의 재생산(reproduction)과 피투적 상황으로서 세상에 던져짐(thrownness)을 화두로 삼는 카시러와 하이데거의 공통분모(common denominator)는 [죽음]이었다. 카시러는 하이데거가 말하는 [현존재]의 [던져짐]이 과장된 것으로 보아 그것의 자발성을 과소평가했다. 인간이 세상에 부조리하게 던져졌다는 하이데거의 입장은 결정론적인 것으로 일종의 허무주의에 해당하며, 추상적인 혹은 초월적인 존재를 부정하는 [현존재]의 역동성을 오히려 저해한다.

:06   말리노프스키의 원시문화

휘트먼(Walt Whitman), **홉킨스**(Gerard Manley Hopkins)

6.1 체험적 신화

폴란드 태생의 말리노프스키(Bronislaw Malinowski)는 원래 수학과 물리학을 전공한 자연과학도였는데 프레이저의 『황금가지』를 읽고 감명을 받아 인간의 기원 탐구에 강렬한 열정을 가지고 평생 인류학에 매진했다. 그는 현장중심의 관찰과 토착문화의 존중에 기초하여 몸소 원시인들이 거주하는 남태평양 뉴기니 섬 트로브리안드 군도를 방문했다. 원시사회에 대한 서구의 문화적 편견을 탈피하기 위하여 학문에 대한 탁상공론의 태도를 지향하고 현지어를 구사하는 정보제공자의 말과 현장 답사를 통한 관찰의 중요성을 견지했다.

그 섬을 방문한 결과, 루이 알튀세(Louis Althusser)가 말하는 국가지배를 위한 이념적 국가장치(ideological state apparatuses), 즉 국가, 법원, 관청이 부재한 와중에도 원시인 상호간의 관계가 적절하게 유지되고 있으며 형법보다 민법이 발달해 있음을 확인할 수 있었다. 나아가 인류학이 숭상하는 관념인 [관습이 미개인을 지배한다]라는 점이 현장조사 결과 사실무근임을 밝혀냈다. 그가 보기에 미개인들은 관습을 맹종하고 숭배하는 것이 아니라 나름대로의 합리성과 경제성을 가지고 행동한다. 이 섬의 가족 관계는 모계중심이며 아버지는 가족에 대해 아무런 권리를 행사할 수 없다. 그러니까 문명사회에 확산된 사회구성의 원리로서 [오이디푸스 이론]이 전복된 셈이다. 그런데 어머니도 가족에 대해 아무런 권리를 행사할 수 없고 오직 [외삼촌]만이 권리행사의 주체이다. 외삼촌이 여동생과 그녀의 가족의 생존을 돌보며 재산과 지위를 조카에게 물려준다.

말리노프스키가 보기에 원주민들은 명분을 앞세우고 가급적 의무를 해태하려 한다. 이러한 이기적인 점은 위신과 체면과 명분과 과시를 중시하는 문명사회의 인간들과 유사하다. 그러니까 우리가 원시인에 대해 일반적으로 생각하는 순박함과 순수함에 대한 인식의 재확인이 필요한 것이다. 우리나라 속담에도 어리숙한 촌놈이 도시인보다 더 무섭다는 말이 있다. 따라서 원시인들에 대해 무조건 이상화하거나 비하하는 것은 인식의 착오에 해당한다. 아울러 원시인들의 문화에 대해 독단적인 생각을 하는 현대인과 먼 나라 이야기로 인식되는 신화에 무관심한 현대인과 일맥 상통한다.

원시인은 이성, 합리, 논리가 부재하다는 점에서 황당무계한 신화의 주체이다. 그리고 신화와 원시인은 현대인의 의식 속에서 명증하게 확인되지 않는 무의식 세계의 서사와 대상이라는 점에서 연관된다. 그는 원시 문화를 연구함에 있어 사회보다는 인간 개개인의 반응에 각별히 주목했다. 이는 사회를 통해서 개인을 이해하는 것이 아니라 개인을 통해서 사회를 이해한다는 것으로, 사회제도보다는 원시인들의 관점, 사고, 표현이 중요하다는 것이다. 그는 프로이트

원시인 동굴벽화

의 보편적인 사회구성의 원리인 오이디푸스 콤플렉스에 도전하여 『원시사회에서의 성과 억압』(*Sex and Repression in Savage Society*)에서 이 사회구성의 원리를 독단적인 것이라고 반박했다.

6.2 기능주의 신화

말리노프스키는 동료 래드클리프-브라운(Radcliffe-Brown)과 더불어 현대 사회 인류학의 아버지로 알려져 있다. 그들은 상호 갈등이 많은 인물들이었으나 학문적 목적하에 결합하였다. 그것은 우성이 열성을 극복한다는 적자생존을 강조하는 다윈주의에 대한 저항이었다. 본격적으로 기존 질서와 체제에 오도된 원시문화의 특성을 연구하기 위해 새로운 학회를 구성했다. 그들은 [기능주의](functionalism)적인 관점에서 원시문화를 파악하려고 했다. 기능주의는 에밀 뒤르켐(Émile Durkheim)으로부터 영향을 받은 것이었다. 자살이론과 아노미(anomie) 이론으로 세상에 잘 알려진 뒤르켐

은 말리노프스키에게 지대한 영향을 주었다. 그의 주제는 사회가 어떻게 형성되고 기능하는가와 또 다른 주제는 사회가 어떻게 질서와 안정을 유지하는가이다. 이런 점에서 그는 기능주의의 선구자로 알려진다. 그는 사회를 유지하는 요소로서 공유된 경험, 전망, 가치관, 신념, 공동의 이익을 추구하는 구성원으로서의 행동을 든다. 우리를 분리(division)시키는 것과 우리를 결속(solidarity)시키는 것이 무엇인가? 가 그의 주제가 된다. 그리고 사회가 구성되고 유지되기 위해서 공통의 목적과 이익을 추구하기 위해서 [집단적 의식](collective conscience)을 공유한다.

기능주의란 사회적 관점에서 사회가 유기체처럼 진화 발전해왔다는 것이다. 다시 말해 사회의 규범, 제도, 관습, 전통이 각각 인체의 기관(organ)처럼 구성되고 발전되어왔다는 것이다. 그러나 말리노프스키는 문화를 개인의 욕구에 복무하는 것으로 보았지만, 래드클리프-브라운은 개인을 하나의 전체로서 사회를 지탱하는 중추적인 것으로 보았다. 전자는 사회를 구성하는 개인들의 욕구가 발생할 때 사회의 욕구가 발생한다고 추론했다. 따라서 사람들의 정서와 동기는 사회가 기능하는 방법을 이해하는 관건이 된다. 원시부족의 풍습과 관습은 원시사회를 구성하는 [골격](skeleton)이 되며 그들의 하루하루의 일상은 [살과 피](flesh and blood)가 되는 것이며, 그리고 원시인들의 정신은 [말과 시각](utterance and view)을 의미한다고 본다.

말리노프스키는 문화의 기능주의가 문화의 모든 형태, 모든 관습, 물질적 대상, 사고와 신념을 좌우하고 개인과 사회는 유기적인 관계를 유지한다고 본다. 기능주의를 확립한 말리노프스키와 달리 래드클리프-브라운은 자신을 구조적 기능주의자라고 칭했다. 과거의 인류학자들은 원주민들의 일상을 외면하고 기존의 데이터에 의존하여 임의로 추론하여 독단적인 보고서를 작성했다. 그러나 말리노프스키는 철저히 현상중심의 관점에서 정보제공자(informant)로서의

일상의 기능주의

원주민들의 일상에서 발견되는 생생한 문화요소들을 통해 추론하려고 했다. 한편 그는 다국적어 구사자(polyglot)이며, 원주민들의 언어도 일부 습득하여 원시문화연구에 있어 다른 인류학자들에 비해 유리한 위치를 점했다. 그는 원시인의 친족(kinship)연구를 통해 심리학과의 교차연구를 시도했다. 예를 들어, 그는 열대의 트로브리안드 제도 주민들(Trobriand Islanders)의 개인심리는 사회적 맥락과 연관되어있기에 서구사회에 적용된 프로이트의 오이디푸스 콤플렉스와 무관함을 증명했다.

그는 문화인류학자의 목표는 자신의 관점에 원시문화를 적용할 것이 아니라, 물론 그렇지 않기가 용이하지 않지만, 원주민의 관점에서 사물을 보고, 인생을 바라보고, 세상을 바라봐야 한다고 주장했다. 그는 인류학자의 자격요건으로 개인을 포섭하는 사회현상에 대한 비범한 통찰력을 강조했다. 개인의 행동이 어떻게 사회구성요건으로 기능하는가 하는 점에 대하여 트로브리안드 원주민들의 [쿨라 교환](Kula exchange)을 통해 검토했다. 이는 일종의 증여의식으로서 선물공세인데 말하자면 [A]가 [B]에게 선물을 하면 [B]가 [A]에게 답례를 하는 것이 아니라 [C]에게 한다는 것이다. [C]는 [D]에게 선물을 하고 [D]는 [C]가 아니라 [E]에게 선물을 한다. 이

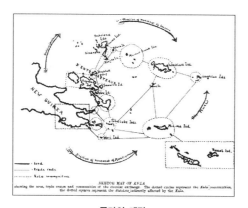

쿨라의 궤적

런 식으로 섬 전체가 물질을 분배하고 공유한다는 것이다.

이것은 공동체의 결속(solidarity)을 도모하고 일체감(togetherness)을 조성하기 위한 의식이다. 문명인은 자신과 타자와의 이해적 관점에서 인간관계를 바라보지만, 트로브리안드 원주민들은 그 상대적인 관점을 초월하여 전체론적인 시각을 보여준다. 또 멜라네시아(Melanesia) 원주민들은 팔찌와 목걸이를 교환하는데 일부지역의 재료로 만들어지는 것이 아니라 섬 전체의 재료로 만들어진다는 것이다. 처음에 선물의 교환은 두 사람으로부터 시작하여 섬 전체 주민들로 확산된다는 것이다. 그리하여 700개의 제도에서 생산되는 물질이 교환의식(exchange ritual)을 통하여 유통되고 공유된다. 그는 이 과정에 일상의 이기적인 경제 원리를 초월하는 주술, 종교, 친족관계가 작용하고 있음을 추리한다. 이것은 별다른 소통의 수단이 없는 외진 곳이 많은 제도 안에서 소통하는 원주민만의 독특한 방식이다. 말리노프스키는 문화를 집단습관의 체제로 보아 이것은 개인의 목적을 위해 유용한 수단이 된다고 본다.

문명인에겐 산만하고 복잡해 보이는 공리주의적인 제도는 수많은 행위와 추구의 결과물일 것이다. 그러나 원주민들은 설정된 명확한 법규, 목적, 규칙이 없다. 그들은 아예 사회구조에 대한 어떤 상식도 가지고 있지 않다. 단지 그들은 그들만의 삶의 동기, 개별행동의 목적, 행동요령만을 숙지한다. 무엇보다 전체적인 집단윤리가 중요하고 이것이 그들의 정신영역을 지배한다. 마치 현재의 자아를 지배하는 태곳적 집단무의식처럼. 말리노프스키는 문화인류학을 진화론에서 사회학과 심리학을 결합한 사회과학으로 이끌었다. 그는 저술과 강연을 통해 문화인류학의 확산에 기여하여 관련 전공자들 혹은 제자들의 직장을 알선하는 수완도 보였다. 소위 원주민들은 문명사회의 시민들과 같은 인식능력을 가지고 있다고 본다. 그는 모든 사회가 동일한 계열 속에서 단 하나의 궤도를 따라 동일하게 명백하고 예측가능한 단계를 거쳐 진화된다는 다원주의를 비판한다. 이처럼 그는 사회와 개인의 관계가 훨씬 복잡하고 예측하기 어렵다고 진단한다.

외부인에겐 생경하고 기이하게 보이지만 원주민들은 그들 사회를 추동하는 건강한 장치를 가지고 있다. 설사 문명인들이 그들의 주술을 미신적인 것이라고 생각하더라도 말리노프스키는 특별한 맥락 안에서 개인에게 작용하는 토대를 보여준다. 트로브리안드 제도 원주민들은 연안의 석호(潟湖)에서 물고기를 잡는 일은 단순한 일이지만 심해로 나아갈 때 그곳은 예측할 수 없는 위험과 고난이 도사리고 있다고 생각한다. 그래서 그들은 이러한 시련을 대비해서 주술의식을 벌인다. 이런 풍습은 한국의 어민들에게도 있다. 먼 바다로 출항할 때 향토 샤먼들이 바다의 신 용왕에게 제사를 거창하게 올린다. 미지의 위험에 대비하기 위한 인간적인 추상의 장치가 주술이다. 이 주술이 먼 바다로 나아가는 원주민들의 의식을 강화시키고 무장하게 한다. 그의 주요 업적의 하나는 문화이론과 심리학의 통합이다.

6.3 주술의 신화

현재 문명인들은 타자의 욕망을 실현하기 위하여, 이것이 자아실현의 신화로 둔갑되기도 하지만, 또 생계를 유지하기 위해서 직장을 구한다. 하지만 원주민들은 그들의 재능과 환상을 추구하기 위해 살아간다. 어느 쪽이 현명한 삶인가? 현대인의 삶의 태도는 실용주의적이고 공리주의적인 것이다. 그런데 원주민들의 삶의 태도는, 문명인들은 그들이 심심하게 살아간다고 볼지라도, 실용주의와 공리주의와는 아무 상관없이 자족하며 즐겁게 살아간다. 책, 라디오, TV 같은 전통적인 매체와 현대의 첨단 전자매체가 제공하는 다양한 삶의 정보가 부재한 상황에서 원시인들 혹은 원주민들은 공동체에서 입에서 입으로 전승된 이야기를 공유하며 그것을 삶의 근거로 삼는다. 말리노프스키는 이 구전(口傳)을 [민담, 전설, 신화로 구분한다.

그는 이를 트로브리안드 제도의 원주민들에게 적용한다. 우선 그는 [민담을 쿠콰네부(kukwanebu)라고 부르며, 이는 여가선용을 위한 오락문화의 유산으로 정확하진 않지만 현대판 TV 드라마와 같은 역할을 한다고 본다. 이는 사냥과 채집을 할 수 없는 장마, 겨울에 동굴의 노변에 둘러앉아 이야기꾼이 공동체에 전하는 과거지사와 같은 것으로 볼 수 있다. 그 다음으로 [전설]에 해당하는 구전은 리브워그워(libwogwo)로 부르며, 이는 대대손손 전승되어 온 공동체를 둘러싼 전설이나 풍문들을 원로들이 후손들에게 자신들의 체험을 전달해주는 교육의 일환으로 본다. 이는 앞의 구전보다 심각한 이야기를 전한다. 말하자면 전쟁, 재난, 범죄, 기근, 영웅이 주제가 되는 구전으로 공동체의 존속과 번영에 유익한 일종의 교육적인 구전으로 볼 수 있다. 마지막으로 [신화에 해당하는 구전을 릴리우(liliu)라고 부르며, 이는 앞에 소개한 두 가지 구전처럼 이야기로 전달되는 것이 아니고 일상 속에 생생하게 살아있다는 것이다.

릴리우는 생명의식과 연관되어 원주민들의 삶을 지배한다. 이는 한쪽 귀로 듣고 한쪽 귀로 흘리는 흡사 마이동풍(馬耳東風) 수준의 가벼운 구전이 아니라 실천해야 할 삶의 모범이 되는 신성한 구전이다. 기독교식으로 말하자면, 예수 그리스도의 십자가의 고난은 듣고 기억해야 하는 수준의 이야기가 아니라, 그 고난을 받들어 신자들은 공동체의 십자가적 사명을 지고 실천해야 한다는 것이다.

인간이 르네상스, 계몽운동, 산업혁명, 민주혁명의 대주제인 삶의 모더니티(modernity)를 지향하는 동안 점점 이를 비판하는 학자들이 많아지고 있다. 이는 점점 변화하는 자신의 모습에 대한 인간의 자학적 태도이자 불평이다. 그런데 인간의 문명화는 인류가 지상에 출현한 약 300만 년의 연대기에서 불과 500년에 불과하다. 이렇듯 역사가 일천한 문명화가 인간의 무료한 삶을 개선하는 축복이 되기도 하지만, 한편으로는 재앙이 되어 요즘 전 세계가 요란하다. 그리하여 지구라는 텃밭을 지키기 위해 생태적 사고 혹은 야생의 사고를 옹호하는 집단이나 인간들이 속속 등장하고 있다. 특히 칼 융(Carl Gustav Jung)은 인간의 문명이 오히려 인간의 원형을 파괴한 주요 요인으로 보아 신랄하게 비판한다. 타원형의 비행접시(UFO)의 모양을 인간의 심성이 문화의식에 의해 일그러진 증거로 보고. 그렇다면 이성과 감성으로 모순적으로 무장된 인간들이 원시문화 속에 영원히 안주하는 것이 인간의 바람직하고 현명한 처세인가?

융처럼 문명의 합리주의와 과학주의를 비판하는 사람 가운데 한 사람이 말리노프스키이다. 그는 "합리주의자와 불가지론들이 신화와 종교를 수용할 수 없다 할지라도 신화와 종교가 필요불가결한 실용적 허구이며, 그것 없이는 문명도 존재할 수 없다"[1]고 강변한다. 이런 점에서 그는 원주민들과 문명인들이 사실상 지구라는 한통속에 존재하는 운명공동체의 일원이라고 보아 전체론(holism) 혹은 세계연방주의(supernationalism)을 주장한다.

그런데 말리노프스키가 애써 원시인을 옹호할 필요도 없이, 원래 인간이 이성과 감정으로 구성된 것처럼 세계도 이성에 해당하는 문명인과 감성에 해당하는 원시인들로 구성되었다고 보는 것이 타당하지 않은가? 만약 인간이 이성을 중시하고 감성을 무시하면 기형적인 기계적인 인간이 되고, 세상이 문명인을 존중하고 원시인을 무시하면 삭막한 기계적인 세상이 되는 것이다. 이런 점에서 현재 기계적인 문명의 폐해(弊害)로 인하여 전 세계가 몸살을 앓고 있다. 그리하여 [자연으로 회귀]를 주장한 루소의 사상이 부활하고 자연과 인간의 공존을 외치는 생태주의가 출현한다. 이 점을 휘트먼의 「나를 닮은 저 그림자」("That Shadow, My Likeness")에 적용해보자.

> 이리저리 생계를 찾아 헤매며 수다를 떨고 수작을
> 거는 나를 닮은 저 그림자;
> 휙 하고 지나가는 그 그림자를 내가 서서
> 바라본 적이 얼마나 많은가;
> 그것이 정녕 내 자신인지 아닌지 의문을 던지고 의심한 적이
> 얼마나 많은가;
> ─그러나 이 와중에, 나의 사랑하는 이들 사이에서, 나의 노래를 부르며,
> 오 나는 결코 그것이 정녕 내 자신인가를 의심하지 않노라.

---

1) 『20세기 신화이론』, p. 129.

That shadow, my likeness, that goes to and fro, seeking a livelihood,
chattering, chaffering;

How often I find myself standing and looking at it where it flits;

How often I question and doubt whether that is really me;

—But in these, and among my lovers, and caroling my songs,

O I never doubt whether that is really me.

물론 시인 휘트먼[2]이 당대의 유명한 프로이트의 정신분석학 정전 시리즈를 탐독했으리라 생각하지만, 그렇지 않을 경우 프로이트의 주장에 너무나 부합한다. 인간은 에고(ego)를 가지고 살아간다. 이 에고는 인간의 본질을 반영하는 것 같지만 실지 인간의 본질이 아니다. 불교에서는 인간의 본질은 논할 수 없다고 하지 않는가? 사르트르 또한 [존재가 본질을 앞선다]라고 선포한다. 그것은 인간의 본질이 시시각각 변하기 때문이다. 프로이트의 주장에 따르면, 인간은 에고와 욕망의 이드(id)라는 모순적이고 상충하는 자아의 요소들을 간직한 채 살아야 하고, 융의 관점에서 인간은 원형을 현시(manifestation)하는 불완전한 에고를 관리, 운용하며 개성화(individuation)의 극치로서의 자기(the Self)를 완성하기 위해 살아야 하고, 라캉(Lacan, Jacques)은 인간이 반드시 거쳐야 할 [실재/상상/상징]의 세 가지 질서 속에서 달구어진 프라이팬 위에 깨어진 달걀처럼 자아가 산산조각난 채(split-ego) 불만의 신경증(neurosis)을 껴안고 살아가야 한다고 주장한다.

---

2) Walter Whitman (1819-1892) was an American poet, essayist, and journalist. A humanist, he was a part of the transition between **transcendentalism and realism**, incorporating both views in his works. Whitman is among the most influential poets in the American canon, often called **the father of free verse**. His work was very controversial in its time, particularly his poetry collection **Leaves of Grass**, which was described as obscene for its overt sexuality. [wiki.com]

이런 점에서 화자는 "나는 결코 그것이 정녕 내 자신인가를 의심하지 않노라"에서 에고의 가식 속에 천연덕스럽게 살아가는 불완전한 인간을 고발한다. 이에 대한 영지(靈智)적인 대안으로, 성경에서 인간은 부활한 예수를 통하여 진리를 접속할 수 있음을 설파하고 있다. 그것은 [나는 길이요 진리요 생명이니 나를 통하지 않고 진리에 이를 길이 없다는 것이다. 한편 이것을 논리적, 이성적, 합리적인 동굴의 나르시시즘에 의해 밀폐된 인간의 사고를 극복하는 [야생적 사고로 볼 수 있다. 현상을 초월하고, 현상을 투과하는 초월적 사고이다. 이런 점에서 자연을 노래하는 휘트먼이 보여주는 만물정령주의인 초월주의는 이성, 합리, 논리를 관통하는 [원시의 사고와 부합한다. 이는 [신화에 해당하는 [릴리위에 해당한다고 볼 수 있으며 구전처럼 이야기로 전달되는 것이 아니고 일상 속에서 약동하는 [생명의식과 연관되어 휘트먼의 삶을 지배했다고 본다.

6.4 선천적 사유/후천적 사유

앞장에 나온 카시러의 신화연구는 주로 상징에 관한 연구로서 아프리카 오지(奧地)를 온 몸으로 탐사하는 영국의 탐험가들처럼 실천척이고 현장 위주의 연구를 강조하는 말리노프스키기 보기에 너무나 형식적이고 학문적인 것이었다. 그러나 아무리 원주민에 대한 직접적인 연구라 할지라도 기호에 수렴되어 문헌화될 수밖에 없기에 신화에 대한 연구는 현장 참여든 아니든 모두 이차적, 간접적 상징적 차원의 연구라 하지 않을 수 없을 것이다. 그럼에도 신화의 현장탐사를 주장하는 말리노프스키의 연구는 학문적인 카시러의 연구보다 원시적인 감수성과 현실감이 내재되어 있다고 볼 수 있다. 그는 원시인의 언어를 단순히 기호적인 차원에서 바라보지 않고 주술적인 차원에서 바라본다. 그러니까 언어가 공허한 것이 아니라 원시인의 삶을 결정하는 인자(因子)로 바라보는 것이다. 소쉬르처럼 사물과 무관한 언어가, 기호가 아니라, 사물과 언어는 유관한 것이다. 그러니까 후천적 사유인 언어가 선천적 사유인 신화를 호출할 영험한 능력을 가지고 있는 것이다. 그리하여 말리노프스키는 언어의 자질을 [생물학적 유용성](biological utility)이라고 부른다.

그런데 언어는 생물학적 필요를 충족시키기 위해 존재한다. 이것이 프로이트의 [포르트-다](fort-da) 게임이다. 아기가 실패를 붙들고 어미를 부르는 것이다. 허기진 남편이 아내에게 [밥을 달라!]고 말을 하듯이, 배고픈 어린 아기가 울음으로 어미에게 의사표현을 하듯이. 제갈공명이 남동풍을 불러 조조의 군대를 태우듯이. 피그말리온이 비너스에게 기도를 드려 조각상이 이상적인 여인으로 둔갑하듯이. 일요일 교회에 모인 신자들이 각자의 물질적인 소망을 기도하듯이. 육체 속에 정신이 스며있다고 주장하는 메를로 퐁티(Maurice Merleau Ponty)처럼, 한국 시골 마을 어귀를 지키는 성황당 나무 속에 신령한 존재가 스며있을까? 한국 절간의 대웅전 금동부처는 과연 불임의 아낙에게 아기를 점지(點指)할 영험한 능력이 있을까?

언어로 무에서 유를 창조하는 신화를 실현하는 것은 일종의 실용적 효용성이다. 위에서 말한 것처럼 피상적인 언어로 신화를 실현할 수도 있고, 심층적인 마음으로 신화를 실현할 수도 있다. 마음으로 신화를 실현한 경우가 마하가섭의 미소이고, 마술사 유리 겔라(Uri Geller)가 TV에 나와 염력(psychokinesis)으로 숟가락을 구부린 경우이다. 염력은 인간의 의지를 집

스핑크스와 오이디푸스

중시킴으로써 근육이나 에너지 같은 물리적 매개 없이 타 물질에 작용하거나 영향을 주는 능력이다. 문화의식이 발달한 문명인의 의식은 억압적인 기호로 잠식되어 정신력의 거세나 분열로 인해 정신력의 행사에 제한을 받지만, 문화의식이 덜 발달한 야성의 사고에 충실한 원시인의 의식은 언어의 구속에서 벗어나 자유롭게 행사한다는 점에서 집중적이고 무제한이고 초월적일 것이다. 이와 연관하여 말리노프스키는 "원시인은 자신의 이익을 위하여 자신의 역할을 다하고 자신의 다양한 필요와 욕망을 성취하기 위하여 할 수 있는 모든 수단을 동원하는 열정적인 행위자"3)라고 말한다.

　카시러는 신화적 사유를 세상을 구성하는 선천적인 조건으로 보았기에 스스로의 주장을 코페르니쿠스적인 발상이라고 생각했으나, 말리노프스키는 카시러의 주장이 원시문화의 강인하고 생동감 있는 현장을 지켜본 바가 없는 탁상공론(卓上空論)이라 치부한다. 그는 신화를 허황된 공론(空論)이 아니라 생명이며, 경험된 실재이며, 질병과 죽음의 동인이며, 원시인의 삶을 결정하는 상황적 콘텍스트로 본다. 신화는 즉물적인 원시신앙을 주고 공동체의 윤리를 제공하는 생명의 헌장이다. 신화는 삶의 내적맥락과 외적맥락을 연결한다는 점에서 생명의 현상이다. 원시인에게 비물질적

---

3)『20세기 신화이론』, p. 117.

인 신화는 물질적인 환경과 밀접하게 연결된다는 것이다. 그런데 이런 말리노프스키의 관점이 과도한 낭만주의 혹은 극단적인 이상주의 혹은 원시인에 대한 넘치는 박애주의(Philanthropism)에 연유한 것일지도 모른다. 이런 점을 홉킨스의 「신의 장엄」("God's Grandeur")에 적용해보자.

세상은 신의 장엄으로 충만해 있다.
그것은 활활 타오르리라, 흔들리는 금박이 빛나듯이.
그것은 모여 거대하게 된다, 짓눌린 기름이 스며 나오듯이
그런데 지금 사람들은 왜 신의 회초리에 개의치 않는가?
세대들이 짓밟고, 짓밟고, 또 짓밟아 왔다,
모든 것이 생업으로 시들고, 고역으로 흐려지고 더럽혀졌다,
그리고 인간의 때를 지니고 인간의 냄새를 공유한다. 땅은
이제 헐벗었으나, 발은 느낄 수 없다, 신을 신었기에.

이 모든 것에도 불구하고 자연은 결코 소진되지 않는다,
사물들 속에 깊이 아주 소중한 신선함이 살아 있으므로,
그리고 마지막 빛이 어두운 서쪽 밖으로 사라지더라도
오, 아침이, 동쪽의 갈색 언저리에서, 솟아오르기에―
왜냐면 성령이 구부러진 세상을 따스한 가슴으로
품어주시기에, 아! 빛나는 날개로 품어주시기에.

The world is charged with the grandeur of God.
It will flame out, like shining from shook foil;
It gathers to a greatness, like the ooze of oil
Crushed. Why do men then now not reck his rod?
Generations have trod, have trod, have trod;

And all is seared with trade; bleared, smeared with toil;
And wears man's smudge and shares man's smell: the soil
Is bare now, nor can foot feel, being shod.

And for all this, nature is never spent;
There lives the dearest freshness deep down things;
And though the last lights off the black West went
Oh, morning, at the brown brink eastward, springs —
Because the Holy Ghost over the bent
World broods with warm breast and with ah! bright wings.

　　신의 은총과 자비가 흘러넘친다. 성과 속이 구분되는 창조의 섭리가 펼쳐진다. 인간은 물질에 목숨을 의지하므로 그 환경을 창조한 조물주에게 찬사를 보내야 한다. 생존을 위해 인간들이 땅을 이런저런 모양으로 학대하여왔다. 밟고, 파내고, 뒤집고, 누르고, 침 뱉고. 그렇지만 땅은 인간에게 반작용하지 않고 묵묵히 기꺼이 학대를 감내한다. 세상을 운행하는 삼위일체 성삼위의 "성령"이 불꽃처럼 비둘기처럼 지상에 하강한다. 뭐든지 높은 데서 낮은 데로 향한다. 마찬가지로 조물주의 은총과 자비가 천국에서 인간들의 살벌한 유형지에 내린다. 눈과 비가 하늘에서 지상으로, 독수리가 창공에서 하강한다. 그럼에도 인간들은 그 추락의 섭리를 모르고 희희낙락하며 스스로 영웅이 되고 스스로 자학하며 살아간다. 인간들이 자연을 아무리 파먹어도 결코 자연은 줄지 않는다. 자연의 녹음(綠陰)은 회복되고 빛은 밤낮을 교차하여 비춘다. 들판의 식물은 해마다 채워지고 석양에서 사라진 빛은 아침마다 변함없이 인간들을 찾아온다. 이것이 천지창조의 기독신화이다.

그런데 창조주가 인간들에게 땅과 빛을 주었지만 인간들은 그 놀라운 은총과 은혜를 모른 채 제멋대로 살아간다. 창조주가 인간들에게 빛을 내려주신다. 그것은 마음과 육신의 빛이며 만나(Manna)의 빛이다. 빛은 결코 허황된 것이 아니라 [구체성의 신화]를 배태하고 있다. 사물을 비추어 인간들을 실족하지 않게 해주고 동시에 식물의 탄소동화작용(carbon dioxide assimilation)을 추동하여 인간들에게 먹이를 제공한다. 성경에서 말하는 하늘의 식량으로서의 만나가 햇빛으로 인간에게 전달되는 것이다. 이처럼 "성령"이 보이지 않는 것이 아니라 [보이지 않는 손]으로 작용하여 세상을 비춰주는 동인이라는 점에서 [생물학적 유용성]을 발휘한다고 볼 수 있다.

6.5 성(性)의 신화: 루소, 말리노프스키, 푸코

문명인은 성적인 욕구를 억압하고 이를 발산할 시 공동체로부터 엄중한 처벌을 받는다. 그리하여 문명인의 성적인 욕구를 배출하는 수단 그리고 자손을 번식하는 수단으로 결혼이라는 제도를 유지하고, 서구사회에서 결혼에 배제되는 남성의 성적 욕구를 해소하여 잠재적 범죄를 예방하기 위해 도심 주변에 유곽(遊廓)을 배치(assemblage)한다. 이렇듯 인간에게 자연스레 주어진 성욕은 금기시되고 거세되어 건전한 문화로 승화되거나 그렇지 못할 경우 무질서가 발생하기도 한다. 정상적 사회를 아노미(anomie) 속에 빠뜨릴 가능성이 있는 야성의 성욕을 제어하는 [이념적 국가장치](ISA)는 정부, 법원, 경찰, 감옥, 병원, 학교, 종교 등이 될 것이다.

현대판 디오니소스로서 삶의 본질을 고통과 폭력으로 점철된 비극으로 바라보는 니체(Friedrich Wilhelm Nietzsche)[4]는 일찍이 인간의 성적 방종을 감시하는 [신의 죽음]을 선포하고, 인간의 성욕을 억압하는 계보학(genealogy)을 탐구하고, 유사 이래 형성된 합리적인 윤리와 도덕의 계보를 극렬하게 비판했다. 루소(Jean-Jacques Rousseau)는 [자연으로 돌아가자!]라는 구호를 내걸고 성욕의 발산을 몸소 실천하여 여러 귀족부인들과 비-혼인관계(ex-marital affairs)를 통해 다수의 자녀를 출산했다. 그런데 그는 자신의 비정상적 성적 방종 아니 자연스러운 성욕의 해소를 『고백론』(*The Confessions*)에 소상히 밝혀 놓고 반성하였다. 그는 인간성(humanity)이 문화적인 관점에서 파악되는 것이 아니라 자연의 관점에서 파악되어야 한다고 주장했고, 문명으로 일그러진 기계적인 인간성의 회복을 주장했다.

그렇다면 이 인간성은 자연 상태의 인간성으로 이때 인간은 야수와 다를 바 없을 것이다. 의복도 걸치지 않고 윤리와 도덕을 무시하고 정해진 배우자 없이 야생의 상태에서 살아가는 것이다. 자연에서, 야생에서, 오직 적자생존과 약육강식과 같은 강자의 규칙만이 자연스러운 삶의 진리가 될 것이다. 이런 루소의 주장에 아무런 문제가 없는가? 토머스 홉스(Thomas Hobbes)가 『리바이어던』(*Leviathan*)에서 주장하는 [만인의 만인을 위한 투쟁](the war of all against all)의 콜로세움이 되는 자연 상태에서 이타심(altruism)이나 복지제도(welfare system)는 아예 기대할 수 없을 것이다. 자연에 방치되는 약자들을 배려하기 위해 중립적인 중재자로서 강자와의 사회계약이 필수적이다.

원시인의 비정상적인 상황을 옹호하고 문명인의 정상적인 상황을 비판하는 입장에 선 말리노프스키가 바라보는 원시인의 성욕에 대한 탐구결

---

4) *Art Theory*, p. 35.

과는 무엇인가? 그는 『원시사회의 섹스와 억압』(*Sex and Repression in Savage Society*)에서 정신분석학을 신랄하게 비판한다. 아무래도 정신분석학, 도덕, 윤리, 종교는 자연, 야생, 성욕에 대한 억압기제(mechanism of repression)로 작용하기 때문일 것이다. 그것은 간단히 말하여 프로이트가 제기한 사회분화의 원리(principle of social separation)로서의 [오이디푸스 콤플렉스]가 원시사회에 적용되지도 보편적이지도 않다는 것이다. 그의 입장은 정신분석학에 인류학을 적용하여 원시사회를 진단하여야 한다는 것이다. 그는 정신분석학을 [동시대의 대중적 열풍](popular craze of the day)이라고 매도했다.

　그 책은 전체 4부로 구성되고, 제1부는 콤플렉스의 형성인데 여기서 그는 사춘기와 엄마역할을 통해 유아성욕을 진단하고 있다. 제2부는 근친상간 같은 가족로맨스(family romance)와 연관된 신화와 터부를 검토한다. 제3부에서는 인류학과 정신분석학 사이의 괴리와 문화의 토대로서 존속살해(parricide)의 역할에 대해서 검토한다. 제4부에서는 인간의 동물적인 본능이 문화적인 사회 속으로 수용되는 변천을 검토한다. 이때 가족을 [초기 문화의 요람]이라고 부른다. 사회 내에서 발전된 터부가 어떻게 권위와 억압을 통해 강화되는지를 서술한다. 그는 원시탐사현장인 트로브리안드 제도의 연구를 통해 [오이디푸스 콤플렉스]와 같은 심리성욕적 개성화가 보편적이라는 프로이트의 명제를 반박했다. 그 제도 안에서 모계중심사회(matriarchal society)에서 성장한 남자아이들은 아버지가 아닌 외삼촌(maternal uncles)에 의해서 공정하게 훈육된다. 아이들은 무서운 외삼촌의 꿈을 꾸며 성적인 질투가 아닌 힘이 갈등의 원인이라고 본다.

　학교와 병원 그리고 감옥을 비정상인을 정상인으로 교화하는 폭력적인 공간으로 바라보는 푸코는『성의 역사』(*The History of Sexuality*)에서 인간의 성욕에 대한 특이한 주장을 제기한다. 제1권은 제목이『개요』(*Introduction*), 제2권은『쾌락의 사용』(*The Use of Pleasure*), 제3권은『자기의 관리』(*The Care of the Self*)라고 되어 있다. 그 주요 내용은 17세기 서구사회에서 성이 억압되어 왔으며 성욕이 대화의 주제가 아니었다는 점을 반증하는 것이다. 이 책은 미국에서 성의 혁명이 발발하던 시점에 쓰였다. 그래서 지금까지 성은 금지되었고 언급할 수 없는 주제가 되었다. 즉 역사적으로 성은 주로 남편과 아내 사이에서 일어나는 비밀스럽고 실용적인 문제로 다루어 왔다는 것이다.

이런 경계를 벗어난 성은 금지될 뿐만 아니라 억압되어 왔다. 이러한 점에서 푸코는 세 가지 점을 탐문한다. 성의 억압으로 17세기 부르주아의 번영을 초래하였는가? 사회에서 권력이 억압의 관점에서 표현되었는가? 성욕에 대한 현대의 담론이 억압의 역사로부터의 단절인가? 혹은 동일한 역사의 일부인가?

푸코는 성이 서구사회에서 억압의 대상이며 금기의 주제라는 사실을 부정하지 않았다. 대신 그는 성욕이 논의의 대상이 되는 과정과 이유를 탐

성욕의 승화

문한다. 본질적으로, 그의 관심은 성욕 자체에 있는 것이 아니라 지식과 권력을 향한 인간의 충동임을 검토한다. 그는 성의 억압을 17세기 부르주아의 번영과 연결시킨다. 당시 부르주아는 귀족들

과 달리 노동을 통하여 부자가 되었다. 그래서 그들은 노동에 대한 엄격한 윤리의식을 가지고 있었고 섹스와 같이 소모적이고 범속적인 행동을 경멸했다. 근로에 충실한 부르주아에게 쾌락을 위한 성행위는 부정의 대상이며 에너지의 낭비로 보였다. 당시 부르주아는 권력을 쥐고 있었기에 그들은 대중의 성행위를 규제할 결정권을 가지고 있었다. 이는 대중들이 성에 대해 가지고 있는 지식을 통제할 수 있음을 의미한다. 궁극적으로 부르주아가 성을 통제하고 제약하기를 원했던 이유는 성이 건전한 노동윤리를 훼손하기 때문이라는 것이다.

그는 억압명제를 부정하고 그것을 반박하기 위해 [성의 역새를 이용한다. 그는 성이 잘못되었기에 그것에 대항하는 것이 아니라 과거를 거슬러 억압의 역사를 추적한다. 제2, 3권에서 푸코는 고대 그리스와 로마 시대에 풍미한 성의 역할을 탐문한다. 그 당시 성은 도덕적인 문제가 아니라 애정적이고 정상적인 것으로 보았다. 그는 독자들에게 묻는다. 서구사회에서 어떻게 성적 체험이 도덕적 문제가 되었는가? 굶주림 같은 육체의 다른 체험들은 왜 성적 행위를 정의하고 제한하는 규칙과 규율에 종속되지 않는가? 환언하면, 다른 행위들은 놔두고 왜 성적 행위만 구속하는가?

⦙07 캠벨과 단일신화

토머스(Dylan Thomas), 엘리엇(T. S. Eliot), 에머슨(Ralph Waldo Emerson)

7.1 신화의 구분

최근 신화학에서 부상하는 조지프 캠벨(Joseph John Campbell)은 능수능란한 이야기꾼이며 본고에 적용할 이야기가 다른 이론가들보다 무궁무진하다. 그는 특히 세계각처의 이야기를 주술적인 서사로 만들어낸다. 그는 어느 날 미국 서부영화를 보다가 자신이 문득 인디언의 후예라는 것을 느꼈다. 그 후 그는 집요하게 인디언의 기원을 천착했고, 그 결과 [아메리카 인디언의 신화를 탄생시켰다. 그 다음의 주제는 영문학에서 가장 중시하는 신화의 일환으로서 [성배의 전설](Legend of Holy Grail)에 관한 것이었다. 그가 집중적으로 학습한 개념들은 프로이트, 칼 융, 제임스 조이스, 토머스 만의 것이다. 그것은 문학과 심리학 속에 나타나는 꿈과 같은 신화적 주제들이 상호 밀접한 관계를 유지하고 있음을 함축하는 것이다.

그는 상상력의 탐구에 주력하여 외면으로는 [프로이트의 원리]에, 내면적으로 [융의 이론에 동감했다. 그는 서구인들이 식사에 앞서 조물주에 기도를 하는 대신 인간의 목숨을 연장해주는 에너지원으로서의 음식을 위해 희생된 식물과 동물에 대해 감사해야 한다고 주장한다. 어찌 보면 인간은 육체적으로 식물과 동물의 영양분으로 구성된 합성적 존재이기도 하다. 탄수화물과 단백질의 결합. 이것이 선사와 유사 이래 인간에게 전승한 제례의 본질이라는 것이다. 그의 신화개념에서 두드러진 것이 바로 단일신화(monomyth)인데 이는 모든 신화를 단일한 큰 이야기의 변종으로 보는 이론이며 한 공통적인 양식이 대부분의 신화의 기저에 존재한다는 것이다. 그는 또 민속신화와 기본신화를 구분하는데 전자는 지역신화이며, 후자는 단순신화의 가장 핵심적인 문제를 수렴하는 신화이다.

캠벨이 보기에 인간은 신화를 유사 이래 추적해왔고, 창조주와 인간 혹은 신성과 자연 혹은 신들과 인간 사이에 존재론적인 구분을 시도했다. 기원전 2500년경 고대 바빌로니아 북부지역을 차지했던 아카드(Akkad)족속이 사회적이고 문화적인 세력이었으며, 그 후 신석기 시대와 청동기 시대에 접어들어 삼라만상을 주관하는 어머니로서의 여신(Goddess of Mother)시대를 맞이하였다. 이 시기에 모든 사물들은 제각기 존재를 드러내었다. 이 시기에 신, 인간, 식물, 동물, 무생물은 모두 공평한 존재들이며, 인간이 의식적으로, 임의대로, 심리적으로 편 가름하기 이전의 야성적인 상황이다. 지상의 모든 사물들은 평등하게 모두 천체 속의 일원이며 시/공간의 구성요소들이었다. 이후 기원전 1500년경에 이르러 우주의 사물들은 인간중심적이고 가부장적인 그물 속으로 재편(再編)되었다. 아리안의 무사들은 북부 아시아로부터 아시아와 유럽을 연결하는 아나톨리아

(Anatolia) 반도를 거쳐 에게해(Aegean Sea)로, 대서양으로 진출했다. 그들은 셈족(Semites)의 초월신화와 달리 자연의 신위에 종족의 신을 설정하지 않았다. 다시 말해, 아리안(Aryans)들은 자연의 법칙을 신의 계시로 보아 경외했다. 그러나 셈족은 그들만의 가부장적인 신을 만들었고 이 신이 자연을 지배했다고 본다.[1]

신화의 가장 중요한 형태는 [영웅의 여정]이다. 캠벨은 제임스 조이스(James Joyce)의 애독자로서 『피네건의 경야』(*Finnegan's Wake*)에서 단순신화라는 개념을 차용했다. 아울러 인간의 정신구조에 대해서 아니마/아니무스/에고/셀프 같은 융의 개념들을 차용했다. 영웅들은 고통의 여정을 통해 초월의 경지에 도달하여 현실을 극복할 수 있는 초능력과 금력을 가지고 귀환한다. 이런 점에서 알렉산드르 뒤마의 『몬테크리스토 백작』(*Le Comte de Monte-Cristo*)의 [단테스]나 에밀리 브론테의 『폭풍의 언덕』(*Wuthering Heights*)의 [히스크리프]도 이에 속하는 영웅이라고 볼 수 있다.

신은 인간사고의 범주를 초월하는 신비에 대한 은유이며, 이를 사실이라고 신봉하는 사람이 유신론자이고 그렇지 않는 사람은 무신론자이다. 특히 『신의 마스크』(*The Masks of God: Creative Mythology*)에서 주목할 만한 신화의 기능은 4가지이다. 경외심을 일깨우는 형이상학적 기능(The Metaphysical Function), 물질적 현상과 사물의 변화를 설명하는 우주론적 기능(The Cosmological Function), 만물의 내재적 의지에 따라 과거의 제도와 현재의 제도가 유사하다고 보는 사회학적 기능(The Sociological Function), 삶의 단계별로 마음가짐의 변화가 필요하다고 보는 교육적 기능(The Pedagogical Function)이 있다.

---

1) *Creative Mythology*, pp. 626-27.

7.2 신화의 매트릭스: 자연과 인간

우리는 거리에서 아낙이 아이를 등에 업고 가는 모습, 아기를 품에 안고 젖을 물리는 모습을 본다. 이것이 사실 신화의 시작이다. 아이가 기댈 곳은 어미의 등이자 품이라는 말이다. 그곳은 진리가 머무는 곳이자 아이의 감성적 인식이 시작되는 지점이다. 이것이 멜라니 클라인(Melanie Klein)과 도널드 위니코트(Donald Winnicott)가 제기하는 [대상관계이론](Object relations theory)의 시발점이다. 유아기에 양육자인 어미와의 관계에서 형성되는 유아의 인격에 관한 연구 혹은 과거에 맺은 인연이 현재의 인격에 영향을 준다는 연구로서 이른바 과거와 현재에 관한 인간관계의 중요성에 관한 연구이다. 타자의 이미지가 유아의 마음속에 내재하는 것(internalization)의 연구. 그러니까 현재의 심리학의 한 분파도 결국 신화와 연관된다고 볼 수 있다. 어머니와 자식의 관계는 모성의 대지와 그 소출로서 인간의 관계와 연관되는 것으로 볼 수 있다. 이런 관계는 이성적, 합리적 관계가 아니라 연유를 알 수 없는 신화적인 관계인 것이다. 물론 자기(the self)의 몸에서 생산되었다는 점에서 자기의 분신으로 보아 그럴 수도 있을 것이다.

인간은 인격의 완성(individuation)을 위하여 어머니의 지속적인 양육과 관리를 받아야 한다. 태어나자마자 달리는 송아지와 달리 출생서부터 인간의 비자립적인 상태는 오랫동안 지속되는 것이다. 그러니 애정의 모성과 규율의 부성에 대한 영향력이 지대하지 않을 수 없다. 이런 생물학적, 경제적인 종속상태에서 자식은 부모의 눈치를 보고 순종하고 칭찬받기를 갈망하며 위반에 대한 처벌을 두려워한다. 경험론적인 차원에서 태어날

때 유아는 백지상태(tabula rasa)로서 부모와 사회의 영향력 아래에서 인격이 형성된다는 것이다. 물론 인간이 선험적인, 원형적인 차원의 영향을 완전히 배제할 수는 없을 것이다.

　그런데 캠벨은 남자들에게 서운하게 들릴지 모르지만 자식의 양육에 있어 남자의 역할은 미미한 것으로 보고 있다. 남자들의 경향을 침팬지의 수컷에 비유하여 공동체에서 남자의 역할은 새끼의 양육을 방치하고 놀러갈 생각만 한다는 것이다. 자식의 양육은 방치하고 오락, 전쟁, 사냥에 몰두한다는 것이다. 항상 상대방의 공격에 대비하면서 경계하고 훈련한다는 것이다. 말하자면 한국의 경우처럼, 남성군인들은 공산세력을 비무장지대(Demilitarized Zone)에서 경계하면서 각종 전쟁게임을 통하여 지속적으로 대비하는 상황과 흡사하다. 그러니까 남성들은 전시에 상대방과 전쟁하고 평시에 종족의 보존을 위해 성행위를 하는 것이다. 물론 제왕들이 제후들이 여러 명의 후궁과 첩을 맞이하듯이 오락의 일환으로 성행위를 하는 수도 있을 것이다. 캠벨이 보기에 남성사회에서 중요한 것은 계급이고 서열이며, 힘자랑(charging display)을 통해 최고의 실력자(Alpha male)를 가린다.[2]

　신화의 기원에 대하여 이태리 철학자 잠바티스타 비코(Giambattista Vico)는 최초의 신성을 천둥소리에서 비롯되었다고 주장한다. 천둥소리는 일반적인 소음이 아니라 초월적인 메시지이다. 천지를 진동하는 천둥소리의 인격화(personification)는 시성 엘리엇(T. S. Eliot)이 『황무지』(*The Waste Land*)에서 「우뢰의 말」("What the thunder said")이라는 시연에서 언급한다.

---

2) 『신화의 세계』, p. 8.

땀 젖은 얼굴들을 붉게 비춘 횃불이 있은 후에
동산에 된서리 같은 침묵이 있은 후에
돌무지의 고뇌가 있은 후에
아우성과 통곡
감옥과 궁궐 그리고 울림,
먼 산을 넘어오는 봄 우뢰의
살아 있었던 그는 지금 죽었고
살아 있었던 우리는 지금 죽어간다.
약간 인내하면서

After the torchlight red on sweaty faces
After the frosty silence in the gardens
After the agony in stony places
The shouting and the crying
Prison and palace and reverberation,
Of thunder of spring over distant mountains
He who was living is now dead
We who were living are now dying
With a little patience

　여기서 우리는 인류의 역사를 추억한다. 그것은 아서왕과 원탁의 기사
들의 전설을 상기시킨다. 유사 이래 인간이 추구해온 것은 신의 영원인 초
월적인 차원에 도전하는 것으로, 성배(Holy Grail)의 획득을 통한 영원의
추구, 연금술(alchemy)을 발명하여 영원을 획득하려는 기획, 인내의 한계
를 시험하는 독한 수련을 통하여 밀교(tantra)적인 경지를 탐구하여 인간으
로서의 한계상황을 극복하려는 것이었다. 그러나 불멸의 신통력을 획득하

기는 어렵고 인식론의 발달로 인해 인간의 잠재성과 가능성을 확인하는 르네상스 이후에 전개된 합리, 논리, 이성과 에너지의 융합으로 추진된 [계몽주의 기획](The Enlightenment Project)의 실현으로 인하여 인간은 대포와 화약을 발명하여 제1, 2차 세계대전에서 상호살육전을 벌이고, 복합적인 정밀기계를 발명하여 하늘과 바다를 가로지르고, 이제 우주로도 진출하여 외계인을 포획하려 한다. 그러나 수명의 영구불멸은 보장할 수 없고 상당히 연장하는 선에서 절충되었다. 이른바 120세를 향한 포스트휴머니즘(posthumanism)의 시대가 된 것이다.

만약 인간이 불멸한다면 전 세계의 인구는 어찌되겠는가? 맬서스의 『인구론』3)의 비극적 상황이 보다 빨리 실현될 것이다. 각국은 생존을 위해 식량선점에 나설 것이고 세상은 말 그대로 약육강식의 아수라장이 될 것이다. 영화 〈매드맥스〉(Mad Max, 2015)에 나오는 살벌한 먹이쟁탈의 장면처럼. 식욕과 성욕은 인간의 필수적인 욕망이기 때문이다.

따라서 인간 모두가 영생불멸을 동경한다는 것은 전 세계를 파괴하는 극단적인 이

영화 〈매드맥스〉 속의 광란

---

3) The book **An Essay on the Principle of Population** was first published anonymously in 1798, but the author was soon identified as **Thomas Robert Malthus**. The book predicted a grim future, as population would increase geometrically, doubling every 25 years, but food production would only grow arithmetically, which would result in famine and starvation, unless births were controlled. [wiki.com]

기주의의 발로일 것이다. 그런데 인간의 영원은 홀로 성취하는 것이 아니라 대대손손 이어져 성취되는 것이라고 자위할 수밖에 없다. 이에 시성 엘리엇은 인간이 영원을 성취하는 법을 이야기하였다. 개인은 무한한 전통 속으로 지속적으로 희생되는 것이기에, 전통은 개인의 심신이 용해된 영원한 타자가 되는 것이다. 따라서 시적화자는 여태 지속되어온 "땀 젖은" 인간사의 결론은 절망이라는 것을 깨닫고 인간을 능가할 신화적이고 초월적인 "우뢰"의 힘을 기다린다.

자식을 양육하는 주체인 여성은 남성보다 신체적으로 열성이어서 남성간의 전쟁에서 전리품으로 다루어졌다. 언젠가 할리우드 영화에서 로마의 시저(Caesar)가 승전행사를 하는 대열에 피지배국의 이국 여인들이 줄지어 포로로 잡혀오는 장면을 본 적이 있다. 인간이 인간을 동물처럼 포획하는 비극이다. 인간과 동물을 구분하기 위하여 캠벨은 [도구를 만드는 인갠인 호모 하빌리스(Homo habilis)를 다룬다. 침팬지 암컷이 도구를 사용하여 가사를 운영한다. 두 번째 종류의 인간으로 기원전 20만 년 무렵 지상에 거주했던 호모 에렉투스(Homo erectus)는 두뇌용적이 고릴라보다 약간 큰 수준이고 돌을 연마하는 능력을 가지고 있었다고 한다. 그 다음으로 호모 사피엔스(Homo sapience)의 두뇌의 용적은 현대인의 두뇌용적에 거의 육박하는 수준이라고 한다.

여기서 형이상학적인 사고에 해당하는 신화적 사고의 일단이 원시인의 매장습성이다. 시신을 땅에 묻을 생각을 한 것이다. 땅에 묻혀 한 알의 밀알이 되기로 작심한 것인가? 아울러 매장할 때에 부장품을 묻어주든지, 생사람을 매장하든지 하는 행위는 매장에 어떤 의미가 부여된 신화적 행위가 아닐 수 없을 것이다. 진시황제가 죽었을 때에도 얼마나 많은 멀쩡한

사람들이 같이 매장되었던가? 캠벨은 이때를 네안데르탈인 시대 무렵이라고 본다.[4]

네안데르탈인 시대에 신화적인 경험을 캠벨은 두 가지로 본다. 그것은 인간의 매장이고, 동굴 곰 두개골의 숭배이다. 수렵문화의 신화적 주제는 사냥감을 자발적인 희생자로 보는 것이다. 그래서 생존을 위해 사냥하는 원시인은 희생양으로서의 사냥감에게 대한 감사한 마음을 가지고 있었고, 그것들을 소생시키는 제의(ritual)를 행하는 것이다. 이것은 논리적으로 합리적으로 이성적으로 설명할 수 없는 신비한 영역이다. 자연의 신비한 퍼즐은 원시인들, 아니 현재의 인간들이 다른 생명을 죽이고 살아간다는 것이다. 그런데 이것이 사냥에만 국한되는 문제가 아니라 전쟁에도 해당된다.

미국개척시대 유럽이주민들이 생존을 위한 농토와 목축지를 확보하기 위해 원주민인 인디언들을 죽어야 했고, 인디언 또한 생존을 위해 백인을 죽여야 했다. 독일의 독재자 히틀러는 세계지배를 위해 연합군을 죽여야 했고 연합군은 그것을 저지하기 위해 히틀러를 죽여야 했다. 독일의 유보트(U-boat)는 연합군 군함을 침몰시켜야 했고, 마찬가지로 연합군 군함은 독일의 유보트를 침몰시켜야 했다. 그런데 문제는 타자를 살해하는 과정에서 자기가 자기를 살해하는 경우가 있다. 히틀러가 유태인을 살해하는 과정에서 스스로 궁지에 몰려 자살하는 경우. 한 유명한 석학이 다른 학자들에 앞서 전공분야를 석권하려고 주야불문 치열한 연구과정에서 피로에 지쳐 과로사하는 경우. 이 점을 초월주의자 에머슨의 「브라마」("Brahma")에 적용해보자.

---

4) 『신화의 세계』, p. 14.

사냥꾼이 그가 죽인다고 생각하거나
사냥감이 자기가 죽임을 당한다고 생각한다면
그들은 그 미묘한 방식들을 잘 알지 못한 셈이다.
내가 유지하고, 전달하고, 그리고 다시 회전시키는.

멀리 있거나 나에게 망각된 것은 가까이 있다;
그림자와 일광은 같은 것이다;
나에게 사라진 신들이 나타난다;
나에게 수치와 명성은 하나이다.

If the red slayer think he slays,
    Or if the slain think he is slain,
They know not well the subtle ways
    I keep, and pass, and turn again.

Far or forgot to me is near;
    Shadow and sunlight are the same;
The vanished gods to me appear;
    And one to me are shame and fame.

시적화자로 등장하는 자연, 초월, 실재, 진리로서의 "브라마"가 의도하는 바는 "사냥꾼"으로서의 인간의 의식적 기획처럼 사물을 일도양단하는 식으로 각자의 이해에 따라 구분하는 것이 아니다. 여기서 초월적인 "브라마"의 보편성과 자아, 의식, 이기심의 주체인 사냥꾼으로서의 인간의 분자적 특이성이 대조된다. 하지만 화자의 입장은 먹고 먹히는 양자 모두 동일한 생명체라는 점에서 생존투쟁을 위한 입장은 같다는 것이다. 그래서 인간의 삶의 목적은 타자를 위해 희생하도록 신비화, 섭리화 되어있는 삶의 신화라고 본다.

인간이 각자 이기적인 듯하지만, 가장은 가정을 위해, 군인은 국가를 위해, 선수는 팀을 위해, 의사는 환자를 위해 희생하고, 2천 년 전에 예수 그리스도는 죄인들을 위해 십자가 위에서 희생당하셨다. 과거 원시인들은 동물을 사냥하고 현장에서 동물의 영혼에 대해 감사의 의식을 행하였으나, 현재 문명인들은 무신론자들인 경우 무심하게 식사를 하지만, 기독교인들은 사냥감을 준데 대하여 창조주에게 감사의 기도를 드린다. 이런 점에서 한국의 경우 [고수레]라 하여, 야외에서 식사할 경우 음식의 일부를 주위에 버리는 행위는 원시인의 사냥감에 대한 감사의 신화와 연관되는 것 같다. 그러나 전체론적 견지(holistic view)에서 우주와 인간은 동일체이기에 질량불변의 법칙에 따라 인간 사이에 누가 누구를 잡아먹든 상관이 없다 할 것이다.

캠벨은 유럽에서 발견된 구석기 시대의 여인의 입상에서 젖가슴, 엉덩이, 아랫배가 두드러지게 부각(浮刻)된 점을 주목하고, 이것이 생명을 낳고 생명에 영양을 주는 여성의 원시적 기능임을 지적한다.[5] 그가 주목한 또 하나의 입상은 프랑스 도르도뉴(Dordogne) 지방에서 발견된 여성을 새긴 조각인데, 이 여성이 한 손에 들소의 뿔을 들고 있고 다른 한 손은 배위에 위치하고 있는데, 이 뿔의 표면에 세로로 13개의 줄이 새겨져 있어 월경의 주기와 달의 주기 사이의 연관성을 암시한다.[6] 이는 여성에게 생명을 주는 천상의 섭리를 지상의 원리로 적용하려는 수(數)의 신화라고 볼 수 있다.

캠벨은 동굴신화에 대해서 언급한다. 동굴은 속이 컴컴하여 무엇이 존

---

5) Ibid., p. 18.

6) Ibid., pp. 18-19.

재하는지 무엇이 튀어 나올지 모르기에 원시인들에게 위험한 장소로 여겨진다. 그리하여 동굴이 원시인들의 성인식을 거행하는 장소가 되어 소년이 동굴의 공포스러운 분위기를 극복하는 용기를 배양하는 공간이 되었던 것이다.[7] 그는 동굴에 그려진 원시인들이 동물을 사냥하는 도구로서 뾰족한 막대기는 풍요와 생산을 위한 것이 아니라 전쟁을 위한 [부정적인 남근]을 상징하는 것으로 본다. 그는 동굴의 좁은 문이 여성의 음부를 연상하며 이 문은 신비의 문이라고 본다. 사실 문의 의미는 진리와 맞닿아 있다. 문을 열고 들어가야 그 속에서 진리를 만나든 괴물을 만나든 할 것이다. 그것은 수도자에게는 득도의 문 혹은 입신을 원하는 자에게 등용의 문 혹은 수인(囚人)에겐 고통의 문이 될 것이다.

원시인들은 몸에 벽화를 그리고 다녔다. 이것이 소위 문신(tattoo)이다. 그것은 그들의 소망을 각자의 몸에 반영하는 것이었다. 그런데 시대가 변하여 현재는 신체의 그림이 지면(紙面) 위의 그림으로 바뀌었다. 물론 지금도 생존에 대한 심오한 기원보다 피상적인 멋을 내기 위해서 자기의 몸에 그림을 그리는 현대인들이 더러 있기도 하다. 이것도 원시신화의 현대적 반영이라고 볼 수 있을 것이다.

그리하여 원시인의 문신은 유서 깊은 프랑스 노트르담 사원의 벽화가될 수도, 완성을 의미하는 불교의 [만다라](mandala) 문양이 될 수도 있었을 것이다. 캠벨은 인간사회의 선/악의 이분법이 윤리적인 차원이며 신화적인 신비적 차원은 선/악을 초월한다고 본다.[8] 이와 연관하여 예수 그리스도가 간음한 여인을 변호해주고, 기독인을 핍박하는 악인 바울(Paul)로

---

7) Ibid., p. 22.

8) Ibid., p. 29.

210 **필로멜라의 노래** 영시와 신화이론

하여금 선교의 사명을 다하게 하는 것은 인간사회의 선악을 초월한 신화적인 차원이다. 이런 점을 딜런 토머스의 「어두운 밤 속으로 순순히 들어가지 마시오」("Do not go gentle into that good night")에 적용해보자.

어두운 밤 속으로 순순히 들어가지 마시오.
노인이여, 저무는 하루에 안달하고 소리치오.
분노하고 분노하오, 꺼져가는 빛에 대해.

현자(賢者)는 임종 시에 어둠을 당연한 걸로 안다지만
그들의 언어는 이미 섬광을 잃었기에
어두운 밤 속으로 순순히 들어가지 마시오.

선인(善人)은 마지막 파도 곁에서 우나니
그들의 나약한 행적이 푸른 연안에서 얼마나 밝게 춤출까 하여
분노하고 분노하오, 꺼져가는 빛에 대해.

원시인은 나르는 태양을 붙잡아 노래하면서
알게 되리라, 때늦게, 태양이 궤도를 따라 감을 슬퍼하며
어두운 밤 속으로 순순히 들어가지 마시오.

Do not go gentle into that good night,
Old age should burn and rave at close of day;
Rage, rage against the dying of the light.

Though wise men at their end know dark is right,
Because their words had forked no lightning they
Do not go gentle into that good night.

Good men, the last wave by, crying how bright
Their frail deeds might have danced in a green bay,
Rage, rage against the dying of the light.

Wild men who caught and sang the sun in flight,
And learn, too late, they grieved it on its way,
Do not go gentle into that good night.

인간은 타자에 의해 포위되어 있다. 인간은 스스로에 의해, 주변의 가족, 친지, 지인들이라는 타자들에 의해 포위되어 있고, 공중의 압력에 의해, 지상의 중력에 의해, 시간에 의해, 계절에 의해 포위되어 있다. 그리고 인간은 보이지 않는 창조주를 그리워하기에 창조주라는 타자를 의식하며 살아야 한다. 이런 점에서 존 레논(John Lennon)은 노래 「상상하세요」("Imagine")에서 그 초월적 경향을 반성한다. [상상해보세요 천국이 없다고/ 노력해보면 쉬워요/ 우리 아래 지옥도 없다고/ 오직 위에 하늘만 있다고 생각해봐요/ 모든 사람들을 상상해보세요/ 오늘하루 충실하게 살아가며...]("Imagine there's no heaven,/ It's easy if you try,/ No hell below us,/ Above us only sky,/ Imagine all the people/ living for today...")

이렇듯 인간은 살아있는 동안 내재적/외재적, 가시적/비가시적 타자들이 쳐놓은 그물 속에 포박된 채로 살아가는 수인(囚人)이 된다. 그럼에도 이러한 영어(囹圄)의 환경에 능동적으로 저항하라는 것은 어쩔 수 없는 상황이나 환경에 대한 자포자기나 절망감 대신 프로메테우스적인 정신을 고취하기 위함이다.

여기서 상기되는 사람이 베르그송(Henri Bergson)이다. 그의 이론의 요지는 각자의 삶이 해묵은 운명론, 즉 삶이 형이상학적 고착 혹은 정체에 좌우되는 것이 아니라, 삶이 생물학적 [약동](*élan vital*)에 의하여야 한다는 것이다. 이 [약동]은 곰팡내 나는 인식론적 신이 아니라 자연을 움직이는 살아 움직이는 생물학적인 신이다. 이는 여태 인간이 전자의 삶에 너무 치중되었고 본래적인 야성의 사고가 무시되었다는 반성의 발로이다.

이런 점에서 시적화자가 보기에 "노인"은 자연에 순종하고, "현인"은 죽음을 당연시하고, "선인"은 자연에 대해 조심스러워 하고, "원시인"은 태양의 사라짐에 슬퍼할 이유가 하등 없다는 것이다. 결론적으로 시적화자는 인간이 자연을 너무 의식적으로, 형이상학적으로, 신비적으로 바라보는 경향을 비판한다. 간단히 말하여 불변의 자연법칙에 대해 의식하는 네안데르탈인의 공연한 고민의 하비투스(habitus)를 반성한다. 이런 점에서 성인 붓다의 가출사유인 생/로/병/사 또한 기우(杞憂)에 불과한 것이다. 아울러 위에 나오는 "노인", "현인", "선인", "원시인", 어떤 종류의 인간일지라도 한자어로 두 사람이 마주 기대어 서있는 [人]으로 표기하듯이, 인간은 상호 상보적인 관계를 유지해야 하는 먹고 먹히는 본래적인 타자성을 운명적으로 공유한다.

7.3 인디언 신화

캠벨은 시인 예이츠가 부인을 영매로 하여 초월적인 힘의 메시지를 전해 받은 신비한 정전인 『비전』(*A Vision*)을 제시하며 달의 주기적인 움직임을 통해 인생을 파악하려 한다고 본다. 달의 주기를 인간의 삶에 적용하는 이유는 인간의 삶에 인간적인 상황뿐만 아니라 초월적인 신비의 요소도 고려되어야 한다는 것이다.[9] 인간의 삶은 사회가 역할을 부여한 가면(mask)에 따라 전개되고 있다. 그런데 이 가면은 부정적인 것이 아니라 인간이 야성을 억제하고 타자들과 공생하기 위한 최소한의 양식이 아닐 수 없다. 인간이 마스크를 쓰지 않고 욕망에 따라 행동한다면 세상은 약육강식의 아노미(anomie)한 상태가 될 것이고 문명은 파괴될 것이다. 인간은 사회 속에서 문명의 상속인이 되기 위하여 가면놀이에 충실해야 한다. 그러나 이 가면의 역할에서 벗어나 독자적인 길을 가려고 할 때 이를 [왼손의 길](left-hand path)이라고 부른다. 부인의 사주를 받은 맥베스 장군이 던컨 왕을 시해하고 걸어갔던 파멸의 길. 이에 반해 가면놀이에 충실한 삶은 [오른손의 길](right-hand path)이 되는 것이며, 이른바 사회속의 인격을 의미하는 페르소나(persona)의 삶 혹은 방어기제(defense mechanism)의 삶이 되는 것이다.

인간의 나아갈 길은 방향이 있다. 그것은 빛의 교훈이다. 인간이 빛의 운반자가 될 것인가? 아니면 빛 자체가 될 것인가? 나아가 인간은 의식의 운반자인가? 아니면 의식 자체인가? 이처럼 사물의 존재 혹은 인간의 존재에 대한 수단과 본질의 회의가 발생한다. 켜진 전등의 경우, 빛의 매체인 전구에 중심을 두느냐 아니면 빛에 중심을 두느냐 하는 문제가 발생한다. 이에 대해 캠벨은 일본의 사례를 소개한다. 하나는 현상의 차원에서 차이의 사물이며, 또 하나는 현상의 배후에서 사물전체를 가리킨다. 그런데 전자와 후자는 사실 아무런 장벽이 없는 동일한 것이라 본다. 캠벨은 삶과 이별의 방식을 재정의 한다. 그것은 인간이 의식과 동일하다면 그것

---

9) Ibid., p. 33.

을 운반하는 육신에 대해 감사한 마음으로 작별할 수 있다는 것이다.[10)

이런 점에서 인디언들의 사고방식은 자연 중심적이고 자연 친화적이다. 이와 관련 캠벨은 한 인디언 추장의 연설을 소개한다. "워싱턴의 대통령은 인디언 땅을 사고 싶다고 하지만 어찌 땅을 사고팔 수가 있겠습니까? 우리는 대지의 일부이며 대지는 우리의 일부입니다. 곰, 사슴, 독수리는 우리의 형제입니다. 꽃들은 우리의 자매입니다. 시냇물과 강물은 조상의 피고, 시냇물 소리는 조상의 음성입니다. 할아버지에게 숨을 불어넣어 주었고 마지막 숨을 거두어 갑니다. 대지는 어머니이고 우리는 대지의 자식입니다. 세상만물은 얽혀있으며, 인간은 생명의 피륙을 짜지 못하고, 그 피륙의 한 올에 불과합니다. 대지에 상처를 내는 것은 창조주에 대한 모독입니다. 우리가 이 땅을 판다면 우리가 사랑했던 것처럼 이 땅을 사랑해 주십시오. 우리가 이 땅의 일부이듯이 당신들도 이 땅의 일부입니다."(37) 이 연설에서 많은 신화적인 보편성을 발견할 수 있다. 시인 블레이크(William Blake), 과학자 프리초프 카프라(Fritjof Capra)가 강조하는 전체론(holism)[11) 이 제기되고, 또 자연과 인간의 상생을 강조하는 생태주의(ecology)적인 입장과 세상과 인간은 상호 얽혀있는 연기(dependent origination)의 관점이 제시되고 있다.

캠벨은 나바호족의 모래그림을 통하여 신화를 분석한다. 그 핵심은 중심과 네 방향이다. 중심은 어둠이고 모든 사물들이 환원되는 곳이다. 물론 기독인들은 사후 빛의 천국으로 간다고 한다. 태양이 떠오르는 곳은 탄생과 생명의 지점이다. 붓다가 득도했을 때 동쪽을 향하고 있었다고 하

---

10) Ibid., p. 35.

11) 전체론의 요지가 전체는 부분들의 합 이상(whole is more than all parts)이므로, 전체를 유기적인 관점에서 파악해야지 기계적인 관점에서 파악해서는 안 된다는 것이다.

고, 신약은 일요일을 준수해야 할 시점으로 본다. 달마가 동쪽에서 온 까닭은 무엇인가? 북쪽은 경외와 신비가 도사리는 위험한 곳이다. 한국문화에서도 대대손손 북쪽에 대한 부정적인 의미를 부여한다. [만다래12)의 문양들은 동쪽을 향해 열려 있다. 아울러 신이 인간으로 향하지 않으면 종교가 있을 수 없다. 신이 스스로 고립된다면 인간이 신을 알 수 없기 때문이고, 인간에게 진리의 심오한 문을 열지 않으면 인간은 신의 초월성을 수용할 수 없다.13) 그런 점에서 [스스로 존재]하시는 하나님이 예수의 몸으로 인간의 죄를 구제하기 위해 험한 지상에 하강(descension)함이 타당하다.

인디언에게 동물과 식물은 모두 생명주체로서 신성시된다. 캠벨은 푸에블로 인디언의 신화를 소개한다. 한 처녀와 한 영웅이 서로 사랑하는 사이인데 그 청년의 어머니가 처녀에게 옥수수를 빻으라고 강요한다. 그래서 그녀가 옥수수를 빻고 있는 동안에 두 팔이 사라지고 곧 전신이 사라진다.14) 자신이 자신을 가루로 만들어 청년의 먹이가 되어버린 것이다. 이렇듯, 모든 생명은 다른 생명에 의해서 유지된다. 인간이 먹는 동물과 식물 모든 것들은 그 인간을 살리는 물질이 되기 위해 자신을 바치는 생명이다. 마찬가지로 주식시장에서 한 투자자의 손실은 다른 투자자의 수익이 되는 것이다. 또 나바호 인디언의 신화를 살펴보면 최초의 인간이 자궁에서 지상으로 올라오면서 거치는 네 단계가 있다. 출현/성장/정착/종말

---

12) A mandala (literally "circle") is a spiritual and ritual symbol in the Indian religions of Hinduism and Buddhism, representing the universe. In common use, "mandala" has become a generic term for any diagram, chart or geometric pattern that represents the cosmos metaphysically or symbolically; a microcosm of the universe. [wiki.com]
13) 『신화의 세계』, p. 40.
14) Ibid., p. 41.

혹은 탈출. 이 과정에서 신의 금기를 어겨서 홍수를 유발한다.[15] 이 점은 지상의 인간들이 금기를 어겨서 하나님이 분노하여 홍수로 그들을 모조리 쓸어버렸다는 [노아의 홍수](Noah's flood)와 너무 유사하다.

7.4 파라오의 신화

파라오에 대해 주로 영화의 장면을 통해 상기한다. 특히 영화 〈클레오파트라〉(*Cleopatra*, 1963)에서 나오는 엘리자베스 테일러(Elizabeth Rosemond Taylor)의 느끼한 아우라를 기억한다. 그 애급 여왕을 감싸고 있는 화려하고 거대한 궁궐과 신하와 병사들을 기억한다. 물론 할리우드 픽션이지만. 사실 인간사가 모두 픽션이 아닐 수 없다. 현장, 사건, 사물은 항상 언어의 뒤에 은폐되므로. 사건을 아무리 생생하게 서술, 묘사해도 사실성, 직접성, 즉물성을 담보할 수 없을 것이다. 그러니 논픽션(non-fiction)도 알고 보면 픽션인 셈이고 인간이 진술하게 말하는 것도 거짓말에 속한다.

영화 〈왕과 나〉(*The King And I*, 1956)에 등장하는 연기파 배우 율 브리너(Yul Brynner)는 얼마나 파라오의 권위와 위엄에 근접하는가? 그리고 영화 〈십계〉(*The Ten Commandments*, 1956)에서 모세(Moses)가 히브리 백성들을 이끌고 홍해를 건너갈 때 뒤쫓는 무시무시한 파라오의 군대는 홍해 용왕의 제물이 되었다. 거기서 파라오의 황금전차는 얼마나 화려하고 과감하였나? 이집트의 역사는 하/중/상 이집트의 순서로 나누어진다. 이집트는 상-이집트와 하-이집트로 구분되고 파라오는 두 번의 대관식을 치

---

15) Ibid., p. 42.

른다. 왕이 죽으면 왕궁의 모든 사람들이 매장된다. 파라오는 [오시리스(Osiris)의 화신이다. 그를 오시리스의 아들인 태양 매(sun hawk) 호루스가 지켜준다.

파라오 영화에 자주 등장하는 오시리스와 [이시스](Isis)의 신화에 대해 알아볼 필요가 있다. 하늘의 여신 [누트]와 땅의 남신 헴(혹은 게브)이 있다. 메소포타미아 문명에서는 하늘이 남신이고 땅이 여신인데 이집트 문명에서는 바뀐 셈이다. 헴은 태양의 신 [래의 배를 타고 [누트]의 입으로 들어갔다가 동쪽으로 나온다. 대기의 주인 [슈가 하늘과 땅을 나눈다. 누트와 헴의 최초의 자식이 이시스와 오시리스이다. 여신 이시스는 파라오가 앉는 왕좌이며 오시리스는 그녀의 쌍둥이 오빠인데 둘은 부부사이이다. 그들의 아우는 [세트]이며, 누이동생은 [네프티스]이다. 이 둘도 부부지간이다. 그런데 어느 날 오시리스가 실수로 네프티스와 잠자리를 하게 된다. 그리하여 네프티스가 아이를 낳았는데 이 아이가 자칼(jackal)의 머리를 가지고 태어났다. 이런 점에서 파라오의 피라미드의 근방에 배치되는 자칼은 이런 근친상간의 교훈적인 면이 있다. 오시리스가 세트의 음모로 불행하게 죽어 신체가 열네 토막이 나자 이를 한데 모아 미라(mummy)를 만든다. 그러나 성기에 해당하는 토막은 물고기가 먹어버렸다. 이것이 금요일에 이집트인들이 물고기를 먹는 생활신화의 유래이다. 그 후 오시리스는 저승의 지배자가 되어, 사자를 심판하는 법관이 된다.

이집트 신화와 연계되어 있는 것이 성경의 인물 [모세]다. 프로이트는 『모세와 일신교』(*Moses and Monotheism*)에서 모세가 이집트인임을 밝히고 있다. 자신의 민족을 이집트에서 데리고 나와 가나안으로 가는 모세가 실존한 인물이었는가? 그가 실존인물이었다면 기원전 13-4세기에 존재했으리라 추측된다. 모세라는 이름은 누가 붙인 것인가? 모세라는 말은 히브리어로 「끌어내다라는 의미를 가지고 있어 그리 거창하지 않다. 히브리어를 모르는 공주가 모세라는 이름을 지을 수 있겠는가? 그렇다면 모세는 히브리말이 아니라 이집트어 아닌가? 이집트어로 모세는 아이라는 의미를 가지고 있다. 모세도 영웅탄생설화에 해당된다고 본다.

오토 랑크(Otto Rank)의 말대로 모든 설화에서 공통적으로 볼 수 있는 현상을 갈톤(Galton)의 우생학적 방법론에 의해 영웅이 탄생하는데 모세도 이런 영웅탄생신화에 적용될 수 있다. 오이디푸스처럼 영웅은 귀족의 자제로 태어나 태생의 비밀로 어려움을 겪거나 신탁의 대상이 되어 유년시절에 시련을 겪는다. 그리하여 가족내외 세력으로부터 생명의 위협을 받아 주위의 도움으로 도주하게 된다. 그리하여 저잣거리 혹은 황야에서 성장하여 야성의 힘을 키우고 세력을 형성한 뒤 귀족 혹은 왕족이라는 신분을 이용해 지도자가 된다. 이런 점에서 삼국지에 나오는 백수건달 유비(劉備)도 한나라의 왕손이기에 잉여 세력들을 규합하기가 용이했을 것이다. 그리하여 자신을 위해(危害)한 세력들을 제거하고 백성들의 존경과 지지를 받는다. 여기에 해당하는 신화적인 영웅은 베어울프, 모세, 로물루스, 오이디푸스, 페르세우스, 헤라클레스 등이다. 아들은 아버지의 살해위협을 극복하고 아버지를 살해하고 왕의 자리를 차지한다. 이런 점에서 조선시대 태조 이성계의 아들 태종 이방원이 상기된다. 그는 아버지의 지독한 미움을 받아 살해당할 위험도 겪으면서 끝끝내 왕의 자리를 차지한 영웅이었다.

7.5 불교의 신화: 인간의 자연화

불교만큼 신화와 밀접한 종교도 없을 것이다. 물론 종교 자체가 신화(神話)가 아니라 신화(神化)의 결과물이지만. 역사적으로 불교의 시조는 인도의 석가모니이고, 비역사적으로 그의 탄생에 대한 신화적 이야기가 있다. 석가가 어머니의 옆구리를 통해서 탄생했다는 것과 태어나자마자 일곱 걸음을 걷고 오른손으로 하늘을, 왼손으로 땅을 가리키고 말을 했다는 것이다. 이것은 그냥 단순한 말이 아니라 고담준론(高談峻論)이다. 천상천하유아독존(天上天下唯我獨尊). 물론 인간의 식자성에 대한 선험적 잠재성을 부정하는 것은 아니지만, 전-언어적인(pre-linquistic) 어린 아기의 입에서 이런 무시무시한 진리가 발화(utterance)되었다는 것을 믿을 수 없을 것이다. 그리고 어머니의 옆구리에서 탄생했다는 신화도 어머니의 자궁을 부정하는 초월적인 탄생이 아닐 수 없다. 물론 당시에 외과수술의 수준이 미흡할 수 있으나 석가모니가 어머니의 옆구리에서 출생했다는 것은 현대판 제왕절개(caesarian section)의 방식일 수 있겠다. 자궁을 거치지 않고 출생했다는 것은 수태고지(受胎告知)로 예정된 성모 마리아에 의한 순수한 예수 그리스도의 탄생을 상기시킨다. 초월한 경지에서 수렁으로 던져진 상황. 석가모니는 길가 숲에서 태어났고, 예수는 말구유에서 태어났다고 한다. 그러다 도탄의 늪에 빠진 구제불능의 인간들을 구제하고 다시 승천하는 것이 다른 수가 없기에 예정된 과정이다.

이런 점에서 석가모니가 생/로/병/사의 윤회의 바퀴를 영원토록 굴려야 하는 인간을 위해 발견한 해법이 바로 [명상(meditation)을 통한 유체이탈 해법이란다. 지진이 오든 해일이 오든 비바람이 치든, 세상사가 어찌 돌아가든 좌정을 하고, [달마가 동쪽으로 온 까닭은?] 혹은 [인생은 똥 막대기] 혹은 [문 없는 문] 혹은 [산은 산이고 물은 물이다] 혹은 [유리병 속의 작은 새를 꺼낼 수 있는가?]라는 각자 황당한 한 가지 [공안](koan)에 몰두하고 밤낮을 보내다 곡기(穀氣)를 마다하고 기진맥진하여 죽을 무렵에 현실과 무관한 경지에 이른다는 것이다. 아이러니하게도 이런 극한의 체험은 나중에 속세에서 부귀공명의 수단이 된다. 석가모니는 인간에게 당면한 모든 현실은 환상(maya)이고 허상이라며 부정한다.

그러하다면 상식적으로 현실을 부정하고 초월이 존재할 수 있겠는가? 색즉시공(色卽是空) 공즉시색(空卽是色)의 관점에서. 죄인을 전제하고 예수 그리스도가 있듯이, 욕망의 화마로서의 현실이 존재하기에 욕망소멸의 법열(nirvana)이 존재하지 않는가? 석가모니는 생/로/병/사라는 인간의 한계상황을 극복하기 위하여 극단의 수행을 시도하였다. 그것은 심신을 닦달하는 것이었다. 그러다 기진맥진하여 아사직전이 되었을 무렵 지나가는 아낙이 건네주는 음식을 섭취하고 정신을 차리고 중도(middle path)라는 진리를 얻었다고 한다. 그것은 육신이 물질이라 물질을 취하지 않으면 의식을 담보할 수 없다는 것이다. 석가모니의 진리추구가 인간의 원천적인 한계상황에 부딪혀 설사 도로에 그쳤더라도 지금의 불교신자들이 배울 교훈은 있다고 본다. 그것은 진리를 향한 사무치는 열정과 수도과정에서의 검약한 생활태도와 남의 고통을 배려하는 이타주의(altruism)이다.

과연 현재의 불교도들이 석가모니의 자타(自他) 없는 신화적 [화엄](華嚴)정신을 계승하고 있는가? 이런 점에서, 수렁에서, 진창에서, 아수라 속에서 찬란하게 피는 연꽃(lotus)이 석가모니의 정신임이 분명할진대 고통에 빠진 불우한 이웃을 배려하고 구제하는 정신의 실천이 삶의 현장 곳곳에서 필요한 시점이다.

캠벨은 석가모니가 해탈한 후 한동안 석가의 초상화가 보이지 않았다는 것은 석가모니가 해탈했기 때문에 그의 그림이 필요치 않았다는 것이다. 그런데 장작불 더미 위에서 타계한 후 500년 만에 그의 초상화가 등장했다. 최초의 불교와는 다른 불교가 탄생한 것이다.[16] 이것은 소쉬르의 기호 이론의 적용과 다름 아니다. 석가모니가 기호의 과정 속에 편입되어 의미화 되었기 때문이다. 석가모니라는 실제가 기표로 둔갑하여 의미연쇄(chain of signification)가 발생한 것이다. 부정할 수 없는 자연의 법칙에 따라 순수한 상태에서 세속화의 과정으로 진입한 것이고, 싱싱한 생선이 부패되는 것과 연관된다. 이런 점에서 석가모니의 경우 인간의 신격화(deification)로 볼 수 있다.

소승불교(히나야나, Hinayana)로 불리는 초기의 불교는 소수의 식자들만이 진리를 추구한다고 본다. 여기서 [히내는 [작음]이라는 의미이고, [야]내는 [나룻배]를 의미한다.[17] 그러니 진리를 향하는 나룻배에 많은 수의 사람이 탈 수가 없다는 말이다. 마치 진리를 세상 만방에 알리는 예수 그리스도와 달리 영적인 진리를 독점한 초기 기독교의 영지주의자(Gnostic)들처럼.

그런데 초월적인 경지를 향해 나아가는 수도승의 현실은 늘 언어의 한계에 봉착한다. 불립문자(不立文字)와 같은 무시무시한 법어. 그런데 언어를 통하지 않고 진리를 실현 할 수 없으니 안타까운 일이다.[18] 아니면 침

---

16) Ibid., p. 135.

17) Ibid., p. 136.

18) 스피박과 바바라 존슨의 지도교수인 해체주의자 폴 드 만(Paul de Man)도 언어에 대한 불신을 표명한다. 실제적 표현대상과 표현된 것의 불일치와 실제적 기호와 그 의미화

묵을 통해서 혼자만 진리를 알고 마음의 문을 닫을 일이다. 그런데 진리를 획득했다는 소식이 꼭 세상에 난무하기 마련이다. 어느 산사(山寺)의 누가 무슨 [공안으로 득도했다는 것이 대중에 알려진다. 한국을 대표하는 합천 해인사 성철의 오도(悟道)송은 이러하다.

> 황하를 西로 거슬러 곤륜산정에 올라보니,
> 일월음양(能所)은 빛을 잃고, 대지(境界)도 꺼져버리네.
> 아하! 이런 거였어? 한 번 웃고는, 돌아와, 머리 들어보니,
> 청산(色界)은 여전히 흰 구름(無明) 속에 싸였구나.

> 黃河西流 崑崙頂(황하서류 곤륜정)
> 日月無光 大地沈(일광무광 대지침)
> 遽然一笑 回 首立(거연일소 회 수립)
> 靑山 依舊白雲中(청산 의구백운중)

한 수도승이 부른 이 심연의 노래는 한글기호체제 속에 편입되어 구구한 의미를 생산한다. 성철의 거시적인 안목을 반영하는 한편의 자전적 서사시가 아닐 수 없다. 인간은 기호를 대면하고 이런저런 해석의 유혹에 직면한다. 산 정상에 올라보면 산 아래의 아비규환 소리가 들리지 않는다. 마찬가지로 비행기가 2만 피트 이상 상승하면 구름 아래 천둥번개가 무의미하다. 그러나 인간과 비행기는 정상에만 머물 수 없기에 인간은 다시 이전투구(泥田鬪狗)의 산 아래로, 비행기는 천둥번개가 발생하는 구름 아래

의 불일치. 우리가 분노와 증오를 미소로 감추듯이(*Blindness & Insight: Essays in the Rhetoric of Contemporary Criticism*, p. 11).

로 내려가야 할 운명이다.

　말하자면 석가모니가 득도한 후에 야단법석(惹端法席)의 저잣거리로 설교하러 나아가야 하는 경우와 같다. 그냥 홀로 도솔천(兜率天)으로 공간 이동하지 않고 굳이 물질의 향락에 취한 대중들에게 찬물을 끼얹기 위해 설법하러 내려올 필요가 있겠는가? 그러나 아예 이런 만물에게 삶의 상승과 하강이 없을 수는 없겠는가? 여기에 성철의 고민이 숨어있다고 본다. 이런 점에서 생명파 시인 유치환의 시 「바위」는 일종의 오도송(悟道頌)으로 볼 수 있다.

> 내 죽으면 한 개 바위가 되리라.
> 아예 애린(愛隣)에 물들지 않고
> 희로(喜怒)에 움직이지 않고
> 비와 바람에 깎이는 대로
> 억년(億年) 비정(非情)의 함묵(緘默)에
> 안으로 안으로만 채찍질하여
> 드디어 생명도 망각하고
> 흐르는 구름
> 머언 원뢰(遠雷)
>
> 꿈꾸어도 노래하지 않고
> 두 쪽으로 깨뜨려져도
> 소리하지 않는 바위가 되리라.

　그런데 성철은 타계하기 얼마 전에 기자들에게 여태 자기가 한 말이 모두 거짓말이라고 하여 그의 진심의 일단을 보여주었다. 일본의 유명한 선승(Zen monk)인 스즈키(Suzuki)에 대한 일화가 있다. 제자가 물었다. "저에게도 불성(buddhahood)이 있습니까?" 그러자 스승은 "없다"고 대답했다. 제자가 되물었다. "스승께서 만물에 불성이 있다고 말씀하지 않으셨습니까?" 그러자 스승은 "네 말이 맞다. 돌, 나무, 나비, 새, 짐승 모든 것에 불성이 깃들어 있다. 하지만 네게는 없다. 그것은 네가 그런 걸 묻기 때문이다."[19] 이런 점에서 성실한 수도자로서의 선승 스즈키가 바라보는 도(道)는 언어도단(言語道斷)의 도이다. 다시 말해, 교활한 언어의 변용이 실제(몸)와 실재(마음)를 왜곡한다. 어찌 보면, 진리와 진실과 실재를 지향하는 불교가 허황된 상징, 언어의 신화를 근거 내지 참조한다는 것이 모순이다.

---

19) 『신화의 세계』, p. 136.

:08 뒤메질의 삼각구조

로렌스(D. H. Lawence), 파운드(Ezra Pound)

8.1 보편적 신화: 동서의 융합

조르주 뒤메질(Georges Dumezil)은 지역주의 학자(localist)였다. 파리에 태어난 그는 그리스 신화를 읽고 한평생 신화연구의 동기부여를 받았다. 신화연구의 범주는 자신이 살고 있는 지역을 중심으로 하는 인도-유럽 신화였다. 마크 트웨인이 미시시피 강 주변을 배회하며 소설을 썼듯이. 그의 박사논문은 「불멸의 향연: 인도-유럽신화 비교연구」였다. 학위 취득 후 이스탄불 대학에서 종교사 교수직을 맡았다. 마침내 콜레주 드 프랑스의 인도유럽문명 교수로 부임하여 종신까지 재직하였다. 그의 박사논문에서 그는 서구사회에서 동경하는 신들의 음료로서의 암브로시아(ambrosia)라는 성수(聖水)가 인도의 암르타(amrta)와 어떻게 연관이 있는지, 그리스 신화의 우라누스(Uranus)가 인도의 신 바루나(Varuna)와 어떠한 연관이 있는지,

로마의 신 플라맨(Flamen)이 인도의 브라만(Brahman)과 어떠한 연관이 있는지를 탐구한다. 이것이 과학적인 인과관계가 성립되지 않는 야생적, 신화적 사고의 개연성을 타진하는 브리콜라주(bricolage)의 실천이다. 이렇듯 뒤메질은 유럽의 신과 인도의 신을 결부시킨다.

뒤메질은 선사시대의 인도, 유럽의 민족의 신화를 비교 연구하여 공통분모를 탐색하고, 이 신화들이 하나의 공통된 세계관에 근거한다고 주장한다. 그것은 사회의 중추를 지탱하는 기능인으로서의 사제(priests), 전사(warriors), 평민(commoners) 혹은 농부 혹은 상인(tradesmen)의 역할과 이에 대응하는 3가지 원리가 우주의 질서를 유지하기 위하여 상호 조응한다는 것이다. 인간의식의 원천으로서의 하늘의 계시를 받드는 일(sacral service), 인간관계의 역학구조의 상충으로 필연적으로 발생하는 전쟁을 치르는 일(martial service), 세상의 주체인 인간의 일상을 유지하기 위한 경제활동(economic service)이 이들의 주된 사명이며, 각각 통치의 기능, 군사의 기능, 생산의 기능을 행사한다.

첫 번째, 통치의 기능은 두 종류의 명확하고 보충적인 하부조직으로 나뉜다. (1) 형식적이고 사법적이며 사제적이나 속물적이고, (2) 권력적이고 예측할 수 없으며 사제적이나 초자연세계에 기원하고 있다. 두 번째가 군사적인 부문인데, 권력, 군대, 전쟁과 연관되며, 세 번째는 앞의 두 부류에 의해 지배되며 생산성에 바탕을 두고 목축, 농사, 수공예와 연관된다. 아울러 고대 게르만 역사에 의한 구분도 왕, 귀족, 농노의 3단계로 나뉘고, 고대 그리스 시대의 플라톤도 영혼에 대한 3단계 구분을 주장했는데 그것도 이성, 용기, 육체의 3단계로 나뉜다.[1]

---

1) *Myth: A Very Short Introduction*, p. 116.

또 뒤메질이 집중 연구한 영역의 하나인 인도의 카스트 제도도 신분이 3단계로 나뉜다. 사제의 기능을 수행하는 브라만(Brahmans), 군대의 기능을 수행하는 크샤트리아(Kshatriya), 농사와 목축과 상업에 종사하는 바이샤(Vaishya)가 있다. 그리고 모든 신화에는 정본과 사본이 있는데 연구자들이 정본을 중시하고 사본을 배척하려 하지만 레비스트로스와 뒤메질은 정본과 마찬가지로 사본 또한 동일한 가치가 있다고 주장한다. 이러한 점을 인도-유럽인에 속하는 로렌스(D. H. Lawrence)의 「자기연민」("Self-Pity")에 적용해 본다.

> 나는 자신을 동정하는
> 야생동물을 보지 못했다
> 나무에서 얼어 죽어서 떨어지는 작은 새조차도
> 자신을 조금도 동정하지 않는다

> I never saw a wild thing
> Sorry for itself
> A small bird will drop frozen dead from a bough
> Without ever having felt sorry for itself

이 작품에 대한 여러 가지 해석이 생산될 수 있지만 뒤메질의 삼각구도의 신화적 관점에서 접근할 수 있다. 우선 구도 속에 의미를 부여하는 주체와 그 대상이 되는 객체, 즉 시적화자라는 일인칭 주체와 사물에 해당하는 객체, 이 양자가 엄연히 존재하는 부인할 수 없는 현실을 조성한 제3의 존재로서 양자에게 각각 시/공이라는 삶의 무대를 제공한 원초적 존재로서 조물주가 설정될 수 있다. 인간은 초월적인 면과 속물적인 면을 공유하고 있다. 그것은 인간이 위장을 채우는 아픔을 느끼는 생물학적인 차원뿐만 아니라 그 생존행위나 방식에 대하여 보이지 않는 초월적 타자 혹은 하늘에 대한 죄책감과 아울러 반성적으로 자기연민에 사로잡힌다는 것이다.

그러나 "작은 새"는 생물학적이고 본능적인 면만을 타고 났기에 존재의 근원과 의미를 타진하지 않고 일상의 생산과 노동에 충실한 세 번째 존재자로서 보통사람에 해당할 수 있다. 시적화자는 하늘과 땅을 동시에 의식하는 두 번째 중간자로서의 사제적인 기능을 수행하고, 화자와 대상의 절대주체가 되는 첫 번째 신은 인간의 관점에 따라 이 시적상황에 존재하거나 부재한다. 객체인 "작은 새"가 화자를 인식할 수 없고 자신이 추락하는 것에 대해 심리적 반성적인 면이 부재하다는 화자의 시각은 타당하다. 그것은 화자 중심, 인간중심으로 세상이 구성되어 있기 때문이며, 인간이 만물의 영장임을 천명하는 성경적 세계관을 보여준다.

8.2 신화의 지역성(locality)

뒤메질은 캠벨(Joseph Campbell)과 칼 융(Carl Gustav Jung)과 같이 비교신화학자의 계열에 있지만, 신화는 독특한 맥락을 무시하는 보편주의적 이론이 아니라, 지역의 원초적인 역사적 맥락 속에서 이해되어야 한다고 생각했다. 그리하여 뒤메질은 인도유럽 신화와 종교을 집중적으로 분석한다. 여기서 인도-유럽문화라 함은 인도, 북아프리카(이집트, 이란), 유럽(로마), 스칸디나비아문화를 말한다. 그 역사적으로 연결된 공동체 너머의 신화와 종교와는 아무 상관없이. 여기서 그가 발견한 것은 세 가지 기능주의 (tri-functionalism)였다. 인도유럽인의 삶과 의식 속에 세 가지 사회기능이 자리하고 있었다고 본다. 이러한 구도는 사회적 위계질서 속에 나타난다. 세 가지 기능을 가진 세 가지 조직들. 힘의 우위를 저울질하는 질량적인 관점에서가 아니라 기능의 관점에서 구성된다. 인간사회처럼 인도-유럽인의 신도 세 가지 종류로 구분된다.

첫 번째 기능이 통치의 기능이고 사회 지도층과 연계된다. 통치자, 사제, 법관. 이들의 기능은 두 가지로 나뉜다. 마술적(magical)인 면과 심판적 (juridical)인 면. 전자는 신비한 행정, 천체의 마법, 우주의 질서로 구성된다. 이러한 위계(位階)적 구성은 인간들에게 불편하고 공포스러운 것이지만, 한편으로는 질서와 조화 속에서 운행된다는 점에서 안도하게 한다. 첫 번째 기능의 인도유럽인의 신은 창조력을 가진 마술사-창조자(magician-creator)의 범주에 속하거나 공동체의 지혜를 가지고 통치하는 법관-주최자 (jurist-organizer)의 범주에 속한다. 두 가지 유형의 신은 대조(antithesis)를 이루지만 갈등보다는 서로를 보충한다.

두 번째 기능은 모든 현시 혹은 표현(manifestation)에 있어서 물리적인 힘의 특징을 전달한다. 그것의 무소불위(omnipotence)의 힘은 악마들을 쳐부수고 우주를 구한다. 그것은 물리적인 에너지에서 추상적인 영웅주의 혹은 용기로 전환되는 것이다. 인간사회에서 두 번째 기능은 전사의 계층에 해당한다. 이 계층은 첫 번째 통치자의 명령을 받아 공동체를 위해 싸운다. 두 번째 기능의 신은 전사들이며 그들의 지적인 능력은 첫 번째 기능의 신보다 열등하지만 첫 번째 신들의 명령을 받들어 수행할 지적인 능력은 소유하고 있다.

세 번째 기능이 생성적(generative) 기능이다. 그것은 치료자, 청춘, 사치, 번영, 생식과 연관된다. 다시 말해 치료의 신, 상품의 신, 부요의 신, 소수의 왕과 전사를 제외한 백성의 신과 연관된다. 그리하여 이 세 번째 구조의 계층은 농사꾼, 목동, 생산노동에 종사하는 평민들이다. 그들은 스스로를 위해 일용물자와 타자들의 삶을 지탱하기 위해 잉여물자를 공급한다. 그 신들은 생식, 풍요, 평화를 관장한다. 그들은 단순하지만 부요하고 장난스럽다. 뒤메질의 경우, 인도-유럽세계의 비전은 잘 조직된 조화로운 세상을 구성하는 것이다.

영화 〈글래디에이터〉(*Gladiator*, 2000)를 통한 허구의 모습이긴 하지만 시저시대 로마군단의 전투대형을 보면 인간 조직의 정교한 일면을 엿볼 수 있다. 이러한 신화의 엄정한 삼각구도가 로렌스의 「뱀」("Snake")에서 변용됨을 목격할 수 있다.

나보다 먼저 누군가 내 물받이 통에 있었다.
그리하여 난 기다렸다, 두 번째 온 자로서.

물을 마시다 그는 소가 그러하듯이 고개를 들었다.
물 마시는 소처럼 그는 물끄러미 날 응시하다
입술 밖으로 내밀어 두 갈래의 혀를 날름거렸다.
그런 뒤 한동안 흥얼대다
다시 고개 숙여 더 마셨다.
지구의 불타는 함지에서 나온 그는
흑갈색인 듯 흙빛 나는 황금색이다.
시칠리아의 칠월 어느 날에 에트나 화산은 연기에 휩싸이고,

가르침을 담은 교육의 목소리가

그는 마땅히 죽어야 한다고 외쳐댔다.

시칠리아에서 까만 뱀은 해롭지 않지만 황금 빛깔의 뱀은 치명적인

    독사라는 이유로.

Someone was before me at my water-trough,

And I, like a second-comer, waiting.

He lifted his head from his drinking, as cattle do,

And looked at me vaguely, as drinking cattle do,

And flickered his two-forked tongue from his lips, and mused a moment,

And stooped and drank a little more,

Being earth-brown, earth-golden from the burning bowels of the earth

On the day of Sicilian July, with Etna smoking.

The voice of my education said to me

He must be killed,

For in Sicily the black, black snakes are innocent, the gold are venomous.

불문곡직(不問曲直)하고 사악한 "뱀"은 성경과 연관된 신화적인 존재이다. 인간과 동물의 구분이 혼재한 창세기에서 뱀은 인격화(personification)되어 최초의 부부 아담과 이브를 유혹하여 반성적 자의식을 야기하는 금단의 열매를 먹도록 사주하여 원죄를 저지르게 했다. 그들이 저지른 죄는 무지의 상태에서 임의로 벗어났다는 것이다. 그들이 나체였다는 사실을 알고 그것이 수치를 유발하여 하나님 앞에서 그들의 신체를 은폐한 것. 그들의 사물에 대한 당연한 인식적 능력이 오히려 저주가 된 셈이다. 그 이

후로 무엇에 대해 안다는 것이 오히려 인간에게 재앙이 된다. 제왕 혹은 마피아 보스의 비밀을 안다는 것은 죽음을 의미한다. 그런데 인간의 기원에 대한 이 성경적 사실을 근거 없는 헛소리로 매도할 수 없는 것은 그 자손으로서 우리가 현재 지상에 명백하게 존재하기 때문이다.

조물주가 흙으로 빚은 육신과 아울러 인간의 의식은 조물주에게 받은 영적인 것이기에 선험적인 것이고 여기서 인식의 결과물인 교육의 윤리학이 파생된다. 그러므로 화자가 "뱀"을 죽여야 한다는 것은 보이지 않는 조물주의 원초적인 무언의 명령에 해당한다. 에덴동산에서 인간보다 더 비상한 지각을 가지고 인간을 유혹한 "뱀"은 하나님의 저주를 받아 추락하여 지상에서 인간의 발아래에 짓밟히는 신세로 추락한다. 따라서 "뱀"은 천상과 지상에서 신화의 삼각구도에 의해 위치가 변동된다. 조물주를 필두로 인간과 뱀이 나란히 위치하였으나, 금단의 과일 사건이래로 조물주, 인간, 뱀의 순으로 서열이 조정된다.

세 가지 조직의 바탕에서 첫 번째 기능의 대행자가 명령하면 두 번째 기능의 대행자가 적과 싸우거나 공동체를 방어하고 세 번째 기능의 다수의 구성원들은 생활물자를 공급하기 위하여 노동과 생산활동에 참여한다. 그들의 시각에 만인들이 우주와 사회의 원활한 기능에 필요한 조화를 발견하는 것은 이 삼각의 조직을 통해서이다. 이것이 사회계약에 대한 인도-유럽인들의 기본적인 형식이다. 설혹 인도-유럽의 문화체제와 비슷한 체제를 다른 문화권에서 발견했을 경우에도 인도-유럽문화는 시학, 우주학, 신화학, 정치철학을 통해서 다른 문화와의 우월한 차이를 여실히 드러난다.

8.3 삼위일체 신화

뒤메질은 인도-유럽의 계열에 속하는 노르웨이와 독일에서의 세 가지 기능주의 신화를 탐구한다. 그러므로 이 국가들이 국가조직, 종교, 신화학에 있어 세 가지 기능주의를 내포하고 있다는 사실이 전혀 이상스럽지 않다. 노르웨이 신화에서 첫 번째 기능을 수행하는 신은 오딘(Odin)과 티르(Tyr)이다. [오딘]은 신의 두목인데 방대한 지식과 무아지경의 영감을 가지고 있다. 그는 놀라운 힘과 지혜를 통하여 만물을 통치하는 최고의 마법사이다. 한편, [티르]는 재판의 신이며 영웅적 법률 전문가이다. 이 점이 북유럽 신화 속에서 빈번하게 구현되고 있다. 티르의 활약으로 괴물 [펜리르](Fenrir)가 신들을 협박하기를 중단했다고 한다. 만약 티르가 없다면 무법천지가 되었을 것이다. 양자의 희생의 훈장은 티르의 손 하나의 상실과 보다 심원한 진리를 추구하는 오딘의 눈 하나의 상실로 나타난다.

두 번째 기능을 수행하는 노르웨이의 신은 토르(Thor)이다. 적으로부터 신들을 보호하는 불퇴전의 투사이다. 오딘, 티르, 토르가 모두 전쟁의 신이지만 그들은 전쟁의 다른 양상들을 주재한다. 그것은 세 가지 기능론에 입각한 것이다. 토르는 물리적인 싸움과 연관되고, 오딘은 광기와 주술을 지배한다. 그리고 티르는 전쟁의 시기, 장소, 방식을 결정하는 전쟁의 재판관이다. 법은 전쟁의 경우 적을 타도하고 승리를 얻기 위하여 사용될 수 있으므로, 일종의 은유적 전쟁이다.

세 번째 기능의 주요 신은 프레이(Freyr)와 그의 아버지 뇨르드(Njord)인데, 양자는 모두 재물과 향락을 탐닉하며 그들의 추종자들에게 평화와 풍요를 선물한다. 노르웨이의 세 가지 기능주의 신화는 기독교의 삼위일

체설(Trinity)에 영향을 주었을 것이다. 로마신화에서는 세 가지 기능주의
에 입각하여 주피터(사제)/마르스(전쟁)/퀴리누스(농업)로 나뉜다. 이러한
삼각구조는 인도에서의 미트라-바루나(Mitra-Varuna), 인드라(Indra), 나사티
야(Nasatya)와 연관된다. 이런 점을 이미지즘(imagism)의 기수인 에즈라 파
운드의 「소녀」("A Girl")에 적용해본다.

나무가 내 손에 들어왔다.
수액이 내 팔로 올라갔다.
나무가 내 가슴 속에서 자랐다.
아래로,
가지가 나에게서 자랐다, 팔처럼.

나무다 너는
이끼다 너는,
너는 그들 위로 바람이 머무는 오랑캐꽃.
그렇게도 귀한 아이다 너는,
하지만 세상 사람들에게 이 모두가 실없는 수작일 뿐.

The tree has entered my hands,
The sap has ascended my arms,
The tree has grown in my breast —
Downward,
The branches grow out of me, like arms.

Tree you are,
Moss you are,

You are violets with wind above them.

A child—so high—you are,

And all this is folly to the world.

시인은 사물에 대한 이런 저런 언급을 통해 사물을 그린다. 직접적인 혹은 간접적인 언급을 통해. 리얼리즘에 충실한 전자와 달리 후자는 사물을 흐릿하게 묘사하거나 아니면 사물에 상응하는 다른 대상 혹은 상징을 설정하거나 혹은 사물을 상기시키는 상황이나 사건을 도입한다. 이런 점에서 사물에 대해 흐릿한 이미지가 아니라 명확한 이미지를 부여하려는 이미지즘과 시인 엘리엇(T. S. Eliot)이 주장한 [객관적 상관물](objective correlative)이 동원된다. 시인이 설정한 시제(詩題)가 "소녀"인데 이것을 재현하기 위한 강력하고 명확한 이미지가 시 전체를 관통하고 있는지 살펴보아야 한다. "소녀"를 상징하는 이미지는 "수액"이 솟구치는 "나무"이다. 그런데 남성인지 여성인지 성적 정체성이 모호하다. 시제(詩題)를 "소녀"라고 하니 "소녀"의 이미지로 볼 수밖에 없지만, 시제를 소년이라고 해도 무방할 것이다. 그런데 굳이 "소녀"라고 한 이유는 남성으로서의 시인의 내면에 자리하는 여성적 원형으로서 아니마(anima)의 작용 탓이라고 볼 수 있다.

시인은 자신을 구제해줄 세속에서 때 묻지 않은 성모 마리아(Virgin Mary) 같은 여성을 욕망한다. 마치 단테가 저잣거리에서 구원의 여인 베아트리체(Beatrice)를 갈망했듯이. 한편 이 작품은 뒤메질의 삼각구도에 편입될 수도 있다. "소녀"는 일종의 구원의 연인으로 화자가 연모(戀慕)하는 구원의 여신처럼 최상위의 위치를 점하고 있고, 그녀를 욕망하는 시적화자는 세속적인 지식과 상식을 통해 그 숭고한 대상에 대해 재단(裁斷)한다. 그리고 "수액"이 샘솟는 풋풋한 나무는 숭고한 대상이 세상의 사물로 치환된 모습을 보여준다. 숲속의 나무가 인간의 책상이 되듯이. 나아가 하나님이 예수 그리스도의 육신(incarnation)을 빌려 세상에 등장하듯. 이처럼 시적화자는 기호를 통하지 않고 숭고한 존재로서의 소녀에게 접근할 방법이 없다.

한편 사물에 대한 시적화자의 지향성, 즉 의식의 투사를 통해 화자와 사물은 사투를 벌인다. 그리하여 사물이 화자를 지배할 경우 절망의 자연주의가 탄생하고, 화자가 사물을 전횡(專橫)할 경우 환상의 낭만주의가 탄생한다. 인간은 이 두 가지 이념의 중간에 서서 양측의 영역을 왕래한다. 인간은 공연히 사물과 사투를 벌여 제2의 사물 아니 괴물을 창조하는 신화적인 괴팍한 동물이다.

:09 C. G. 융의 원형 (1)

하디(Thomas Hardy), 예이츠(W. B. Yeats)

9.1 원형의 정의

원형에 대해 일반적으로 많이 언급하지만 그것에 대한 분류와 정의가 미흡한 것이 사실이다. 원형이란 간단히 말해서 현실의, 현상의, 바탕이, 기준이, 틀이 되는 무형태의 에너지이고 상징의 탈을 뒤집어쓰고 목전에 나타난다. 그러므로 원형은 프로이트 식으로 말하자면 원시적인 리비도에 의한 이드로 볼 수 있다. 말하자면 원형은 이드의 상호텍스트적인 관계를 유지한다고 볼 수 있다. 프로이트의 관점에서 이드의 정체는 현실로부터의 억압된 욕망 혹은 미지수이지만, 융의 관점에서 이드의 정체는 태곳적 본질 혹은 원시적 욕망이 되는 것이다. 그러니까 융의 주장은 태곳적 본질이나 원시적 욕망이 현재에 문화적으로 억압이 되어 원형이 훼손되고 있다는 것이다.

그렇다면 원형을 문화적으로 억압하는 가장무도회의 주최 측인 인간의 공동체를 사수하는 이성, 합리, 논리를 원형의 안티테제로 거부하는 상황에서 인간의 공동체가 평화롭고 안전을 담보할 수, 상호공존의 민주주의의가 제대로 유지될 수 있겠는가? 그 답은 회의적이다. 따라서 인간들이 상호공존을 위하여 야성적 사고로서의 원형의 일부 거세는 불가피한 측면이 있다. 인간이 각자 원형의 명령에 따라 멋대로 행동한다면 인간의 공동체는 새로운 위기에 직면할 것이다.

인간의 원형은, 성경에 따라 파멸의 루시퍼가 무저갱에 구금되어 있듯이, 어느 정도 구속된 상태로 조절되어야 할 필요가 있을 것이다. 예를 들어, 아리안 순수주의(arianism)를 추동하는 원형의 부름에 호응한 히틀러에 의해 얼마나 무고한 인간들이 전쟁터에서, 가스실에서 학살되었는가? 원형의 자유로운 발산으로 인하여 현실의 비극이 발생하는 것이 과연 바람직한 일인가? 고대 잉카문명에서 조상 원형의 부름에 의해서 원시제전에 산 채로 바쳐진 인간제물[1]의 비극이 바람직한 일이었던가?

현실에 저항하고 현실을 조종하려는 원형에 대해 융은 다음과 같이 흐릿하지만 심오한 정의를 내린다. [상징은 살아있는 몸(corpus et anima)이며, [어린이]는 상징의 적합한 형식이다. 정신 혹은 의식(psyche)의 독특함 혹은 원초성이 결코 전체적으로 현실 속으로 진입할 수 없다. 그것은 단지 대략적으로 인식될 수 있을 뿐이다. 그것이 여전히 모든 의식의 절대적인 토대를 차지하지만. 정신 혹은 의식의 층이 보다 깊어지면 그것의 유별난 독특함을 상실한다. 그것은 어둠속으로 멀리 사라져 의식 아래로 침잠하

---

1) 이와 관련하여, 그리스인에게 희생제물은 인간의 생계가 죽은 것에 의존함을 의식화하는 것이었다. 왜냐하면 인간에게 자양분을 공급하는 것은 어디까지나 죽은 물체이기 때문이다(『자연―그 동서양적 이해』, p. 99).

여 자동적인 기능적 체제에 접근한다. 그리하여 그것은 몸의 물질성, 즉 화학적 실체 속에서 보편화되거나 소멸될 것이다.

몸의 성분은 탄소(carbon)에 불과하며, 그 기저에 정신 혹은 의식이 도 사리고 있다.[2] 다시 말해, 어린이의 몸에 유치한(childish) 의식이 심연으로 부터 부상(浮上)하여 자리하고 개성화(individuation)의 과정에 따라 다른 의 식이 차례로 출현한다. 어린이의 몸은 어린이의 의식을 반영하는 상징이 며, 어린이라는 상징이 없다면 의식이 들어설 곳이 없을 것이다. 물론 시 시각각 변하는 인간의 의식을 근본적으로 규정할 수 없다. 의식의 심연으 로부터 부상한 의식의 일부가 인간의 몸속에 유입되어 각가지 삶의 상황 에 반영되지만, 곧 의식은 심연으로 침잠하여 의식의 모판(matrix) 혹은 본 거지로서의 원형의 자동성(automaticity)에 환원된다.

원형의 종류 가운데 [자기](the self)는 개인의 완전성을 재현하며 의식 과 무의식의 일체화를 욕망한다. 자기는 인격의 모든 양상의 통합 (integration)에 의해 창조된다. 자기와 다른 원형들은 상보적인 관계를 유 지한다. 그 다음에 [그림자](the Shadow)가 있다. 말 그대로 심층의 어두운 영역이다. 범죄자들의 경우 그림자의 농도가 보다 짙을 것이다. 그 다음 에 등장하는 것이 아니마/아니무스이다. 전자는 남성의 내면에 자리하는 여성의 속성을, 후자는 여성의 내면에 자리하는 남성의 속상을 의미한다. 이 원형들은 상반되는 남녀의 조화로운 삶을 위해 기능한다. 이런 신성한 결합을 [시저지](Syzygy)라고 부른다. 따라서 원형적인 관점에서 버지니아 울프(Adeline Virginia Stephen Woolf)가 주장하는 남녀공존의 양성론 (androgyny)은 일리가 있다. 그리고 인간은 공동체 속에서 처하는 각가지

---

2) *Psychological Reflections*, p. 45.

다양한 상황에 대처하기 위하여 사회적 가면을 쓴다. 이를 [페르소나](persona)라고 하며 진정한 [자기]를 위장한다.

그 다음 원형인 [노인](The Old Man)은 일종의 현자(賢者)의 원형인데 지식, 지혜, 통찰력을 재현하고 경솔한 페르소나를 보호하고 안내하고 검열한다. 예를 들어, 과학자들이 자연에 대한 무슨 법칙을 발견하려고 주야로 애를 쓰다가 기진맥진의 상태에서 문득 떠오르는 법칙은 현자의 도움일 것이다. 그럼에도 안개처럼 모호한 원형의 실체를 배추, 무 자르듯이 반듯하게 구분하고 분류하는 것은 타당치 않다. 그러나 인간의 이해를 돕기 위해서 비가시적인 원형들을 유형화시키지 않을 수 없고, 이런 과정이 사물의 전체적인 형태를 파악하고자 진력하는 게슈탈트(gestalt) 심리학적 방식이다. 원형을 탐구하는 의미는 자아, 현상, 의식의 각가지 양상에 대한 근본적인 원인을 이해하여 현실의 비극을 방지하기 위함이다. 마치 고대시대 괴물이 사는 동굴에 인간제물을 바쳐 재앙을 미연에 방지하듯이. 많은 어부들을 익사시키는 인당수의 용왕을 진정시키기 위해 효녀 심청이 제물로 바쳐지듯이. 이런 점을 하디의 「그가 죽인 남자」("The Man He Killed")에 적용해 볼 수 있다.

'그와 내가 만일 어느 오랜
　주막집에서 만나기만 했더라면,
우리는 앉아 많은 잔으로
　목을 축였으리라!

'하지만 보병으로 배치되어
　얼굴과 얼굴을 노려보며,

그를 쏘았다 그가 내게 쏜 것처럼,
그래서 그를 그 자리에서 죽였다.

　'나는 그를 쏘아 죽였다 왜냐면-
　왜냐면 그는 나의 적이었기에,
바로 그러했다: 물론 나의 적이었다. 그는
　이건 너무나 분명하다. 하지만

　'그도 어쩌면 나처럼-즉흥적으로 좋아서
　입대하기로 생각했겠지,
일을 그만두고 도구를 팔아버리고
　딴 이유는 없으리라.

　'참, 전쟁은 이상도 하지!
　어떤 주막(酒幕)이 있는 곳에서
만났더라면 한잔 내거나 혹은 몇 푼 도와줄
　사람을 쏘아 죽이다니!'

'Had he and I but met
　By some old ancient inn,
We should have sat us down to wet
　Right many a nipperkin!

　'But ranged as infantry,
　And staring face to face,
I shot at him as he at me,
　And killed him in his place.

'I shot him dead because—
Because he was my foe,
Just so: my foe of course he was;
That's clear enough; although

'He thought he'd 'list, perhaps,
Off-hand like—just as I—
Was out of work—had sold his traps—
No other Reason why.

'Yes; quaint and curious war is!
You shoot a fellow down
You'd treat if met where any bar is,
Or help to half-a-crown.'

타자만이 제물로 바쳐지는 것은 아니다. 내 자신도 타자를 위한 제물이 된다. 타자도 나의 제물이 되고 나도 타자의 제물이 된다. 내가 회사를 위하여 일을 하고 회사는 나에게 급여를 준다. 모기가 나의 피를 빨고 나는 모기를 매정하게 때려잡는다. 내가 닭에게 사료를 주고 닭을 때려잡는다. 나아가 2018년 월드컵에서 한국축구팀이 독일축구팀을 이기고 언젠가 독일축구팀이 한국축구팀을 이길 것이다. 이것이 나와 타자간의 전반적인 구도에 대한 게슈탈트적 이해이다. 여기서 "나"와 "그"는 페르소나로 위장되어 있다. 그 페르소나는 국가적이고 이념적인 군인의 자격을 가지고 있다. 그러니 상호 국가의 명령에 따라 죽고 죽여야 한다. 하지만 양자의 진정한 자아인 셀프는 소중한 존재로서 존중되어야 하는 것이다. 인간의 삶에서 발생하는 자아와 자기의 대립으로 인해 [의식적 임무와 [원형적 양심이 상충되는 것은 불가피하다.

원형은 확장되어 [상황원형](situation archetypes)으로도 기능한다. 그것은 사물의 동기화로 기능하는데, 중첩되기에 엄밀하게 적용하기 어렵다. 그것은 추구(엑스카리브), 사명(원탁의 기사), 착수(허클베리 핀), 여행(오디세이), 추락(아담과 이브), 죽음과 재생(아침과 봄), 자연과 기계(월든, 터미네이터), 선악의 대결, 불치의 상처(에이허브의 나무다리), 제식(결혼, 대관, 침례), 마술무기(오디세우스의 활, 삼손의 머리, 가웨인의 거들(girdle), 알라딘의 램프) 등이다. 그 다음이 [상징원형](symbolic archetypes)이다. 이것은 빛과 어둠(희망과 절망), 물과 사막(성장과 불모), 선천적 지혜와 후천적인 우둔함(자연과 문화), 천국과 야생(안전과 위험) 등이다. 그 다음이 [인물원형](Character Archetypes)이다. 그것은 영웅(불우한 시절과 역전의 삶), 아비와 아들의 갈등(다윗과 압살롬), 멘토(머린), 비밀의식(KKK), 버려짐(모세, 타잔), 충직한 신하(셜록 홈즈), 동지애(로빈 후드, 원탁의 기사), 정직한 선인(초록기사), 악마(사탄, 메피스토펠레스), 희생양(오이디푸스, 유태인), 추방자(카인, 노수부), 요부(귀니비어, 데릴라) 등이다.

9.2 상징과 원형

원형이 상징인가? 아니다. 원형은 무형의 에너지이며 이를 재현하는 것이 상징이다. 원형은 가시적인 상징들 혹은 인간의 마음에 작용하는 역동적인 추진체이다. 몇몇 원형은 현실에 부지불식간에 등장하기도 하지만 다른 원형들은 왜곡된 이미지로 현실에 등장한다. 원형이 함축하고 있는 것은 인간의 존재이유와 현실의 배후에 자리하는 삶의 진실에 관한 것이다. 원형은 말/문자로 수렴할 수 없는 심층적인 메시지를 전하기 위해 상징의 탈을 쓰고 도처에 출현한다. 마치 사물자체가 매체로서 기호의 탈을 쓰고 일상에 존재하듯이. 원형의 메신저로서의 상징은 의식의 언어이며, 사고의 다양한 상황을 반영하고 집단무의식과 연계된다. 상징에는 개별적인 것도 있고 보편적인 것도 있다. 원형의 상징은 출연하는 무대를 가지고 있는데, 명상, 꿈, 유체이탈(out-of-body) 체험, 원격투시(remote viewing) 속에 등장한다.

원형의 상징들은 다양하게 다양한 심리적 물리적인 공간에 출현한다. 『구운몽』(九雲夢)의 주인공 성진의 꿈속에, 일반인의 무심한 낙서 속에, 잭슨 폴록(Jackson Pollock)의 제멋대로 흩뿌린 액션 페인팅 속에, 뒤샹 (Marcel Duchamp)의 무질서한 조형물 속에, 앤디 워홀(Andy Warhol)의 생경한 팝아트 속에, 고대 이집트인들의 상형문자(hieroglyphics) 속에, 유럽의 들판 한가운데 그려진 정체불명의 원형 속에, 원형의 함축된 메시지가 전달된다.

현실은 원형의 [동시성](synchronicity)에 의해서 추진되는 원형의 연속적인 은유이다. 동시성은 간단히 말하여 [호랑이를 말하니 호랑이가 온다]는 식으로 우연의 일치라고 볼 수 있지만, 이것이 우연의 일치만이 아니라 원형의 조화(造化)라는 것이다. 어떤 영웅이 특정 별자리에 태어나고, 남녀가 만나서 결혼하는 것이 우연의 일치가 아니라 원형의 원망 (wishfulness)이라는 것이다. 원형은 현실에 등장하지만 왜곡된 상징의 옷을 입고 인간의 주위를 배회한다. 마치 중동여인들이 검은 베일을 쓰고 다니듯. 따라서 원형은 인간의 얼굴, 상품, 이념, 스포츠, 광고 속에 스며있다. 이런 점에서 현실은 원형의 기만적인 아바타가 된다. 상징의 현실 배후에 원형이 도사리고 있다는 점에서 파롤(parole)의 배후에 자리하는 랑그(langue)를 의식하는 구조주의적 노선을 취한다. 원형과 유사한 개념은 심리적 구조나 패턴을 의미하는 [그리드](grids) 혹은 신지학(theosophy)에서 세계의 기억으로 불리는 [아카식 레코드](Akashic Records)를 들 수 있다. 이런 점에서 상징은 원형의 에고로, 원형은 상징의 이드로 볼 수 있다.

융은 상징을 리비도의 유사물이라고 부른다.[3] 상징은 표현적 (expressive)이고, 인상적인(impressive) 면을 가지고 있다. 그것은 상징이 보이는 그대로 볼 수 없다는 말이다. 폭포수가 물리적 에너지의 표현이듯, 상징은 정신적 에너지의 표현이다. 그것은 상징을 삶에 적용하기 위해 단순한 기호적 표식으로 나타낼 수 있고 서사적 알레고리, 비유로 나타날 수도 있다. 그것은 그리스도인을 의미하는 물고기 그림, 티베트 불교에서 중시하는 만다라 문양, 나치가 사용하는 [불교 卍자 반대 문양], 바이킹의 함선에 걸린 해골 문양의 깃발, 인간과 진리의 간격을 의미하는 플라톤의 동굴의 알레고리, 예수의 천국 비유를 포함한다. 이렇듯 상징은 지시적이지만 신비롭다. 그래서 상징은 빙산의 일각처럼 의식의 표면 위에 부상하지만 그 바탕은 무의식의 심연(深淵)에 닿아있다. 그리고 융은 지구상에 출몰하는 비행접시(UFO)라는 타원의 상징은 외계에서 날아온 비행물체가 아니라 인간내면의 일그러진 원형의 이미지라고 주장한다.[4]

또 라캉(Jacques Lacan)이 현실과 진리의 간격을 설명할 때 자주 애용하는 보로메오 매듭(Borromean knot)의 상징을 살펴본다. 이는 [상상계/상징

---

3) 『칼 융의 심리학』, p. 149.
4) *A Guided Tour of the Collected Works of C. G. Jung*, pp. 150-52.

계/실재계라는 삼각의 질서가 상보성에 의해 지탱되고 있음을 보여주는 라캉이 제기한 그림이다. 이 세 질서는 상호 연결되어 있기에 하나라도 끊어지면 다른 것도 무효가 된다. 현재가 부재하면 과거와 미래가 부재하고, 몸이 부재하면 마음이 부재하듯이. 세 개의 질서는 독립되어 있는듯하지만 상호 연결되어있다. 무엇보다 불교에서 완전을 지시하는 만다라 상징은 검토할 가치가 있다.

만다라는 산스크리트어로 [원] 혹은 [원반(discoid)을 의미한다. 만다라는 두 가지로 정의된다. 외재적으로 우주의 체계적인 시각적 재현과 내재적으로 명상에 관한 심리적 수행에 관한 것이다. 만다라는 밀교(Tantra) 계열의 힌두교와 불교에서 사용한다. 만다라를 그리는 소재는 종이, 나무, 돌, 천, 벽면 등 다양하다. 티베트 불교사원이 아예 거대한 만다라의 모습을 하고 있다. 만다라의 중심에 궁전이 있으며 세상을 사등분하는 네 개의 문을 가지고 있다. 만다라의 중심에 위치한 궁궐은 겹겹의 네모의 층들에 의해 보호되고 있다. 어떤 만다라는 네모가 아니라 타원형으로 구성되기도 하다. 이곳이 우주의 중심, 진리의 중심으로 보인다. 그리고 여러 가지 상징들이 보인다. 꽃, 벼락, 종, 바퀴, 다이아몬드, 이외에 확인할 수 없는 초월적 상징들과 힌두의 시바(Shiva)와 붓다. 산사(山寺)의 대웅전에 가보면 붓다를 둘러싼 무수한 제자들의 모습도 만다라의 일환이라고 본다.

그런데 만다라는 힌두나 불교에만 적용되는 것이 아니다. 기독교에서도 만다라 상징이 보인다. 그것은 그리스도가 네 사람의 복음 전도자에 의해 둘러싸인 것.5) 만다라의 상징들을 통해 억겁(億劫)의 흐름 속에 단속(斷續)적인 인생을 살아야 하는 하루살이로서의 인간이 얼마나 영원과 불멸

---

5) Ibid., p. 224.

을 염원하는지 알 수 있다. 이런 점을 예이츠의 「비잔티움으로의 항해」 ("Sailing to Byzantium")에 적용해 보자.

저것은 노인을 위한 나라가 아니다.
서로 팔짱을 낀 젊은이들, 숲의 새들,
노래하고 있는 저 죽어가는 세대들,
연어가 튀는 폭포, 고등어가 가득한 바다,
물고기와 짐승과 새들은 여름 내내
지아비가 되고 태어나고 죽는 모든 것들을 칭송한다.
저 관능의 음악에 사로잡혀 모두
불로의 지성의 기념비를 외면하는구나.

That is no country for old men, The young
In one another's arms, birds in the tree
―Those dying generations- at their song,
The salmon-falls, the mackerel-crowded seas,
Fish, flesh, or fowl, commend all summer long
Whatever is begotton, born, and dies.
Caught in that sensual music all neglect
Monument of unaging intellect.

현상에 사로잡힌 군상들에게 결여된 것은 진정한 것이다. 이것을 [만다라] 결핍증이라고 볼 수 있는데, 현상을 구성하는 각가지 상징만으로 인간의 삶은 미흡한 것으로 시적화자는 표명한다. 물론 그것만으로 만족하는 인간들이 거의 전부이지만. "연어", "고등어", "짐승과 새"와 같이 지상에서 뛰노는 것들은 모두 현상 혹은 상징으로 볼 수 있다. 그러나 그것을 관장하는 보다 심원한 것을 시적화자는 욕망한다. 이것이 "불로의 지성의 기념비"가 암시하는 만다라일 수도 혹은 진리의 원형일 수도 있다. 아니면 사물을 운행하는 생명의 에너지로서 베르그송(Henri Bergson)의 [엘랑비탈(*elan vital*)에 대한 향수일 수도 있을 것이다. 그리고 "관능의 음악"은 말초적이고 감각적인 일상의 표명이라는 점에서 진리와 거리가 먼 인간들의 표층적인 삶과 연관된다.

9.3 개성화

인간은 누구나 꿈을 꾸며 꿈은 인격을 반영한다. 그런데 그것의 현시는 비합리적이고 비논리적이기에 해석이 어렵다. 꿈이 현실을 반영하기에 꿈을 해석하는 것이 인격을 파악하는 지름길이다. 꿈의 과정이 인격의 완성을 위한 [개성화(individuation)의 과정]이 된다. 다시 말해 꿈속에 수시로 등장하는 원형의 경고를 잘 청취하여 현실과 원만한 거리와 간격을 유지해야 한다는 것이다. 꿈의 중심에는 [자기](Self)가 도사리고 있으며, 이것은 의식을 반영하는 [자아](ego)와 구분된다. 그리스에서는 인간의 내적중심을 [다이몬](daimon)이라 불렀다. 그리하여 인간의 자아는 자기가 꿈에서 현시하는 메시지를 읽고 현실에 대비할 필요가 있을 것이다. 말하자면 자기의 현실화(realization)인 셈이다.

예를 들어 소나무의 씨는 자기에 해당하는 잠재성 혹은 전체성을 가지고 지상의 환경에 적응하여 현실세계에 자기의 모습을 드러낸다. 자기를 현실 속에 충분히 반영하는 것이 개성화의 목표이다. 누군가 나를 이끄는 존재가 있다. 나는 그를 볼 수 없지만 그는 나를 보고 안내한다.[6] 그가 나에게 던지는 메시지는 꿈을 통하여 전달하지만 나의 자아가 무지하기에 미처 알아내지 못하고 위기에 처한다. 꿈을 통한 자기의 메시지를 이해하는 사람들이 과연 몇 명이나 되겠는가? 만약 그랬다면 통찰력 있는 동방 박사들처럼 행운을 미리 기뻐하고, 고통회피의 인간의 본질에 입각하여 불운을 미리 대비할 수 있었을 것이다. 하지만 나를 지켜보는 자기를 이해 하기 위하여 집단의 이익을 배려하는 최대다수의 최대행복에 입각한 공리 주의적인 태도를 지양할 필요가 있다. 그것은 각자에게 부여된 자기가 전 체의 목표에 매몰될 필요는 없기 때문이다.

이에 대한 사례로 융은 장자를 인용한다.[7] 그것은 [목수가 길가의 늙 은 가죽나무를 보고 쓸모없는 나무이기에 고목이 되었을 것이라고 생각한 다. 그 후 꿈속에서 가죽나무가 현시하여 목수의 생각을 반박한다. 그것은 과일나무들은 그것들의 장점인 과일 때문에 오히려 사람들에 의해 훼손되 지만 자기는 인간들의 먹이가 되는 그런 장점이 없기 때문에 오래 목숨을 보존할 수 있었다는 것이다. 나아가 가죽나무나 과일나무나 인간이나 모 두 자연의 창조물로서 동일한데 굳이 목수가 가죽나무를 비난할 필요가 있는가?]이다.

이처럼 현실과 충돌하여 자신을 여하히 유지하고 발전하는 개성화의 과정에서 인간의 입장과 사물의 입장이 다르다. 위의 사례를 보았듯이 인 간과 사물의 입장은 상충할 수밖에 없을 것이다. 자연속의 사물이라는 점 에서 인간과 가죽나무는 유사하지만, 인간과 가죽나무 두 개체사이에 유

---

6) 『C. G. 융 심리학 해설』, p. 12.

7) Ibid., pp. 13-14.

사성과 상이점의 문제가 발생한다. 그러므로 각자는 서로 다르게 개성화를 위해 나아가지 않을 수 없을 것이다. 가죽나무가 어느 집의 기둥이 되든, 그냥 길가에 고목으로 존재하든 혹은 인간이 베토벤이 되든, 반 고호가 되든, 아이슈타인이 되든, 톨스토이가 되든. 인간도 상호 유사하지만 각자 다른 개성화의 과정을 추구하게 된다. 그런데 장자의 관점에서 자연 속의 인간이 개성화의 과정에 속하든, [접화군생](接化群生)의 과정에 속하든, 자연도태의 과정에 속하든, 결정론적으로 생성과 소멸의 과정일 뿐이다. 이렇듯 개성화의 정체는 아직도 모호하다. 그것은 마치 빛의 정체가 무엇인지, 진리의 정체가 무엇인지와 같다. 빛은 입자(particle)로 되어 있는지? 아니면 파동(wave)으로 되어 있는지? 그리고 영화 〈매트릭스〉(The Matrix, 1999)의 네오와 장자가 회의하듯 우리의 삶이 꿈인지, 현실인지? 여전히 흐릿하다.

인생의 과정에서 위기 시에 원형이 출현한다. 그것은 원이나 네모의 형태로 나타난다. 전자나 후자나 완전성을 함축한다. 그리하여 한쪽으로 치우친 삶을 균형감 있게 교정해야 한다. 그리하여 인생에 드리워진 그림자를 걷어내고 빛이 드리우는 삶을 사는 것이 개성화에 유익하다. 인간은 각자의 삶에 드리우는 그림자에 대해 부정적인 관점에서 바라본다. 하지만 융은 이를 비판한다. 그림자는 사람들이 원치 않는 원형적 자질이지만, 이것이 없다면 인격의 긍정적인 면도 인식할 수 없다는 것이다. 양지와 음지에서 후자가 전자보다 부정적인 것이 아니라 상호 공존하는 것이다. 그리하여 융은 인격의 일부로서 그림자의 정도, 즉 어둠의 정도에 따라 개성화의 과정을 조절해야 한다는 것이다.[8]

---

8) 『융 분석 비평 사전』, pp. 226-27.

말하자면 그림자는 자아와 상충하기에 상호 조절할 필요가 있는 것이다. 인간에게 그림자는 인간임을 확증하는 요소이기에, 만약 인간에게 그림자가 존재하지 않다면 빛과 같은 존재, 즉 천사가 될 것이다. 다윗에게 유부녀 "바세바"를 범하고 그것을 은폐하기 위해 그녀의 남편 "우리아"를 죽인 치명적인 범죄의 그림자가 없었다면 아마 다윗은 기고만장한 초인이 되었을 것이다. 이런 점에서 그림자는 내면의 요소로서 개성화 과정에서 자아를 조절하는 장치가 된다. 동양에서 음/양(yin/yang)은 하나이지 않은가?

자아의 윤리적인 측면을 추동하는 그림자라는 원형 외에 남성의 경우 내면의 이성적 원형으로 아니마를 의식하게 된다. 한국인의 관점에서, 왜 유럽남자들이 요즘 여성처럼 짧은 미니스커트를 착용하는가? 왜 여성처럼 긴 머리 가발을 착용하는가? 하는 의문이 든다. 이것도 아니마의 현시가 아닌가? 그리고 남성들이 성전환을 시도할 경우, 그들 내면의 아니마가 마그마처럼 분출하여 그들의 자아가 적절한 억압과 제어가 불능한 상태에서 발생하는 정체성의 비극으로 볼 수 있다. 물론 문화의 상대주의(relativism)에 입각하여 서로의 문화를 존중해야 하지만. 그리고 동서양에는 남성을 지키는 내면의 여성이 있었다. 이른바 구원의 여성으로 단테의 베아트리체(Beatrice), 성경의 마리아, 불교의 관음, 아서의 귀니비어, 융의 대모(Great Mother)를 상기한다.

이에 반해 남성을 파탄시키는 여성들도 있다. 일명 팜므 파탈(femme fatale)로서 그리스의 세이렌, 다윗의 바세바, 삼손의 데릴라, 독일의 로렐라이, 맥베스의 부인이 상기된다. 음악적으로 모차르트의 〈마적〉(*Magic Flute*)에 나오는 [밤의 여왕도 이에 포함될 수 있겠다. 아울러 한국에서 시골선

비의 한양 가는 길에 등장하는 구미호나 연산군의 장녹수가 상기된다. 나아가 영화 〈아마데우스〉(*Amadeus*, 1984)에 나오듯 모차르트가 재정적인 궁핍에 빠지자 아이들을 데리고 친정집으로 가버린 부인과 시인 엘리어트를 정신적 공황상태에 빠뜨린 부인 비비안(Vivienne Haigh-Wood)을 상기한다.

그런데 어떤 남성이 어떤 여성을 보자마자 사회적 조건과 상관없이 맹목적으로 사랑에 빠지는 경우가 있다. 이것도 아니마의 트릭이 아닌가 싶다. 남성의 아니마와 여성의 아니무스와 일치하는 경우 거부할 수 없는 운명적인 만남이 된다. 연산군이 그리 미모와 배경이 없는 장녹수를 후궁으로 맞아들인 경우 연산군이 많고 많은 젊은 궁녀 중에 하필 나이 많고 남성편력이 많은 장녹수를 선택한 원인도 연산군의 아니마 탓으로 본다. 괴테의 『젊은 베르테르의 슬픔』(*Die Leiden des jungen Werthers*)에 등장하는 베르테르로 하여금 자살케 하는 로테(Lotte)의 경우 그가 그녀에게 집착하는 이유가 그의 아니마 탓일 수가 있을 것이다. 그리고 시인 예이츠가 평생 사모한 여인 모드 곤(Maud Gonne)도 예이츠의 아니마에 해당한다고 볼 수 있다. 융은 아니마의 경우 4단계의 개성화를 도출한다. 첫 번째가 인간의 창조로서의 이브, 두 번째가 로맨틱하고 성적인 요소로서의 『파우스트』(*Faust*)의 헬렌, 세 번째가 에로스를 신성으로 고양시킨 마리아, 마지막은 성스럽게 지순한 지혜의 사피엔티아(Sapientia)에 해당한다.[9]

개성화의 과정에서 여성들은 그들 내면의 남성으로서 아니무스의 현시를 겪는다. 그것은 선과 악의 모양으로 현시된다. 남성의 아니마가 어머니의 영향을 받는 것처럼 여성의 아니무스는 아버지의 영향을 받는다. 아니무스의 원형이 등장하는 경우는 이러하다. 어떤 여성이 남성과 교제하

---

9) 『C. G. 융 심리학 해설』, p. 53.

고 있는 경우 꿈속에서 긍정적이거나 부정적인 계시가 등장하든지, 아니면 일상 속 문화적인 양상으로부터 긍정적이거나 부정적인 계시를 우연히 접할 수가 있다. 그 남성이 백설 공주와 신데렐라를 구하는 왕자님으로, 아니면 악인으로 나타난다. 아니무스도 아니마와 마찬가지로 4단계의 개성화 과정을 밟는다. 우선 힘의 인격화로 정글의 황제 타잔, 그 다음이 로맨틱한 남성 혹은 전쟁영웅으로 시인 셸리와 헤밍웨이, 3단계에서 언변의 대가인 로이드 조지, 마지막에 정신적 지주로서 인도의 간디와 연관된다.[10] 부정적인 아니무스의 사례로 『더버빌가의 테스』(*Tess of the d'Urbervilles*)에 나오는 알렉(Alec), 긍정적인 아니무스의 사례로 『죄와 벌』에 나오는 창녀 소냐를 사랑한 라스콜니코프(Raskolnikov)를 들 수 있다.

아니마와 아니무스를 넘어 핵심적인 원형으로서 자기(the Self)에 이른다. 이 원형은 남성에게 지도자, 수호자, 현인으로 현시하고, 여성에게 마녀 혹은 대지의 여신으로 등장한다. 크리슈나, 제우스, 붓다 등이 완전한 인격을 가진다. 서구에서는 예수가 완전한 자기의 원형이다. 그리고 사물로서의 자기는 돌, 거울 같은 것이다. 예이츠 시에 등장하는 청금석(lapis lazuli)도 자기를 현시하는 신비로운 물질이다. 그리고 숫자 4가 완전, 완성을 지향하는 4가지 방면을 지시한다. 미개인은 자기를 발견하기 쉽다. 그 이유는 자기를 왜곡하는 기호가 부재하여 즉물적으로 사물을 감지하기 때문이다. 그러니까 미개인은 본능을 가진 짐승과 다름없는 상태이지만, 문명인은 자기와 분리되고 이를 위장하는 자아를 가지고 이중적으로 살아가기에 이런 분열된 자아의 상태에서 자기를 찾기가 쉽지 않다. 조정과 조화의 원형으로서의 자기가 처한 환경은 녹록지 않다. 남/녀 양성으로 분화되

10) Ibid., p. 70.

어 있고, 리비도를 함축한 이드의 발호를 견제해야 하고, 각종 원형들의 양상들을 제어하고 조절해야 한다.

자기의 최종목표는 자아의 조화로운 관리가 될 것이다. 동양에서 말하는 음양의 조화를 담당하고 있다. 이런 점에서 융은 장자를 인용하여 [너무 많은 쾌락은 양(陽)이 너무 승(昇)한 상태이며, 너무 많은 고통은 음(陰)이 너무 승한 상태라고 본다.[11] 이때 자아의 경솔과 고통의 비극을 방지하기 위해 자기의 개입이 절대적으로 필요하다. 이는 자아와 자기의 상보성의 원리가 아닐 수 없고 마음과 물질의 상보성, 주관과 객관의 상보성에도 적용된다. 이것이 융의 말하는 개성화의 과정에서의 [양극(兩極)구조이다. 융 이전에 양극원리를 발견한 사람은 헤라클레이토스(Heraclitus)이다.[12]

예를 들어, 양극인 마음과 물질의 관련성을 의미하는 것이 동시성이다. 진정한 마음을 가지고 축수하니 물질이 발생하고, 누구에 대해서 생각하니 그 사람이 등장하는 경우. 추상을 통해 구체를 실현하는 황당한 경우. 이것은 원인과 결과를 중시하는 서구의 사상이 아니다. 인간은 누구나 원형이라는 야생의 불, 원시의 불을 안고 살아가기에 이 불을 적절히 조절하기 위한 자기의 역할이 필요하다. 이 불은 긍정이기도 부정적이기도 하다. 열정 혹은 정열이라고 부를 수 있는 불은 창조의 불과 파괴의 불로 나누어진다. 생명의 불이 되기도 죽음의 불이 되기도 한다.

자기가 원형들을 적절하게 다루어 인간은 자기를 실현(self-realization)하게 된다. 이는 개성화의 마지막 단계이며, 개인이 도달하기 어려운 경지이다. 융이 보기에 신의 은총을 입는 소수의 자들에게 해당된다고 본다.[13]

---

11) *The Tao of Jung: The Way of Integrity*, p. 71.
12) 『칼 융의 심리학』, p. 86.

성경에 나오는 에녹, 아브라함, 노아, 이사야, 모세, 요나, 야곱, 다윗, 베드로, 바울 등. 그리고 인도의 붓다와 간디, 중국의 혜능, 그리스의 소크라테스와 플라톤도 이 대열에 가담할 것이다. 그런데 억조창생(億兆蒼生) 가운데 왜 소수만이 자기를 획득하는 경지에 오르는지 증명할 수는 없을 것이다. 자기가 원형의 영향력을 받는 자아를 적절히 통제하며 타자들에게 유익한 영향력을 행사하는 것은 초인적인 일이다.

이 순간 상기되는 것이 시인 엘리엇이 주장하는 [몰개성 이론](impersonal theory)에 나오는 백금[저재]과 황산[소재]이다. 황산(H2So4) 속의 백금(platinum)은 상호작용하여 가스[작품]를 생산한다. 이러한 점에서 변하지 않는 기준으로서의 자기[백금]는 순수한 원형[황산]을 통제하여 만인에 선한 행동[가스]을 낳는다. 이때 가스는 인간의 내면에서 분출되는 야성의 원형을 현실에서 의식하고 수렴하는 결과물이다. 원형을 의식으로 수렴하는 일은 인간의 사명이다. 여의치 않을 경우 히틀러, 스탈린, 모택동 같은 늑대인간이 등장할 것이다.

따라서 인간은 내면에서 솟구치는 야성을 억누르고 사회에 합당한 절제된 행동을 수행해야 하기에 인간이 현실을 유지하기 위해 수반되는 고통과 갈등은 필수적인 것이다. 그래서 불교에서 말하는 [인생은 고해(苦海)]라는 말은 타당하다. 쾌락이 고통의 시작이고 고통은 쾌락의 시작이기에 일체개고(一切皆苦)[14]는 인간의 운명이다. 그런데 인간이 개성화의 과정을 통해서 공동체의 상생을 유지할 수 있다는 점에서 프로이트가 제기하는 욕망의 억압과 승화를 통한 개인의 정상화(normalization)와 연관되어

---

13) Ibid., p. 207.

14) 사람들이 삶의 무상(無常)과 무아(無我)를 깨닫지 못하고 불멸영생에 사로잡혀 백팔번뇌의 고통에 사로잡혀 있음을 가리키는 말.

있는 것이다. 개성화의 주체인 자기는 자아를 통해 공동체와의 소통을 시도하고, 그렇지 못할 경우 심각한 신경증(neurosis)을 겪게 된다.

9.4 융의 꿈

꿈은 의식과 무의식을 통해 나타난다. 그것은 무의식이 무의식 자체로는 인간이 꿈이라고 표명하기가 어렵기 때문이다. 꿈을 꿈이라고 말할 수 있는 것은 무의식이 의식을 통해 드러낼 때 비로소 가능하다. 그러니까 꿈은 완전히 무의식의 소산이 아니라 의식의 옷을 입고 인간의 의식 속에 등장한다. 그러기에 꿈을 완전한 꿈이라고 말하기도 어렵고 무의식과 의식이 뒤섞인 불완전한 꿈이 되는 것이다. 꿈과 현실의 상관성에 대해 프로이트가 여러 차례 언급하였다. 이른바 욕망억압의 꿈 작용(dream works) 혹은 꿈 놀이이다. 그것을 압축(condensation)과 대체(displacement)로 요약할 수 있지만 더 간단하게 은유(metaphor)와 환유(metonymy)로 볼 수 있겠다.

　이렇듯 꿈은 현실을 대체하고 왜곡시킨다. 그러기에 꿈속의 상황을 해석하기 어려운 것이다. 꿈의 해석에 대해 성경에도 여러 건이 나온다. 야곱의 꿈, 느부갓네살의 꿈, 다니엘의 꿈, 동방박사의 꿈 등이다. 인간이 무의식의 상황인 꿈을 통해 잠시 무의식을 체험할 수는 있지만 무의식 속에서 영구적으로 거주할 수는 없을 것이다. 꿈은 현실의 불만을 보상한다. 그래서 악인이 선인의 꿈을 꾸고 선인이 악인의 꿈을 꾸는 것은 일리가 있다.

　꿈은 인간의 의식에 대응하는 무의식의 현시 혹은 반응이다. 융은 꿈을 희랍극의 형식으로 보았다.[15] 장소, 시간, 인물로 구성된다. 융은 프로이트가 사용한 자유연상(free association)을 사용하지 않고 상상의 [확대] 혹은 [확충](amplification)이라고 부르는 방법을 사용했다. 일명 의식의 원태(原態)적 확산. 이것은 개인적인 상황을 신화적, 역사적인 차원으로 확대시키는 것이다. 꿈의 내용을 문자 그대로가 아니라 은유적으로 검토하는 것이다.[16]

환언하면, 꿈의 내용을 개인차원에서 벗어나는 것으로 본다. 그러니 프로이트가 말하는 꿈이 개인적 차원의 억압의 소산이라는 주장을 융이 반박하는 것이다. 융이 현상의 배후로서 원형을 주장하기에 꿈이 개인적인 차원이 아니라 원시적인 차원으로 확장된 것으로 마땅히 보아야 할 것이다. 예를 들어 용이 꿈에 나타났을 때 이것은 분명히 개인적인 체험이지만 개인적인 차원을 벗어나는 해석이 필요할 것이다. 프로이트는 꿈에 대해 [왜? 어디에서?]라는 물음으로 시작하지만 융은 원형이 [무슨 목적으로?]라는 물음을 시작한다.[17] 무의식을 발견한 프로이트가 심연의 무의식의 정체에 대해서 개인적인 심리차원으로 제한하여 접근했다는 점이 아쉽다.

융의 견지에서, 의식은 명료한 현재에 대응하고 무의식은 흐릿한 미래를 예시한다고 본다. 전자는 개인적 차원에 속하고, 후자는 집단적 차원에 속한다. 융은 회화적으로 상세한 꿈은 개인적인 차원을 의미하고, 단순한 심상을 제시하는 꿈은 우주적인 차원을 암시한다고 본다.[18] 그런데 꿈은 의식의 제어나 통제를 뛰어넘어 시공간을 가로지른다. 다시 말해 꿈은 각자의 내면의 실상을 보여주는데 우리는 이를 제대로 포착하지 못하고 몇몇 분석가들의 천편일률적인 해석에 의존한다.

---

15) 『칼 융의 심리학』, p. 131.
16) 『융 분석 비평 사전』, p. 30.
17) Ibid., p. 139.
18) Ibid., p. 143.

그러나 이들의 해석을 완전히 신뢰할 수는 없을 것이다. 꿈이라는 원형의 텍스트는 보는 사람에 따라 다양하게 해석이 될 것이다. 구조주의자들은 도식적으로, 후기구조주의자들은 변덕스럽게 바라볼 것이다. 특히 필자의 꿈을 살펴보면, 똥이나 시체를 봤을 경우 대부분 금전적 이익과 연결되는 경우가 많았다고 감히 말할 수 있다. 그 많고 많은 상징 가운데, 똥, 시체는 필자의 무의식이 필자에게 계시의 상징으로 선택한 것이다. 참으로 신비롭지 않은가? 꿈의 해석에 있어 객관적인 측면과 주관적인 측면이 있다. 전자는 꿈꾸는 자의 외부적인 요소를, 후자는 꿈꾸는 자의 내부적인 요소를 반영한다.[19] 예를 들어, 꿈꾸는 자의 부모나 친지가 꿈에 나타나는 경우는 후자에 속하고, 꿈꾸는 자가 대통령이나 호랑이를 만났을 경우 전자에 속한다. 그러나 전자나 후자나 모두 무의식이 계시하는 상징의 반영임에는 분명하다고 본다.

그런데 꿈의 해석을 무 자르듯이 배추를 썰 듯이 명확하게 할 수는 없다. 그것은 각자가 당면하는 일상이 다양하기에 그에 따른 무의식의 반응이 다르므로 공통적인 범주 혹은 요소로 환원시킬 수 없기 때문이다. 한 가지 분명한 것은, 꿈은 인간의 의식에 대한 무의식의 계시나 경고는 분명하지만, 이에 대한 해석은 전형적이고 상투적인 관점의 분석가보다는 꿈을 꾸는 자의 몫이지만, 꿈꾸는 자의 능력에 따라 꿈의 암시를 간파하기도 간과하기도 한다. 이와 관련하여 로마의 줄리어스 시저(Julius Caesar)는 암살당하기 전날 부인의 꿈을 통해 무의식의 계시를 받았으나 이를 무시하고, 원로원에 참석했다가 참변을 당했다고 한다.

---

19) Ibid., p. 145.

9.5 융의 성(性)

융의 성과 프로이트의 성, 그 무엇이 다른가? 융은 자신의 책『추억, 꿈, 회상』(*Memories, Dreams, Reflections*)에서 제5장 전체에 걸쳐 프로이트의 성욕론을 다루고 있다. 여기서 융은 프로이트의『꿈의 해석』에서 억압기제 (mechanism of repression)의 중요성을 발견한다. 그는 프로이트가 억압의 원인을 주로 성적 트라우마(trauma)로 봄으로써 이견을 발견한다. 스승과 달리 융은 성적인 문제를 부차적인 문제로 본다. 융에게 주요한 문제는 사회적응, 삶의 환경, 정체성이다. 이 문제를 스승인 프로이트에게 전달했으나 수용되지 않았다. 융은 프로이트와 두 가지 주제에 대한 이견을 표출했다. 그것은 태곳적 흔적(archaic vestiges)과 성욕(sexuality)의 원인. 사람들이 보기에 융이 프로이트보다 성욕에 덜 신경을 썼다고 보는 것은 오해라는 것이다. 융의 관심은 생물학적인 차원을 초월하여 하나님에 이르는 신령한 차원을 탐구하는 것이다. 그래서 프로이트의 성욕에 대한 연구는 융의 초인을 지향하는 목표에 크게 미흡한 것이다.

융은 강박 신경증(obsessional neuroses)에 대해 심오한 해석을 내놓았다. 프로이트의 개인 무의식에 대한 융의 회의가 있다면 융의 학문적 입지가 위태로울 것이라는 주변 학자들의 지적이 있었다. 그럼에도 융은 프로이트가 제기한 것이 진리라면 그와 학문적인 운명을 함께 할 것이라고 결심했다. 하지만 그는 모든 신경증들이 성적억압 혹은 성적외상에 의해 야기된다고 생각지 않았다. 과거 한동안 융은 자신의 학문적 입장과 상반되는 프로이드의 성애론을 지지했다. 혹시 융이 프로이트의 신경증과 성적 억압의 관계에 대한 지식이 부족하지 않았는지 모르겠다. 프로이트의 성애론이 그럴듯하게 보였지만 융은 확신을 할 수 없었다. 삶의 동기로서의 범성론(pan-sexuality)에 저항하는 종교적 인간의 영성 혹은 욕망을 승화하려는 예술가의 영성에 대해 프로이트는 의심했으며, 그것을 억압된 성욕의 발로(發露)라고 진단했다. 그런데 성애론은 사실 심리-성욕론이며, 만약 프로이트의 이론이 타당하다면 인류의 문명은 소극(笑劇)에 그치고, 억압된 성욕의 병적인 증상의 신파극(新派劇)으로 볼 수밖에 없을 것이다. 그것은 실존주의자들이 느끼는 운명의 저주이며 더 이상 논의가 가치가 없을 것이다. 융이 영향 받은 프로이트의 성애론의 실체는 다음과 같이 정리해 볼 수 있다. 그것은 나이에 따른 성애의 정도와 사회적 영향을 파악하는 과정이다. 혹은 생리학적인 성애가 기호학적으로 변형되는 [포르트-대(fort-da)의 과정일지 모른다.

---

[1] 구강기(Oral stage): 빨기, 물기, 삼키기 — 소외 발생

---

[2] 항문기(Anal stage): 배변처리 — 미추의 발생

---

[3] 남근기: 오이디푸스(남아), 엘렉트라(여아) — 성징의 인식

---

[4] 사춘기: 성적충동의 승화 — 운동과 취미

---

[5] 사춘기 이후: 욕망의 억압, 성욕의 억제 — 정상화, 사회적 윤리

문명이 신에 의해 인간에게 수천 년 전에 강제되었을 때, 남녀를 구분하여 성적억압의 토대 아래 구축되었다. 이것이 인간의 성욕을 억압함으로써 인간의 자유가 구속되었다고 보는 니체(Nietzsche, Friedrich Wilhelm)가 비판하는 일종의 윤리의 계보학(genealogy of ethics)이다. 남녀를 성징으로 구분하여 관리하는 것이 인간들을 쉽게 통제하는 방법일 것이다. 자연스럽게 인간의 무한한 성욕으로 인한 무질서를 통제할 필요가 발생했을 것이다. 이런 점에서 프로이트는 그의 범성론이 절대 권력의 치하에서 지난 수천 년에 걸친 인간의 노예화를 방지하는 수단이 될 수 있다고 본다. 국가가 국민의 고유한 성애를 막을 재간이 있는가? 프로이트는 성의 신비주의(occultism)화 혹은 권력화를 대비하기 위해 굳건한 범성론을 구축했다. 그것은 논박을 불허하는 말 그대로 프로이드가 확신하는 절대적인 도그마(dogma)로 볼 수 있다. 그런데 융이 보기에 프로이트가 두려워하는 것은 생물학적인 차원의 범성론에 일종의 신비주의적인 요소가 투사되는 것이다. 그는 신비주의적인 차원을 [진흙의 검은 물결](black tide of mud)[20]이라고 불렀다.

프로이트는 범성론을 일종의 성벽으로 혹은 방어벽(bulwark)으로 보아 전 세계의 인류에게 전파하려고 애썼다. 그런데 그의 이론이 물론 고지식한 점이 있고 독선적인 점이 있지만 인간 공동체의 질서를 유지하는 데 크게 기여하였음을 인정하지 않을 수 없다. 유사 이래, 성의 억압이나 성의 승화(sublimation)가 없이 인간의 공동체가 평화를 유지할 수 있겠는가? 인간의 성욕이 마음껏 행사된다고 할 때 약육강식이 자행되지 않겠는가? 이때 여성(Helen)의 남성(Paris)으로의 종속, 즉 성의 노예화로 발생한 대표

---

20) http://strangeattractor.co.uk/events/freud-jung-and-the-black-tide-of-mud/.

적인 사건인 트로이 전쟁이 상기된다. 그런데 성욕의 억압으로 인한 신경증(neurosis)의 발생은 인간이 감수할 수밖에 없는 운명이다. 아니면 공동체의 안녕과 질서를 담보할 수 없기 때문이다. 만약 자기의 아내를 강자(强者)가 빼앗아 가면 어쩌겠는가? 대들면 목숨이 위태로운데 어쩌겠는가? 그래서 프로이트의 범성론의 파급효과 혹은 결과를 부정적인 시각으로 바라볼 수만은 없을 것이다.

프로이트의 오이디푸스 콤플렉스가 실천이 안 된다면 전 세계의 가정들이 근친상간으로 인한 아비규환의 상태에 빠질 것이다. 가정이 무너지고 공동체가 무너지고 국가가 무너지고 족보 없는 원시상태로 변할 것이다. 그래서 프로이트의 오이디푸스 콤플렉스를 비판하는 뿌리(rhizome)의 탈주를 외치는 자유분방한 들뢰즈(Gilles Deleuze)와 그의 추종자들은 무책임하게 [오이디푸스 콤플렉스]만을 비판하지 말고, 반드시 그 대안을 제시하고 비판해야 할 것이다. 성욕의 무조건적인 탈주를 수수방관 혹은 권장하면 과연 인간 공동체가 여하히 유지 발전될 수 있겠는가?

그리하여 프로이트는 공동체의 존속을 위해 문화를 통해 성욕을 문화의 통 속에 가두어버렸고, 인간의 성욕을 관리하는 상징적인 인물은 오이디푸스이다. 마치 하나님이 세상을 파괴하는 마귀를 지하의 무저갱에 가두었듯이. 이런 점에서 방종으로 흐르기 마련인 인간을 성욕의 광란에서 해방시켜준 자가 프로이트가 되는 셈이다. 성욕이 조절된 통제된 인간이 정상적인 인간(normal human-being)이 된다. 이것이 인간의 정상화(normalization)이다. 만약 그렇지 못할 경우 인간은 정상화의 기관에서 정상화의 과정을 거쳐야 하다. 인간의 정상화를 담당하는 기관이 병원, 학교, 군대, 감옥, 종교, 가정인 것이다. 정상화의 수단은 체벌, 약물, 교재,

체육, 금식, 예배, 감금, 포상 등이다.

영화 〈빠삐용〉(*Papillon*, 1973)을 보면 조직을 이탈하는 비정상적인 죄수를 장기간 독실에 가두어 공동체의 규율에 복종시킨다. 또 태국의 경우 사춘기의 아이들을 사찰에 의무적으로 수용하여 일정기간 수양의 과정을 거치게 한다고 한다. 그리하여 아이들은 사춘기의 분출하는 성욕으로부터 절제하는 법을 아는 자율적인 인간(autonomous human-beings)으로 거듭난다.

그런데 융은 프로이트의 물리적인 에너지로서의 성욕을 신비로운 원형과 연계시킨다. 융의 성욕은 무엇에 의해 좌우되는가? 그것은 프로이트의 범성론에 비해 융의 원형론이며 그것을 세 가지 요소로 구분해 볼 수 있겠다. 프로이트가 주장한 연령에 수반되는 특이한 성적증상이 아니라, 인간의 심연에 위치한 두 원형인 아니마와 아니무스 그리고 인간의 궁극적인 원천이자 고향인 대모(Great Mother)의 지시를 따라야 한다. 융이 보기에 성욕은 파종과 수확을 미덕으로 하는 땅의 정신(chthonic spirit)의 발로이다. 누가 뭐라고 해도 생명의 창조에 기여하는 성적인 에너지를 프로이트의 추종자인 빌헬름 라이히(Wilhelm Reich)는 [오르곤 에너지](orgone energy)라 불렀다. 융이 보기에, 프로이트의 범성론은 분명히 신비주의적 요소가 분명히 존재했지만 스승이 무슨 영문인지 생물학적인 차원으로 격하해버렸다.

실례로, 오이디푸스가 누구인가? 신탁(神託)에 의해 아비를 죽이고 어미를 차지한 신화적인 불효자 아닌가? 융이 보기에 성욕도 영성을 포함하고 있다고 본다. 물론이다. 성욕은 인간의 구체성을 결정하는 요소이기에 구체성이 없다면 인간의 영성이 어찌 존재하겠는가? 비유가 적절할지 모르지만, 성욕을 단절하기 위하여 성기를 절단한 선승(禪僧)을 선승이라 말할 수 있겠는가? 성욕은 인간에게 유혹의 빌미를 제공하기에 선승이 숭고한 득도에 이르는 과정에 방해요소가 된다. 이는 마치 불교신화에서 보리수 밑에서 명상 중인 석가의 법열을 방해하지만 그 법열을 완성하는 요소로서 일종의 마귀인 셈이다. 예수도 광야에서 40일 동안 신적인 차원이 아니라 육적인 차원에서 사탄이 유혹하는 식음의 욕망을 극복하지 않았던가? 동양적으로 성욕은 생명을 탄생시키는 음(Yin)의 기운을 의미한다고 본다. 그러니 사물의 창조 조건으로서의 성욕을 동물적인 차원으로 격하시킬 수만은 없을 것이다. 그것은 신성한 성욕으로 태어나지 않은 인간이 없기 때문이다. 그리고 탄트리즘(tantrism)을 신봉하는 티베트 밀교(密敎)사원 혹은 인도 힌두사원의 벽면에 성욕이 적나라하게 현시되는 장면들을 조각해 놓지 않았는가? 그래서 성욕을 창조적인 영성으로 볼 수 있다.

이런 점에서 프로이트의 말에 따르면 성욕은 삶의 동기이다. 탐욕적인 성욕에 의하지 않은 인간이 없으므로. 인간은 일상에서 천국 같은 나른한 삶을 살아갈 수가 없다. 대신 쾌락과 고통이 교차하는 가운데 살아야 하는 것이다. 그것은 쾌락이 없다면 고통이 없고 고통이 없다면 쾌락이 없기 때문이다. 삶이 늘 일정하다는 것은 에너지의 기복이 없다는 것으로 이는 항상성(homeostasis)의 세계, 즉 죽음을 의미한다. 욕망을 배태한 인간들이 과연 이런 불변의 환경 속에 살기를 희망하겠는가?

인간이 살아야 하는 곳은 야성을 억압하는 원형이 견제하는 문화의 세계이다. 컴퓨터 내부에 이미 프로그램이 탑재된 것처럼 인간의 내면에 문화무의식인 랑그가 탑재되어 있는 것이다. 그것을 내장시킨 주체는 아마

빌 게이츠(Bill Gates)가 아니라 빅뱅의 주체일 것이다. 우주의 초월자 운행자. 그래서 인간은 아침에 기상한 후 야기되는 여러 문화적인 상황에 처하여 야성을 적절히 조절하여야 한다. 그것은 쾌락과 고통, 삶과 죽음이 교차되는 상황이다. 성욕은 윤리에 반하는 물질적인 의미가 강하지만 한편 그것은 초월자의 섭리로서 생명을 창조하는 숭고한 진리가 된다. 그래서인지 프로이트는 융에게 범성론을 절대 포기하지 말라고 당부했다. 범성론이 융이 중시하는 생명의 신비한 요소를 내포하고 있으므로. 그러나 인간의 삶에 대한 이론이 프로이트의 범성론이든 융의 원형론이든 어느 것이 정당하다고 말할 수는 없을 것이다. 그것은 인간이 어디까지나 상호주관적이고 자기중심적인 삶을 살아야 하기 때문이다.

:10 C. G. 융의 원형(2)

프라이(Northrop Frye), 프로스트(Robert Frost), 샌더버그(Carl Sandburg),
스티븐스(Wallace Stevens), 박목월(朴木月), 경허(鏡虛)의 오도송(悟道頌)

10.1 프라이의 원형

원형의 접근에 대한 두 가지 논의가 있다. 문학적 접근과 정신분석학적
접근. 전자에 해당하는 연구자로서 노스롭 프라이가 우선적으로 상기되고
후자는 칼 융이 선구자인 셈이다. 그래서 문학비평의 측면에서 프라이가
바라보는 점과 인간비평의 측면에서 융이 바라보는 측면을 대조하면 흥
미로울 것이다. 문학이나 인간이나 사실 역사와 사회를 반영하는 텍스트
로서 손색이 없을 것이고, 살아있는 유기체와 죽은 무기체라는 점에서 차
이가 있을 뿐이다. 인간이 살아있다 죽으면 일대기 혹은 연대기의 문학으
로 변환될 것이다. 그러니 인간이나 문학이나 텍스트로서 타자로부터 비
평을 받게 된다. 이런 점에서 우선 프라이의 원형비평의 근간이 되는 정
전인 『비평의 해부』(*Anatomy of Criticism: Four Essays*)를 전체적으로 일별

할 필요가 있으나, 분량이 방대하여 전체의 내용을 일일이 언급하기가 어려울 것이다. 필자가 가지고 있는 영문판 위에 먼지가 잔뜩 쌓여있다. 한때 학위논문과 과제를 위해 많이 참조하였으나 지금은 먼지가 그 무관심을 증명한다.

프라이가 토로한 유명한 말은 [문학이 자동시스템을 구축한다] (Literature constitutes autonomous system)라는 것이다. 이 말이 문학이 원형이라는 시스템으로 구성되어 있음을 함축한다. 그것은 프라이가 [해부]라는 말을 구사하듯이 문학을 체계와 계열로 분석한다는 것이다. 그리하여 프라이는 문학에 대한 4가지 체계적인 접근 경로를 제시한다. 역사주의 비평: 양식의 이론(Historical Criticism: Theory of Modes), 윤리비평: 상징이론 (Ethical Criticism: Theory of Symbols), 원형비평: 신화이론(Archetypal Criticism: Theory of Myths), 수사비평: 장르이론(Rhetorical Criticism: Theory of Genres)을 호머(Homer)에서 조이스(James Joyce)의 텍스트에 적용한다.

그런데 프라이는 평자들로부터 혹독한 비판에 직면한다. 한마디로 말하여 그의 접근방식은 역사로부터 소외된 탈-역사적인 방식이라는 것이며, 한편 문학을 욕망의 주체로 본다는 점에서 프라이를 선호하는 평자들도 있다. 『비평의 해부』는 1982년에 나온 『위대한 코드』(*The Great Code*)로 대체되었다. 이 책도 그의 원형이론과 무관치 않다. 그 주요 내용은 서구문학의 원형은 어디까지나 성경이라는 것이다. 그 주제는 창조주의 섭리, 선과 악의 대결, 영웅의 사명, 악인의 최후에 관한 것으로 공동체의 수호를 지향한다. 그의 일관된 주장은 비평이 과학이라는 것이다. 과학이 범주와 양상을 존중하기 때문이다. 물리학자들이 우리의 삶으로부터 추락 혹은 낙하라는 중력의 법칙을 추적하듯이 비평은 새로운 독서 경험에 대한 독특하고 귀납적인 관점을 추구한다.

첫 번째 에세이에서, 프라이는 다섯 가지 양상(mode)1)으로 문학을 진단한다. 우선 신화적인 양상에서 인물은 신과 동등하게 세상과 독자들을 능가한다는 것. 그 다음으로, 낭만적인 양상에서 주인공은 자신의 환경을 극복하는 영웅으로 그려진다. 그러나 신이 아니라 여전히 인간이다. 그 다음으로, 상위 모방적 양상인데 주인공은 존경받는 인물이다. 그러나 자신의 환경보다 초월적이지 않다. 그 다음이, 하위 모방양상인데, 인물은 만인평등과 같이 동일하다. 마지막으로 아이러니한 양상인데, 인물이 평균수준 이하에 해당한다. 불량배와 악당, 배신자, 매춘부, 고리대금업자 같은 밑바닥 인생들.

두 번째 에세이에서, 상징의 작용에 대해 5가지로 접근한다. [모티브](motif)에서 상징은 작품 자체의 역할과 연관되고, [기호](sign)에서는 상징이 작품 밖의 무엇과 연관되고, [이미지]에서는 작품 밖을 지시할 뿐만 아니라 특별한 느낌을 환기시킨다. [원형]에서 상징이 시대를 가로지른다. [모나드](monad)에서 상징은 인간본성과 같은 보편적인 것을 지시한다. 그러므로 작은 국면에서 큰 국면으로 전환되는 점이 있고, 텍스트 자체에서 인간성으로 범위가 확대된다.

---

1) [mode]에 대한 다양한 의미가 발생하기에 인접어와 대조할 필요가 있다. method, mode, manner, way, fashion, system mean the means taken or procedure followed in achieving an end. method implies an orderly logical arrangement usually in steps./ effective teaching methods/ **mode implies an order or course followed by custom, tradition, or personal preference.**/ the preferred mode of transportation/ manner is close to mode but may imply a procedure or method that is individual or distinctive./ way is very general and may be used for any of the preceding words./ fashion may suggest a peculiar or characteristic way of doing something./ system suggests a fully developed or carefully formulated method often emphasizing rational orderliness. [https://www.merriam-webster.com/dictionary/mode]

세 번째 에세이에서, 신화에 대해 다룬다. 그가 보기에 신화는 상징의 집단이다. 때때로 이미지는 선/악과 같은 거대한 구성 속에서 발생한다. 프라이는 그것을 이미저리의 형태로 다룬다. 신의 세계의 이미저리, 인간세계 이미저리, 동물세계 이미저리, 식물세계 이미저리 등. 여기서 이미지는 각개의 영상이며 이미저리는 이미지의 군집된 형태이다.[2] 프라이는 이미저리를 4가지 형태 혹은 국면으로 구분한다. 그것은 봄/여름/가울/겨울이다. 이는 봄의 탄생에서 겨울의 죽음에 이르는 1년 동안의 삶의 주기를 의미한다. 그는 이 계절의 주기를 문학과 연계시킨다. 봄을 희극(comedy), 여름을 로맨스(romance), 가을을 비극(tragedy), 겨울을 풍자(satire)로 본다.

네 번째 에세이에서, 프라이는 장르에 관심을 둔다. 그것을 문학의 기능이 제시되는 기본적인 형식으로 정의한다. 프라이에 따르면, 네 가지 장르로 나뉜다. 드라마는 무대 위에 배우에 의해서 제시된다. 에포스(epos)는 청중을 향해 시인에 의해 낭송되는 작품이다. 리릭(lyrics)은 개별 시인으로부터 다른 개인에게 말해지는 작품이다. 신이나 연인에게 전달되는 것. 픽션은 소설처럼 지면(紙面)위에 인쇄된 작품이다. 프라이는 마치 프로이트가 인격을 지형학(topography)로 표시하였듯이 그의 접근방식은 지극히 구조주의적이다. 그것은 문학의 현상 이면에 자리하는 심층구조로서의 원형을 의식한 탓이다. 봄/여름/가을/겨울로 수렴되는 원형의 존재이유

---

2) **Image** is just one picture that is created through words in the mind of the readers for instance the she wolf stood before him and he could not move as he was terrified. On the other hand, **imagery** is plural form and is used when more than one images are traced in a work of art, then we call it imagery.

[https://www.quora.com/What-is-the-difference-between-image-and-imagery]

는 무엇인가? 이런 점을 <u>프로스트</u>의 「금빛은 머물 수 없다」("Nothing gold can stay")에 적용해 보자.

> 자연의 첫 푸름은 황금 빛.
> 간직하기에는 가장 어려운 빛깔.
> 새로 움튼 어린잎은 꽃;
> 겨우 한 시간 정도.
> 그리고는 잎은 잎으로 내려앉고.
> 그렇게 에덴동산은 슬픔에 잠긴다,
> 그렇게 새벽은 낮이 되고
> 금빛은 머물 수 없다.

> Nature's first green is gold,
> Her hardest hue to hold.
> Her early leaf's a flower;
> But only so an hour.
> Then leaf subsides to leaf,
> So Eden sank to grief,
> So dawn goes down to day
> Nothing gold can stay.

여기서 자연의 순환이 보인다. 그것은 프라이가 주장하는 사계(四季)의 순환이다. 영고성쇠이며 사물이 순환되는 법칙이다. "에덴동산"에서 축출된 이후 인간에게 부여된 비극의 악순환이다. 인간이 삶을 비극이라고 느끼는 것은 자신의 삶이 단속적이라는 것을 인정하지 못함으로 인한 것이다. 그런데 인간의 수명이 무한대로 늘어난다면 그것이야말로 비극이 아니겠는가? [맬서스 인구론]의 비극이 재현될 것이다. 인구 폭증에 따른 대규모 기아의 발생으로 지상은 아비규환의 콜로세움이 될 것이다. "황금빛"은 다른 빛으로 인하여 존재하고 "황금빛"만이 존재한다면 무료한 세상이 될 것이다. 마치 늘 육즙이 나오는 질 좋은 쇠고기를 먹는 부자들은 쇠고기에 질릴 것이다. 물질에 바탕을 둔 육체적인 삶은 물질의 변화에 따라 부침을 겪을 수밖에 없는 유동체이고, 그것이 사물의 원형이자 모델이다.

그리하여 인간들의 간절한 소망은 초월적인 힘에 의한 영생불멸이지만 알다시피 불멸의 태양을 숭배하던 고대 이집트의 파라오들도, 불로장생의 영약을 섭취하며 불멸을 꿈꾸던 진시황제도 이미 진토(塵土)가 되었다. 도식적이긴 하지만, 프라이가 주장하는 봄/여름/가을/겨울에 배태된 원형의 속성은 영고성쇠의 반복적 순환이 될 것이다. 사계(四季)를 순환시키는 초월적인 생명력이 바로 베르그송(Henri Bergson)이 주장하는 [엘랑비탈](Elan Vital)아닌가?

문학에 반영된 노스롭 프라이의 원형에 반해 융의 원형은 정신적 영상(mental image)들이 현실차원, 의식차원이 아닌 꿈, 환상, 비전을 무대로 등장한다는 것이다. 그런데 이것은 현실에 존재하지 않는 초월적인 비현실적인 것이기에 신화적인 형상과 연결된다. 원형에는 지각할 수 없는 원형과 현실화된 원형으로 구분한다. 전자는 현상을 추동하는 에너지로 존재하고 후자는 그 에너지의 정체가 흐릿하지만 가시화되는 것을 의미한다. 그러므로 원형은 의식을 지배하고 의식의 흐름을 저울질한다. 금융기관에 종사한 시인 엘리엇이나 카프카의 경우, 현실을 충족시키는 물질의 길을 계속가지 못하게 가로막고 문학으로 안내한 것이 원형의 작용으로 보인다. 이는 원형이 집단적인 원시 에너지이지만 개별의식에 반영된다는 점에서 의인화됨을 보여준다. 원형의 현실적 적용사례를 들면, 병아리가 독수리를 피하며, 악어새끼가 태어나자마자 수영을 하고, 연어가 고향으로 돌아오고, 인간은 말을 하고 무슨 영문인지 특정 신체부위를 가린다. 이렇듯 원형은 생리적이고 심리적인 면을 가지고 있다. 하지만 원형은 의식과 달리 개인적인 차원에 존재하지 않는다.

원형은 정의하기가 모호하다는 점에서, 진리, 실재, 기원에 근접하다는 점에서 플라톤의 이데아와 가깝다.[3] 이런 점에서 의식, 자아는 비본질적인 현상으로 본질적인 원형의 지배하에 놓이게 된다. 니체(Nietzsche, Friedrich Wilhelm)는 인간이 꿈속에서 고대인들의 생각을 감지할 수 있다고 본다. 현대인과 고대인을 분리시키는 것은 시간/공간의 장애물이니 이것이 제거된 꿈의 공간이야말로 과거와 현재를 이어지는 타임머신(time machine)이 아니겠는가? 영화 〈백 투 더 퓨처〉(Back to the Future, 1985)에 나오는 과거로 이동시키는 물리적인 기계장치는 현재의 물리법칙, 즉 뉴턴과 아인슈타인이 제기하는 시공의 절대성과 상대성 법칙에서 불가능하게 바라보는 인간신체의 공간이동에 따른 문제로 인하여 허황되게 보인다. 인간의 신체를 현실에 두고 인간의 의식만이 멋대로 유영(遊泳)하는 꿈의 공간이 원형이 잠복하는 태고의 과거로 향하는 심리적인 기계장치가 아니겠는가? 물론 인간들이 태고로 돌아가 조상의 원형을 대면한다고 하여 생/로/병/사의 궁극적인 현실에 대한 인간의 치명적인 운명에 대해 근본적인 대책이 있겠는가? 오히려 에덴에서 축출된 이후 반복된 생/로/병/사가 원형의 궁극적인 명령임을 인정해야 하지 않겠는가?

---

3) 『칼 융의 심리학』, p. 68.

10.2 연금술과 원형

연금술(alchemy)의 공식은 한마디로 [융합]이다. 그럼에도 연금술을 어렵게 생각한다. 납덩어리로 황금을 만들 수 있다는 허황된 믿음의 문서저장고. 그러나 연금술은 중세 마법사의 전유물이 아니라 인간의 일상에 버젓이 행사되고 있다. 남녀가 성교를 통해 융합하여 새로운 생명을 창조하고, 인간들은 매 끼니마다 여러 가지 음식물을 흡입하고 저작하고 그것이 위장 속에서 융합되어 새로운 유해한 혹은 유익한 물질을 창조한다. 구체적으로 침(saliva)에서 분비되는 아밀라아제(amylase)는 밥을 맥아당이나 포도당으로 분해하는 효소이며, 내장에서 분비되는 락타아제(lactase)는 우유를 소화하기 위한 효소이다. 이것이 인체에서 자동적으로 작동되는 연금술이다.

또 한국의 한의사들은 산천의 식물들을 융합하여 인체를 치료한다. 현재에도 한의사들이 참조하는 한국의 동/식물 융합에 관한 연금술 정전이 [동의보감(東醫寶鑑) 아닌가? 한국의 전통음식가운데 비빔밥도 식재료 연금술의 일환이다. 동물과 식물의 결합. 또 기업적인 측면에서 하드웨어와 소프트웨어는 구체적이고 추상적인 조직의 융합이 된다. 가장 근본적인 융합은 몸과 마음의 융합이다. 데카르트가 일도양단(一刀兩斷)식으로 몸과 마음을 구분하였지만 사실 몸과 마음은 일체라야 제 기능을 수행한다. 융합의 정신은 몸과 마음의 일체, 부부지간의 일심동체, 기독교의 삼위일체의 정신이다.

유사 이래 연금술은 이중적인 노선을 지향한다. 그것은 화학(chemistry)적인 측면과 신비주의(Hermeticism)적인 측면이다. 전자는 물질적인 측면이며, 후자는 종교적인 측면이다. 여기서 융이 심리적인 측면을 파생시킨다.

말하자면 원형심리학의 일환으로서의 연금술이다. 그런데 인간은 추상을 통해 구체를 생성시키려는 욕망을 가지고 있다. 제갈공명이 조조의 군사를 무찌르기 위해 동남풍을 기원하고 한국의 어머니들이 절간에서 삼천배(三千拜)를 통해 자식들의 부귀공명을 염원한다. 이것은 연금술의 일상적 실천이며, 일종의 피그말리온의 효과(Pygmalion's effect)라고 볼 수 있다. 그리하여 마술이 아니라 삶의 방편으로서의 연금술이 적용되는 분야는 형이상학과 형이하학에 두루 미친다. 화학, 야금학(metallurgy), 물리학, 약학, 점성술(astrology), 천문학(astronomy), 기호학, 신비학, 심리학, 문학 등.

연금술은 물질의 융합으로 물리적인 인과(causation)를 초월하는 기적을 창조한다는 점에서 인간적인 영역에 초월적인 능력을 초대한다. 인성과 신성의 융합. 영화 〈벤허〉(Ben-Hur, 1959)의 마지막 장면에 나오는 문둥병 모녀가 치유되는 기적은 간절한 기도와 신성의 결과를 의미한다. 인간은 직관, 통찰, 소망, 염원을 통해 신성에 접근하여 이심전심의 기적을 창조한다. 이때 인간은 신성의 통로인 기도를 통해 자기부정의 속죄과정을 거쳐 세속의 페르소나(persona)를 탈각하고 신성을 수용할 순수한 의식을 견지해야 한다. 한국의 절간에서 삼천 배를 올리는 아낙네들이 목욕재계(沐浴齋戒)를 하거나, 성경에 나오는 요단강에서 신자들이 신체를 세척하고 세례의 은사를 받듯이. 이것도 연금술의 행동강령에 속하는 정화(purification)와 변형(transformation)의 과정이다.

연금술이 번성한 곳은 서양의 경우 파라오가 태양신을 섬긴 고대 이집트가 될 것이다. 화학과 야금술에서 파생된 합금, 염료, 향료, 보석이 파라오의 사후를 보장하는 도구와 장치가 된다. 중동에서는 원형의 수리적 상징으로서 아라비아 숫자를 창조해냈다. 숫자도 구체적 상황을 반영하는 연금술의 추상적 수리적 장치임이 분명하다. 숫자는 행동에 수반된 시간의 양과 길이를 측량하는 수단이다. 원래 [alchemy]라는 말은 아랍인들이 만든 용어이고 그것은 광의적으로 이집트인의 기술을 의미한다. 중세와 르네상스 시대를 거쳐 연금술은 서구사회에 전파되어 카발라주의자, 장미회원, 점성가, 마법사에 의해 발전되었다. 그것은 두 가지 영역으로 분류되었다. 세속적인 것과 신비한 것. 세속적으로 연금술사들은 비천한 물질인 납을 황금으로 바꾸는 작업을 시행했다. 신비한 차원에서 연금술사들은 일종의 자기부정(self-denial)을 통해 자기의 비천한 부분을 제거하고 계몽(enlightenment)의 황금빛을 받으려고 하였다. 이 시대에 정신적 정화가 부패하는 물질의 세속적 변형을 방지하는 지름길이라고 보았다. 이는 예나 지금이나 자기부정을 통하여 세속의 목표를 달성하려는 것이다.

영화 〈다빈치 코드〉(*The Da Vinci Code*, 2006)에 나오듯이 자신을 채찍으로 학대하여 자신을 정화하려는 수도사 사일러스(폴 베타니 분)의 기이한 행동도 연금술의 실천에 다름 아니다. 연금술사들은 지상의 목표를 성취하기 위해 꿈, 영감(inspiration), 경전, 그리고 계시(revelation)에 의존한다. 그들은 자기들만의 비밀을 유지하기 위해 문자가 아니라 비밀스러운 상징들로 그들의 작업을 기록했다. 연금술은 비천한 금속을 황금으로 변형시키기 위한 기술이지만, 질병과 불로장생에 대한 처방을 발견하는 수단이었다. 영화 〈향수: 살인자의 추억〉(*Perfume: The Story of a Murderer*, 2006)에 나오듯 만인들에게 사랑받는 뇌쇄(惱殺)적인 향수를 만들기 위하여 산천의 온갖 재료를 채집하고 나아가 어린 여성들마저 재료로 삼는 주인공 그루누이의 비행(非行)도 일종의 연금술적인 기벽이 아닐 수 없다.

연금술은 중세 이전의 유럽에서 미래를 점치는 점성학(astrology)과도 연결된다. 우주와 인간의 조화로운 관계를 설정하고 그 결과를 각자의 이기심에 이용하려 했다. 점성학은 인간과 별과의 관계를 타진하는 것이다. 연금술과 점성학의 공통점은 우주의 중심이 되는 초월적 주체에 의존한다는 것이고, 하늘과 땅에서 발생하는 모든 사태들이 그 절대자의 의지를 반영하는 것이라고 본다. 전 세계적으로 연금술은 신비적, 철학적, 과학적인 요소가 중첩되는 복합적인 비술(祕術)이다. 그것의 목표는 특정한 사물을 정화시키고, 성숙케 하고, 완성시킨다. 최종 목표는 비천한 금속을 황금으로 변형시키기(chrysopoeia), 불멸의 생명수(elixir)를 제조하기, 만병통치약(panaceas)을 제조하기, 모든 금속을 녹일 수 있는 용액(alkahest)을 제조하기, 모든 것을 가능케 하는 [철학자의 돌](philosopher's stone)을 만들기, 무엇보다 연금술사의 궁극적인 목표는 사물의 구성요소인 지/수/화/풍의 근원이 되는 제1의 질료를 만드는 것이었다.

기억할만한 중세 유럽의 연금술자는 파라켈수스(Paracelsus)인데 이 이름은 1세기 무렵의 로마의 연금술사 [켈수스]를 패러디하고 접두어 [para]를 붙였다. 이 이름의 뜻은 [켈수스를 능가한다]라는 뜻이다. 연금술의 지지층은 두 갈래로 나누어진다. 생활철학을 선호하는 대중(the exoteric)과 그노시스(gnosis)적인 신비를 추구하는 소수의 식자층(the esoteric). 전자는 화학, 약학, 속임수(charlatanism), 일상 철학, 생활 종교와 연관되며, 후자는 신비주의, 심리주의, 심령술, 고도의 형이상학과 연관된다. 이런 점을 관념의 시인 스티븐스의 「키웨스트에서 질서의 개념」("The Idea of Order at Key West")에 적용해 보자.

그녀는 바다의 재능을 초월해 노래했다.
바다는 결코 정신 혹은 목소리로 형성되지 못했다.
전적으로 육체인 것처럼, 자신의 빈 소맷자락을
펄럭이면서도; 그리고 바다의 모방의 몸짓은
계속적인 외침을 만들었고, 계속적으로 외침을 야기했다.
비록 우리는 그것을 이해했지만, 우리의 것은 아니었고,
비인간적인, 진정한 바다의 소리였다.

바다는 가면이 아니었다. 그녀도 더 이상 가면이 아니었다.
노래와 바다는 혼합된 소리가 아니었다.
그녀가 노래하는 것은 그녀가 듣는 것임에도
그녀가 노래한 것은 낱말 하나하나 내뱉은 것이기에.
그녀의 모든 말속에서 철썩거리는 바다와
헐떡이는 바람이 동요를 일으켰을 뿐.
그러나 우리가 들은 것은 그녀였지 바다가 아니었다.

She sang beyond the genius of the sea.
The water never formed to mind or voice,
Like a body wholly body, fluttering
Its empty sleeves; and yet its mimic motion
Made constant cry, caused constantly a cry,
That was not ours although we understood,
Inhuman, of the veritable ocean.

The sea was not a mask. No more was she.
The song and water were not medleyed sound
Even if what she sang was what she heard,
Since what she sang was uttered word by word.

It may be that in all her phrases stirred
The grinding water and the gasping wind;
But it was she and not the sea we heard.

여기서 소리 혹은 노래가 구분된다. 사람의 노래와 바다의 노래. 어느 것이 더 좋은가? 물론 사람들은 인간의 소리보다 자연의 소리라고 말할 것이다. 불가피하게 자연 파괴의 원죄를 안고 살아가는 그들은 자연의 소리가 생태학적이고 인체에 유익하다고 본다. 그렇다면 사람의 노래는 저주의 노래에 불과한가? 디트리히 피셔 디스카우(Dietrich Fischer-Dieskau)의 「겨울 나그네」("Die Winterreise")는 저주의 노래이며, 조수미의 「오 사랑하는 나의 아버지」("O Mio Babbino Caro")는 저주의 노래이던가? 그렇지 않다. 인간은 자연의 소리, 바다의 노래를 듣기 위해서 태어난 것이 아니라 자신의 노래를 듣고 살아야 하는 운명을 짊어지고 지상에 태어났기 때문이다.

밀물과 썰물(ebb and tide)의 현상으로 일관되는 바다의 반복적인 동작도 인간의 인식에 의하여 포착되기에 바다의 동작과 소리도 사실 바다 본연의 것이 아니다. 그러니까 인간이 향수하려는 바다라는 실재는 인간사유의 결과물에 불과한 것이다. 따라서 바다는 인간과 무관하게 존재하는 사물자체에 해당한다. 영화 〈퍼펙트 스톰〉(The Perfect Storm, 2000)에서 어부들을 삼킨 무자비한 바다는 말이 없는 것이다. 폭풍우 몰아치는 바다위에서 상상력이 풍부한 혹은 신앙이 깊은 어부들은 요나(Jonah)의 기적을 갈구한다. 그러므로 인간이 청취하는 것은 바다의 소리가 아니라 인간의 소리인 것이다.

바다와 인간은 더 이상 피상적인 현상으로서의 "마스크"가 아니다. 사실 그것이 전부이다. 바다와 인간에 대한 심층의 의미를 부과하는 것은 실상에서 유리된다. 인간의 소리와 바다의 소리는 결코 융합되는 것이 아니다. 그것은 인간이 바다를 마음속에 수용하여 [제2의 바다]를 창조하기 때문이다. 인간에게 회자(膾炙)되는 바다는 본래의 바다가 아니라 일종의 연금술적인 재생의 과정을 거친 인식적인 혹은 기호적인 바다이다. 따라서 바다는 인간의 "말속에서 철썩거리는" 숭고한 이데아가 된다. 그것은 바다가 언어화되지 못하면 그것은 더 이상 인간에게 바다가 아니기 때문이다. 노자(老子)가 말하듯, 도(道)를 도라고 말하는 순간 그것은 더 이상 도가 아니고, 역으로 "바다"를 "바다"라고 말할 수 없을 때 그것은 더 이상 "바다"가 아니다. 환언하면, 자연은 순수하게 인간의 눈앞에 놓일 수 없다. 인간의 오감(五感)에 포착되는 순간, 인간의 입으로 표현되는 순간, 자연은 인간의 무한한 의식과 융합되어 연금술적인 대상으로 거듭난다.

10.3 선(禪)과 심층심리학

융은 일본의 선사(Zen monk) 스즈키(Suzuki)와의 만남을 소중히 여기고 스즈키의 선에 대한 안목을 심층심리학(deep psychology)과 연관시킨다. 합리적인 서구인들은 비합리적인 선을 이해하기가 힘이 들것이다. 그것은 선이 서구인들이 선호하는 논리와 인과율을 무시하기 때문이다. 사물을 정확히 이해하는 것을 [관(觀)]이라고 하는데 이는 깨달음(satori 혹은 悟)을 의미한다.[4] 융은 선에 대한 일화를 소개한다.[5] 어느 비구(比丘)가 선사에

---

4) 이와 달리 관(觀)하면 마음이 구속된다는 점에서 오히려 사물에 대해 [관하지 않는 것이 자유로이 보리(菩提)에 접근하는 길일 수 있다(『禪思想』, pp. 69-70).
5) 『융 心理學과 동양종교』, p. 87.

게 물었다.

도(道)의 길로 들어가는 입구가 어디냐고. 그러자 선사는 묻는다. "그대는 시냇물 소리를 들었는가?" 이에 비구가 그렇다고 하자, 선사는 그곳에 도에 이르는 길이 있다고 했다. 이는 갠지스 강물소리를 진리의 소리로 바라보는 헤르만 헤세의 『싯다르타』의 한 장면과 유사하다. 융은 선을 천착하는 비구들의 깨달음을 인정하고, 이를 사물의 이치를 깨닫는 불성(buddhahood) 혹은 완전한 자아를 획득하는 자성(自性)으로 보며, 보리(Boddhi)와 반야(prajñā)도 이와 동일한 계열에 있다고 본다.[6] 그리고 전자를 대우주인 브라만(Brahman)으로, 후자를 소우주로서의 아트만(atman)으로 볼 수도 있겠다. 융의 관점에서 전자는 개성화(individuation)의 성취로 볼 수 있고, 후자는 원형의 자기(the self)에 근접한 순간으로 볼 수도 있겠다.[7] 만약 인간 모두가 이런 경지에 이른다면 어떤 세상이 되겠는가? 그렇다면 도솔천(兜率天)이 아니라 지상에서 자아와 우주의 합일이 이루어지고 삶은 생/로/병/사의 단서를 제공하는 고통의 현장이 아니라 열반의 파라다이스가 될 것이다.

그런데 이런 고통의 인연이 끊어지는 삶은 종족의 번식과 오감을 통한 삶의 열락과 무관한 무색무취의 삶이 되겠기에 과연 존재의 이유가 있을지 미지수이다. 인간이라는 존재는 고통의 향유를 통해 존재의 이유를 발견하기 때문이다. 그러므로 인간은 근본적으로 외부내부의 환경에 처하여 학대받는 피학주의자(masochist)들이다. 매 순간 경기와 경쟁을 통하여 물질을 쟁취하고 성취감을 느끼는 것이 인간의 생존목적이다. 타자를 공격

---

6) Ibid., p. 88.
7) 융은 선(禪)과 분석심리학의 목적이 같은 것으로 생각한다. 그것은 에고의 소멸에 근거한다(The Tao of Jung: The Way of Integrity, p. 115).

하지만 타자의 제물이 되는 것이 인간의 원형적 속성이다. 따라서 본질적인 오장육부를 만족시켜야 하는 것은 생물학적 삶의 근본적인 동기가 된다. 엄연히 위장이 존재하고, 성기가 존재하는데 음식과 이성을 거부한다면 창조주의 섭리를 부정하는 셈이다.

융은 서구철학의 관점에서, 기독교의 시각에서 선을 이해하기가 어렵다고 토로한다.[8] 당연히 그럴 것이다. 선은 서구인들이 고수하는 이성과 합리를 벗어나는 그야말로 파격적인 진리추구의 방식이기 때문이다. 그리고 선은 비구 홀로 공안(koan)을 철저히 성찰(省察)하며 자아 속의 기존관념과 투쟁하는 방식이기에 모든 것을 하나님께 의탁하는 기독교와 다르다. 그런데 융은 선에 대한 긍정적인 인식 외에도 선을 획득했다는 경지에 대해서 회의한다.[9] 과연 깨달았는지 아니면 환상 속에 빠진 것은 아닌지. 다시 말해, 각성(覺醒)을 했는지 아니면 꿈을 꾸고 있는지 모호하다.

선을 획득하는 상황에 대해 돈오돈수(頓悟頓修)와 돈오점수(頓悟漸修)가 있지만[10] 이 상황에 대해서도 비구에 따라 입장이 구구하다. 선은 단박에 깨치는 것 혹은 선은 서서히 깨치는 것이다. 최근에 입적한 합천 해인사 성철 선사는 전자를 주장하고, 고려시대 보조국사 지눌은 후자를 주장한다. 융은 동양의 선에 필적할 만한 철학의 주제가 서구에 없음을 통탄한다.[11] 그런데 자기부정을 통해 진리에 접근하려는 선의 방식처럼 자아

---

8) *The Tao of Jung: The Way of Integrity*, p. 91.

9) Ibid., p. 95.

10) The term **subitism** points to sudden enlightenment, the idea that insight is attained all at once. The opposite approach, that enlightenment can be achieved only step by step, through an arduous practice, is called **gradualism**. [wiki.com]

11) *The Tao of Jung: The Way of Integrity*, p. 96.

의 고착성에서 벗어나려는 시도가 서구사회에서 완전히 부재한 것은 아니다. 기존의 고답적인 구조를 반성하고 해체를 주장하는 포스트구조주의(poststructuralism)의 입장도 있고, 최근 들뢰즈(Gilles Deleuze)가 주장하듯이 고정된 지점으로부터의 탈주를 주장하는 유목주의(nomadism)도 있다. 이것은 모두 자성의 지속적인 소송(on trial)과 연관되었기에 선수행의 과정으로 볼 수 있다. 나아가 선의 획득은 모든 관념으로부터의 해방을 의미하기에 이와 비슷한 내용이 성경에 나와 있다. 그것은 [진리가 너희를 자유롭게 하리라[12]이다.

그렇다면 선을 획득하는 각성의 상태는 어떠할까? 그것이 무엇을 의미하는 것일까? 선승들이 식음을 전폐하고 공안을 붙들고 깊은 명상 가운데 갑자기 [유레카!](Eureka)를 외치며 일필휘지(一筆揮之)로 선시를 갈겨쓴다. 이를 오도송(悟道頌)이라 부른다. 그런데 그것은 논리적이지도 합리적이지도 않는 기승전결이 부재한 황당한 글이다. 그런데 그것을 감찰하여 선을 획득했음을 공인할 사람은 아무도 없다. 득도의 상황을 확인할 심사위원회도 없고 오직 자신만이, 아니면 고도의 선지식만이 인식할 뿐이다. 그것은 논리적으로 합리적으로 수렴할 수 없는 오리무중(五里霧中)의 것이다. 마치 광인의 넋두리 같은 것. 다음은 성철이전의 선승 경허(鏡虛, 1849-1912)의 오도송이다.

> 문득 콧구멍이 없다는 말을 듣고
> 문득 삼천세계가 내 집임을 깨닫도다
> 유월 연암산 아랫길
> 야인이 아무 걱정 없이 태평가를 부르노라

---

12) 요한복음 8: 32.

忽聞人語無鼻孔(홀문인어무비공)

頓覺三千是我家(돈각삼천 시아가)

六月燕巖山下路(유월연암 산하로)

野人無事太平歌(야인무사 태평가)

　어색한 해석을 할 필요 없이 염화시중의 미소로 이심전심의 방식으로 느껴야 할 오도송에 대해 굳이 해석을 하자면, "콧구멍"이 없다는 것은 인간의 이목구비에 대한 구분이 없다는 것이다. 마치 영국의 표현주의 화가 프랜시스 베이컨(Francis Bacon)이 그린 일그러진 사람의 얼굴처럼. 어디가 콧구멍이고 눈구멍이고 귓구멍인가? 미녀와 추녀의 기준은 무엇인가? 누가 이 기준을 만들었나? 우주 속에서 인간이 만든 사물에 대한 자의적 임의적 규정이 과연 의미가 있는가? "삼천세계"와 "나"는 원래 일체화된 상태이다. 전자는 브라만의 세계이고 후자는 아트만의 세계이다. 후자는 전자에 수렴된다. 그러므로 우주와 일심동체인 인간이 굳이 생/로/생/사의 고해(苦海)를 의식할 필요가 없을 것이다. 생/로/병/사는 "나"의 소산이고 자연은 "나"와 하나이기에. 그럼에도 인간들은 이목구비가 반듯함을 자랑하고 그렇지 못함을 경멸하여 갈등을 자초한다. 정상적인 인간과 비정상적인 인간이 아웅다웅한다. 이렇듯 생/로/병/사에 대한 인간의 고민은 사실 찻잔 속의 폭풍(a storm in a teacup)인 셈이다.

　그런데 불립문자의 공안에 몰두한 선승의 비합리적인 오도송과 비교할 수 없는 신비한 계시가 성경에 등장한다. 그것은 사도행전에 나오는 방언(tongue)이다. "그때에 갑자기 하늘에서 세찬 바람이 부는 듯한 소리가 나더니, 그들이 앉아 있는 온 집안을 가득 채웠다./ 3 그리고 불길이 솟아오를 때 혓바닥처럼 갈라지는 것 같은 혀들이/ 4 그들에게 나타나더니, 각

사람 위에 내려앉았다./ 5 그들은 모두 성령으로 충만하게 되어서, 성령이 시키시는 대로, 각각 방언으로 말하기 시작하였다.[13] 그러나 차이는 있을 것이다. 오도송은 인간내면의 소리이며, 방언은 천국의 계시로 볼 수 있다. 양자의 공통점은 인간의 제도적인 문법을 파괴한다는 것이다. 한편 융의 견지에서 오도송을 선승이 명상가운데 내면 깊숙이 침잠하여 [늙은 현재(The Old Wise Man)의 원형을 대면한 결과물로 볼 수 있다. 마치 제주도 해녀가 바다 깊숙이 잠수하여 진주를 잉태한 조개를 캐어 해수면으로 올라오듯이. 심연에서 지상으로 건져 올린 선승의 오도송에 대한 융의 생각은 인간이 자연을 자연 그대로 보는 상황이라고 본다. 말하자면 공안에 대한 무의식적 본성이 대답한 것이라는 것이다.[14] 다시 말해, 스핑크스의 수수께끼 같은 공안에 대한 원형의 반응이라는 것이다.

융이 스승인 프로이트에게 반기를 들고 원형이라는 생경한 주제를 붙들고 독립하였듯이, 선의 수행자들은 스승을 스승으로 생각하지 않고 진리의 훼방자로 생각한다. 그것은 [살불살조(殺佛殺祖)의 강령이다. 수행자가 부처를 만나면 부처를 죽이고 조사를 만나면 조사를 죽이라는 참으로 배은망덕한 말이다. 그럼에도 석가는 득도 후에 수많은 제자들을 거느리고 다녔으니 참 아이러니하다. 석가 타계 후 선지식 비구들도 주변에 수많은 제자들을 거느리고 다녔다. 석가의 금언을 전하기 위해 대규모의 야단법석(野壇法席)을 열기도 하고. 참선의 대립으로 알려진 [신수와 [혜능도 수많은 제자들을 배출했다. 수행자에게 석가나 조사 모두 진리를 가로막은 우상이기에 배척해야 한다는 것이다. 이런 점이 성경에도 나온다. 그것

---

13) 사도행전 2: 2-5.

14) *The Tao of Jung: The Way of Integrity*, p. 103.

은 우상숭배의 금지이다. 하나님을 의미하는, 지시하는 어떠한 상징도 인정하지 않는 것이다. 말하자면, 달(moon)을 보기 위해 달을 가리키는 손가락을 보지 말라는 것이다. 칼 샌더버그의 「안개」("Fog")를 통해 선의 정신을 살펴보자.

작은 고양이의 걸음으로
안개는 온다.
조용히 앉아
항구와 도시를
허리 굽혀 바라본 뒤
다시 일어나 걸음을 옮긴다.

The fog comes
on little cat feet.
It sits looking
over harbor and city
on silent haunches
and then moves on.

무미건조한 이 작품에서 선의 요소를 발견할 수 있는가? 각각 배치된 기후적 요소로서의 고양이 같은 안개와 지형학적 요소로서의 항구와 도시. 이 세 가지 요소들이 상호 독립적이라는 점에서, 또 작위적인 시도가 부재하다는 점에서 선적인 요소를 배태하고 있다고 볼 것이다. 마치 사물에 대한 심리적 접근을 배제하며 사물을 있는 그대로 인정하는 일본의 하이쿠(haiku)와 같은 상황을 보여준다. 마츠오 바쇼(松尾 芭蕉)의 하이쿠를 상기한다. "한 해 저무네/ 머리에는 삿갓 쓰고/ 짚신을 신으면서." 그것이 무위

(無爲)와 무상(無常)이다. "안개"가 "고양이"처럼 다가와 사물의 전경을 시시각각 바꾸지만, 안개와 고양이는 각각 존재하는 인간 주변의 사물로서 서로가 서로에게 영향력을 행사하고 있지 않다. 그런데 인간은 인간에게 영향력을 주고받는 결과 항구와 도시를 창조했다. 프로이트가 소파에 기댄 환자에게 상담(talking cure)을 통해 전이(transference)와 역전이(counter-transference)[15]를 유발하듯이. 인간이 세운 "항구"와 "도시"에 대해 "안개"는 수수방관한다. 지표 위에 일시 떠있는 물방울인 안개는 존재하면서도 존재하지 않는 실재의 모습을 띤다. 그것은 인간사회에 군림하는 비가시적인 초월자의 모습이며, 무위의 권력이자 심연의 욕망이다. 사물에 대한 인식이 왜곡되는 불투명한 상태를 지양하고 사물을 투시하는 듯 투명한 상태를 취한다. 이러한 점을 샌드버그의 「시카고」("Chicago")에 적용해 보자.

세계를 위한 돼지 도살자,
연장제작자, 밀 하역자,
철로에서 노는 아이들과 전국 화물 운송업자,
격정적이고, 억세고, 시끄러운,
넓은 어깨의 도시:
사람들이 너의 행실을 나쁘다고 말하는데 나도 그렇게 생각해,
왜냐하면 너의 분칠한 여인들이 가스등 아래에서 시골소년들을 유혹하는 걸 보아왔거든.
또 사람들은 네가 비딱하다고 하는데 내 대답도 그래, 사실 총잡이가 사람을 죽이고도 또 다시 유유히 살인하는 걸 보아왔거든.
또 사람들은 네가 잔인하다고 하는데 내 대답은 이렇지, 여인들과 아이들의

---

15) 독자가 텍스트를 분석하려는 시도가 [전이]이고, 이 과정에서 오히려 텍스트가 독자를 포획하는 것이 [역전이]이다.

얼굴에서 냉혹한 굶주림의 흔적을 보았노라.

이렇게 대답한 다음 나는 이 도시를 비웃는 자들을 향해 비웃음을 그들에게 되돌려주며 말한다.

활기차고 거칠고 강하고 영리한 것이 그렇게도 자랑스러워 고개를 쳐들고 노래하는 또 다른 도시가 있다면 어디 말해보시지.

쌓이는 일들의 고역 중에도 마력적인 욕설들을 내뱉는,

나약한 도시들에 뚜렷이 대조되는, 키 크고 대담한 강타자(强打者)가 여기 있다,

뛰어 나가고 싶어 연신 혓바닥을 내미는 개처럼 사납고, 황야와 대적하고 있는 야만인처럼 영리하고,

맨머리로,

삽질하며,

부수고,

계획하고,

세우고, 깨뜨리고, 다시 세우며,

매연 속에, 먼지투성이 입으로, 흰 이를 드러내며 웃는,

지독한 운명의 짐 아래에서도 젊은이처럼 웃어대는,

한 번도 진 적이 없는 무지막지한 투사처럼 웃어대는,

자신의 손목 아래에선 맥박이 뛰고, 늑골 아래에선 대중의 심장이 뛴다며 자랑스레 웃어젖히는,

하하하!

젊은이는 격정적이고, 억세고, 시끄럽게 웃어대며, 반나체로 땀 흘리면서, 돼지 도살자, 연장 제작자, 철로에서 노는 아이들, 전국 화물운송업자임을 자랑스러워한다.

> Hog Butcher for the World,
>
> Tool maker, Stacker of Wheat,
>
> Player with Railroads and the Nation's

Freight Handler;

Stormy, husky, brawling,

City of the Big Shoulders:

They tell me you are wicked and I believe them, for I have seen your painted women under the gas lamps luring the farm boys.

And they tell me you are crooked and I answer: yes, it is true I have seen the gunman kill and go free to kill again.

And they tell me you are brutal and my reply is: On the faces of women and children I have seen the marks of wanton hunger.

And having answered so I turn once more to those who sneer at this my city, and I give them back the sneer and say to them:

Come and show me another city with lifted head singing so proud to be alive and coarse and strong and cunning.

Flinging magnetic curses amid the toil of piling job on job, here is a tall bold slugger set vivid against the little soft cities;

Fierce as a dog with tongue lapping for action, cunning as a savage pitted against the wilderness,

Bareheaded,

Shoveling,

Wrecking,

Planning,

Building, breaking, rebuilding,

Under the smoke, dust all over his mouth, laughing with white teeth,

Under the terrible burden of destiny laughing as a young man laughs,

Laughing even as an ignorant fighter laughs who has never lost a battle,

Bragging and laughing that under his wrist is the pulse, and under his ribs the heart of the people,

Laughing!
Laughing the stormy, husky, brawling laughter of Youth, half-naked, sweating, proud to be Hog Butcher, Tool Maker, Stacker of Wheat, Player with Railroads and Freight Handler to the Nation.

여기서 허무한 상념이 부재하고 세포적인 정열이 느껴진다는 점에서 생에 대한 딜런 토머스(Dylan Thomas)의 관점을 공유한다. 작품 곳곳에 객관적인 사실들이 그냥 나열되어 있다. 마치 캔버스 위에 이질적인 것들이 병치되어 배치되는 콜라주(collage)의 실현. 이 점이 인위적인 관점을 배제하고 무위의 관점을 실현하는 선(禪)적인 요인이다. 시카고에서 길거리의 창녀가 지나가는 소년들을 유혹하고, 총잡이가 사소한 이유로 살인한다. 우리는 이런 현상들을 사회의 암적인 것으로, 부정적인 것들로 인식한다. 그러나 과연 이것이 부정적인 것일까? 동양에서는 사물을 음/양(yin/yang)으로 바라보기에 당연한 것으로, 불교에서는 인연 혹은 인과(causation)에 따라 이런 저런 사건이 발생하기에 긍정적인 혹은 부정적인 결과를 따질 수 없고 만남의 결과로 그냥 감수해야 한다.

시적화자는 시카고에 대한 자부심이 대단하다. 그러나 다른 사람들은 시카고의 이미지를 부정적으로 생각하는 듯하다. 사실 세상 어디에도 인간들에게 친화적인 바람직한 공간은 없다. 욕망의 인간이 거주하는 공간은 생존경쟁이 벌어지는 레드오션(red ocean)일 뿐이다. 인간으로 태어난 이상 "시카고"만이 잔인한 도시가 아니라 사실 모든 도시가 적자생존의 이념인 자연주의(naturalism)가 만연하는 잔인한 도시인 것이다. 환언하면, 시카고만이 삶의 잔인한 콜로세움에 해당되는 것은 아니라는 것이다. 시카고는 특별한 공간이 아니라 선적인 관점에서 사람들이 다투는 아비규환

(阿鼻叫喚)의 현장이며 시민은 제각기 비극적 주체일 뿐이다. 간단히 말하여, 세상에 유별난 것이 없다는 것이 선의 관점이다.

10.4 융과 영화 〈매트릭스〉

대체현실로서 [매트릭스]에 대한 개념은 동명의 이 영화에서 비롯된 것이 아니라 매체의 아버지 맥루헌(Marshall Mcluhan)의 1964년 『매체이해』(*Understanding Media*)라는 글에서 표명되었다. 그것은 이성과 논리가 르네상스 이후 산업기계화의 모든 프로그램의 토대와 양식을 형성하지만, 오히려 산업화된 사회의 유지에 필요한 기계적이고 파편적인 매트릭스 속에서 구성원 혹은 그 시스템 사용자의 마음과 감각을 폐쇄시킨다고 본다. 또 사이버픽션의 선구자인 윌리엄 깁슨(William Gibson)의 사이버펑크 계열의 소설인 『뉴로맨서』(*Neuromancer*)에서 [사이버스페이스]라고 불리는 인공적인 대체현실이 [매트릭스]로 사용된다. 한편 [매트릭스]는 티베트의 정전 『사자의 서』에서 사후에 수반되는 각성된 의식이 머무는 공간을 의미한다.

　[매트릭스]의 공간에서 네오(Neo)는 존재, 현실, 믿음, 지각, 자유에 대한 물음을 던진다. 이 다중의 감각적인 공간은 보드르야르가 말하는 가상공간이며, 예수의 신화에 대한 급진적인 재조명, 현실에 대한 지각의 반성을 유도한다. 모피어스(Morpheus)는 네오에게 [매트릭스]는 진리로부터 인간의 눈을 봉쇄하기 위해 덧씌워진 차양이라고 말한다. 그런데 인간이 존재의 기반이 되는 사회로서의 [매트릭스]를 부정하고 살아갈 수는 없을 것이다. 그런데 네오가 탐독하는 책이 사이버 세계의 선구자인 보드리야르

(Jean Baudrillard)의 『시뮬라크르와 시뮬라시옹』(*Simulacra and Simulation*)이다. 만약 네오가 악마의 공간으로 본 [매트릭스]를 파괴한다면 인간이 거주할 공간은 어디 있나? 그러기에 보드리야르는 인간들이 그들을 구속하는 장치로서의 [매트릭스]의 폐해를 알면서도 그곳을 떠나지 못하므로 그들은 단지 이념적 급진주의자(theoretical radicals)에 불과하다고 본다.

유달리 기억나는 이 영화 속의 대사 한마디는 "실재의 사막에 온 것을 환영합니다!"(Welcome to the Desert of the Real)이다. 그런데 "실재의 사막"을 "현실의 사막"으로 오인(誤認)할 수도 있다. 이 대사는 나중에 지젝(Slavoj Žižek)의 저서명이 되었으며, 당연히 보드리야르(Jean Baudrillard)의 주제를 함축한다. 이렇게 모피어스는 네오에게 현실에 대한 묵시론적 종말을 암시한다.

이때 [실재]는 시뮬라크르의 세 번째 질서이다. 시뮬라크르의 첫 번째 질서는 [모방]의 질서이다. 1차적 사물을 지시하는 2차적 그림과 원고 같은 것이다. 말하자면 반 고흐의 작품과 같은 유명한 회화를 위조하거나, 100달러 슈퍼노트를 위조하는 것도 마찬가지다. 시뮬라크르의 두 번째 질서는 [대량생산](mass production)의 질서이다. 단적으로, 세상에 오리지널한 것은 없다는 것이다. 이는 마치 유명한 회화, 말하자면 반 고흐의 작품 〈별이 빛나는 밤〉을 고성능 복사기로 무차별 복사하는 것과 같고, 이때 원본과 복사본의 차이는 거의 없다. 그리고 시뮬라크르의 세 번째 질서는 [하이퍼-리얼](hyper-real)의 질서이다. 그것은 세상에 유사한 것이 존재하지 않는 복제물이다. 이는 기호(code)와 모델 혹은 모형(model)으로 구축되며 사물을 진실하게 재현하려는 작가의 진정성을 거부한다. 이때 진짜(원본)보다 더 진짜 같은 가짜(재현)가 탄생한다. 다시 말해, [매트릭스]의 세계에서 가짜가 진짜보다 더 추앙받는다. 하지만 진짜와 가짜는 사실 연결된 것이다. 이런 점에서 우리가 진리와 허위를 말할 때 그 양자가 연결된 [뫼비우스의 띠](Möbius strip) 혹은 [보로메오 매듭](Borromean knot)을 상기한다.

컴퓨터 회사에 다니는 [앤더슨](Mr. Anderson)은 밤이면 [네오]라는 닉네임으로 활동하는 해커인데 그래서 그런지 낮과 밤이 다른 이중생활을 하고 있다. 그런데 네오는 늘 이상한 느낌에 사로잡힌다. 그것은 지금 현재의 삶이 실제인가? 아니면 가상세계인가? 하는 의구심이다. 이 와중에 모피어스라는 인물에 의해 [매트릭스](스스로 진화한 AI)라는 시스템에 의해 구축된 가상현실에서 벗어나게 된다. 그가 보기에 현실은 현존하는 실제가 아니라 가상현실이었다. 마치 영화 〈트루먼 쇼〉(The Truman Show, 1998)에서의 현실이 세트장처럼 조성된 가상현실이었듯이. 거대한 인공호수를 망망대해로 착각하고 필사적으로 노를 젓는 짐 캐리의 모습이 눈물겹다. 네오를 필두로 그 가상현실의 노예적 상황에서 탈출한 소수의 사람들은, 가상현실 속에 갇혀있는 대다수의 사람들을 구출해내기 위해 네오를 구원자로 지목하고 악마의 소굴인 [매트릭스]를 해체시키려 함께 투쟁한다.

내가 존재하는 이유는 과연 무엇인가? 내가 존재하는 환경은 누구의 기획에 의한 것일까? 인간이 존재하는 환경인 [매트릭스]가 존재한다는 점에서 인간은 구조주의의 한 요소이다. 그래서 이 구조를 해체하려는 시도는 자기부정일 것이다. 그럼에도 구조를 거부하는 탈-구조주의자들의 행위는 구조라는 추상기계를 해체한다기보다 그 불멸의 추상기계에 대해 다양한 불평을 토로하는 낭만적 수준에 머문다. 그것은 인간이 구조 속에 존재하면서 그 구조의 해체를 주장하고, 인간의 삶에서 구조라는 무대가 필수적인데 구조를 해체하려는 시도는 사실 어불성설이기 때문이다. 현재 인간은 컴퓨터가 조성하는 필요악(necessary evil)으로서의 [매트릭스]의 환경 속에 살고 있다. 미숙한 유아가 자연이 아니라 인큐베이터(incubator)에 목숨을 의존하듯이. 자동차, 비행기, 전차, 로봇 등 컴퓨터가 기획한 물건들에 인간이 의존한다. 모세(Moses)가 아니라 비행기의 자동항법장치가 인간을 목적지로 인도하고, 로봇이 인간을 치료하고 수술한다.

인간은 [매트릭스]로서의 컴퓨터라는 바보상자(idiot box) 속에 존재하는 가련한 존재 혹은 [뇌]라는 것이다. 그 상자 속에서 생각하는 인간은 회의한다. 내가 어디에 존재하는가? 내가 누구인가? 이른바 [통속의 뇌](brains in a vat or tub)의 사고. 이때 컴퓨터는 『파우스트』에 나오는 인간을 지배하는 비가시적인 악마로, 푸코가 말하는 비가시적인 국가감시체제인 파놉티콘(panopticon)을 의미하기도 한다. 이와 관련하여 대상에 대한 불신을 통해 확신을 꾀하는 [방법론적 회의](methodical doubt)를 제기한 데카르트(René Descartes)도 한때 악마가 지배하는 가식적인 세상에 살고 있지 않는지 회의했다고 한다. 간단히 말하여, 네오의 고민은 [나는 통속에 갇힌 뇌 같은 존재가 아닌가?]이다. 네오의 고민은 데카르트처럼 내가 의식의 주체가 되는 것이다. 그런데 과연 내가 내의식의 주체가 되는 것이 가능한가?

의견이 분분하지만, 이에 대한 구조주의자들의 인식이 타당하다고 본다. 그것은 인간의 의식 속에 선험적으로 잔재하는 타자의 흔적들, 원형의 단서들이 인간의 주체성을 담보, 결정하기 때문이다. 믿기 어렵지만, 인간의 의식은 타자의 의식으로 가득 차있다. 그것은 라캉(Jacques Lacan)의 타자의 담론, 융의 원형, 촘스키의 언어습득장치(language acquisition device) 같은 것이다. 원형의 영향력을 의심하는 전-언어적(pre-linguistic)인 단계는 말할 것도 없고, 바둑판같은 상대성의 게임에서 자아실현을 도모하는 인간은 스스로의 주체성을 주장할 수 없고, 타자의 담론에 의해 주체가 구성된다고 본다. 그리하여 인간은 스스로 주체적이고 독립적인 인생을 영위, 향유하는 것이 아니라 타자의 욕망, 타자의 주체성에 따라 적자생존의 방식에 입각하여 주변에 반응하고 치열한 생존경제를 극복해야 하는 [이기적 유전자(selfish gene)를 발전시키는 것이다. 그러니 네오가 아무리 저항해도 결국 매트릭스의 시나리오 속에 편입될 수밖에 없다. 다시 말해, 네오의 주체성은 타자성이며, 나아가 인간의 주체성은 공동의 윤리이기에 [나/남의 구분]이 없고 [나/남의 혼융]만이 있을 뿐이다. 그러니 인간의 삶은 누가 누구에게 자비와 시혜(施惠)를 베푸는 삶이 아니라 서로가 서로에게 필수적인 접화군생(接化群生)[16]의 삶이다.

이런 점에서 [저자의 죽음(Death of the Author)을 선포한 바르트(Roland Barthes)의 주장이, [텍스트 밖에 아무것도 존재하지 않는다(There is no outside-text)고 주장하는 데리다(Jacques Derrida)의 말이 상당히 타당하다. 나아가 동질적/이질적인 구분을 분쇄하는 융합의 사상인 의상(義湘)의 화엄사상(華嚴思想)과 상통한다. 화엄의 취지에서 인간세상은 환(maya)의 세계이며, 1과 다수, 다수와 1은 같은 것이다. 따라서 인간은 타자가 만든 통속에서 살아가야 하는 [통속의 뇌]가 되는 것이다. 간단히 말하여, 불교에

---

16) 신라시대 대학자 최치원(崔致遠)은 붓을 들어 '接化群生'이라고 일필휘지 했다. 말 그대로 [뭇 생명들이 만나서 변한다]는 것이다. 그가 부언하기를, "꽃 한 송이가 피려면 햇빛도 와야 하고, 나비나 벌도 와야 하고, 바람도 와야 하고, 비도 와야 하고, 또 벌레도 와야 하고, 땅속에 눈에 보이지 않는 미생물도 와야 하고, 소쩍새도 울어야 합니다. 꽃한 송이는 이렇게 수많은 관계가 얽혀서 마침내 만개합니다. 이처럼 사람도 수많은 관계 속에서 수많은 시련을 극복하고 나서야 비로소 인간구실을 할 수 있습니다." [http://cyw.pe.kr/xe/a2/944283]

서 복잡하게 말하듯 인간이 당면한 감각과 인식을 관장하는 18계[17]의 세상을 떠나, 인간의 감각은 인간의 인식을 통하여 간접적으로 파악되기 때문이다. 그리고 불교적으로 인간은 인간을 구성하는 오온(五蘊), 즉 색/수/상/행/식[18] 혹은 그리스적으로 지/수/화/풍의 4개의 물질로 구성되어 결국 자연이라는 궁극적인 타자와 융합하고 동화된다.

최근에 이르러 인생을 가상현실로 보는 보드리야르의 주장에 앞서 수천 년 전에 동양의 선승들은 인생이 환상임을 이미 간파하고 있었다. 만약 자연의 구성요소인 산, 물, 나무, 바다, 강이 인간의 인식체계를 떠나면 산, 물, 나무, 바다, 강으로 존재할 수 없을 것이다. 다만 자연의 즉물적인 요소로만 존재할 뿐이다. 그런데 자연의 구성요소인 산, 물, 나무, 바다, 강을 규정하는 것은 어디까지나 인간이지 자연이 아니기에 각각이 무의미한

---

17) 인간 존재의 18가지 구성 요소, 주관과 객관의 모든 세계. 6근(根)과 6경(境)으로 이루어지는 12처(處)에 6식(識)을 추가한 것. 이것은 감각적이거나 지각적인 인식을 감각 기관인 근과 대상 세계인 경(객관)과 식별 작용인 식(주관)이라는 세 범주로 분류하고, 다시 그 각각을 6종의 요소로 분석한 것이며, 무상과 무아의 교리에 근거하여 인식 작용을 고찰한 것이다. 즉 인식은 근과 경과 식에 의해 성립된다. 12처 중의 여섯 내적 영역(6근)에서 식별 작용을 각각 6식으로 따로 분류하고, 6근과 6경과 6식의 대응 관계를 명시한다. 이 대응 관계에 따라 '색깔과 형체'(色境)는 눈(眼根)을 거쳐 시각(眼識)에 의해, 소리(聲境)는 귀(耳根)를 거쳐 청각(耳識)에 의해, 향기(香境)는 코(鼻根)를 거쳐 후각(鼻識)에 의해, 맛(味境)은 혀(舌根)를 거쳐 미각(舌識)에 의해, '접촉되는 것'(觸境)은 피부(身根)를 거쳐 촉각(身識)에 의해, '생각되는 것'(法境)은 마음(意根)을 거쳐 '마음의 식별 작용'(意識)에 의해 인식된다. [https://kin.naver.com/qna/detail.nhn?d1id]

18) 색(色)은 형상과 색깔로서 형상 있는 모든 물체를 말한다./ 수(受)는 괴롭다·즐겁다·괴롭지도 즐겁지도 않다 등으로 느끼는 마음의 작용을 말한다./ 상(想)은 외계의 사물을 마음속에 받아들이고 그것을 상상하여 보는 마음의 작용, 곧 연상을 말한다./ 행(行)은 인연 따라 생겨나서 시간적으로 변천하는 마음의 작용, 곧 반응을 말한다./식(識)은 의식하고 분별하는 마음의 작용을 말한다. 여기에서 색은 인간의 육체요, 수·상·행·식은 인간의 마음이다. [네이버 백과]

사물이다. 자연의 관점에서 굳이 산을 흙이 높이 솟은 상태, 물을 유동성의 투명한 액체, 나무를 식물의 성장한 줄기로 규정할 필요는 없는 것이다. 결국 인간만이 사물의 본질과 경계를 규정할 뿐이다.

사물에 대한 이런 선입견을 제거하고자 하는 것이 인위적 사유의 판단 중지(epoche)를 선언한 현상학의 목표 아닌가? 따라서 자연의 사물은 인간의 인식체계에서만 존재하는 변화무쌍한 것이다(제행무상). 그리고 어디에도 [산과 물]이 존재하지 않는다(제법무아). 상징적인 혹은 실제적인 [산과 물]은 인간이 창조한 것이다(일체유심조). 전체론적으로, 원효가 토굴 속에서 마신 해골바가지의 물이나 그냥 바가지의 물이나 동일한데, 전자를 부정적으로 인식하여 역겨움을 유발하는 것이 마음의 작용인 것이다. 마찬가지로 사르트르(Jean-Paul Charles)의 인물 로캉탱(Roquentin)이 타자와의 접촉을 통해 [구토](嘔吐)를 느끼는 것은 타자에 대한 부정적 인식 때문이다. 이것이 인간과 자연의 융합을 방해하는 인식의 장애물이며, 사실 자연과 혼연일체(渾然一體)인 인간이 의식할 필요조차 없는 생/로/병/사의 공포를 주는 자가당착(自家撞着)인 것이다. 이와 관련하여 네오가 한 말이 [숟가락은 없다!]이다. 이는 [이것은 파이프가 아니다](Ceci n'est pas une pipe)라는 문구가 들어있는 르네 마그리트(Rene Magritte)의 『이미지의 배반』(The Treachery of Images)을 상기시킨다. 이와 관련하여, 그림과 인생을 연관시키는 화엄경에 나오는 금언을 소개한다.

마음 속에 그림이 없고(心中無彩畫)
그림 속에 마음이 없지만(彩畫中無心)
그러나 마음을 떠나서는(然不離於心)
그림을 얻을 수도 없네(有彩畫可得)

인간은 마음속에 그림을 그린다. 안데르센의 『성냥팔이 소녀』의 굶주리고 헐벗은 소녀는 너무 추워서 성냥불을 켰다. 곧 소녀의 눈앞에 등장하는 따뜻한 난로, 산해진미, 크리스마스트리, 네 번째 성냥불을 켰을 때 생전에 소녀를 좋아했던 외할머니가 나타났다. 여기서 소녀의 상상은 모두 마음속에 그려진 그림이다. 마음이 환상의 무대이기에 마음이 환상의 모태이지만 환상이 결코 마음의 무대가 될 수는 없을 것이다. 무대 없는 연기(performance)처럼. 환상은 마음의 자식이기에 결코 역전될 수는 없다. 그럼에도 마음속의 그림은 작가의 의도로, 그림속의 마음은 작가의 심리를 의미한다고 볼 수 있다. 하지만 허황된 마음이지만 마음이 없다면 마음의 소산인 그림을 얻을 수 없다. 이때 그림은 패러다임의 전환으로 확정될 수 없는 인간의 주의, 주장, 의견, 이론, 법칙 같은 것이 될 것이다. 이때 마음은 원시동굴 속의 벽에 해당하고 그림은 그 벽 위에 모닥불 빛으로 반사되는 그림자 같은 것이다. 이때 마음은 인간이 지상에서 각자의 수명을 견디기 위한 기호적, 인식적 방편이고, 마음을 통해 진리에 접근한 결과 인간에게 남는 것은 오직 그림뿐이다. 이것이 진리의 썩은 동아줄로서의 마음속에 사물의 그림을 그리는 인간의 한계적 상황이다.

드디어 인간을 구속하는 타율적 기계로서의 [매트릭스]를 공격하는 네오의 입장은 인간을 죄에서 해방시키려는 예수의 입장과 등치(等値)된다. 해방자의 이미지를 가진 인간으로는 프로메테우스, 스파르타구스, 영화 〈빠삐용〉의 빠삐용, 애급탈출의 지도자 모세, 체 게바라, 제임스 딘 등이 있다. 하지만 기원전/후를 통틀어 예수보다 더 초월적인 능력을 가진 전무후무한 해방자는 없었다. 인간을 죄의 구속에서 해방시키기 위해 십자가 형틀에서 사망하고 죽은 지 사흘 만에 부활하시고 40일 동안 제자들과 지내다 승천(ascension)하신다. 특히 예수께서 의심 많은 제자 도마(Thomas)에게 옆구리에 생생한 창에 찔린 자국을 보여주는 부분은 압권이다.

네오에게도 예수와 같은 역할이 주어진다. 그는 가상현실 속에서 예수처럼 기적 같은 일을 행사한다. 네오의 조력자인 모피어스는 네오를 구원자, 선지자라고 주변에 알린다는 점에서 예수의 도래를 주변에 알리는 세례 요한과 비슷한 역할을 한다. 네오를 사모하는 여인이 트리니티(Trinity)인데, 그녀의 운명과 비슷한 성경상의 인물을 막달라 마리아라고 볼 수 있다. 그녀는 네오의 죽음과 부활을 모두 목격하기에 예수의 부활을 최초로 목격한 마리아의 역할을 패러디한다. 그리고 네오를 팔아넘기는 사이퍼(Cypher)는 예수를 팔아넘긴 가룟 유다에 해당한다고 볼 수 있다. 네오가 오라클(Oracle)에게 구원자의 정체성을 확인받는다는 점은 마귀가 구원자 예수를 시험하는 것과 같다. 마지막으로 네오가 재림을 약속하고 승천하는 것은 예수의 모습을 패러디한 것이다. 아울러 영화 제작자 워쇼스키(Wachowski) 형제는 성전환 수술로 워쇼스키 자매가 된다. 이는 그리스 신화에 나오는 남성에서 여성으로 전환하여 아이까지 낳은 맹인 티레시아스(Tiresias)를 상기시킨다. 이와 연관하여 박목월(朴木月)의 「윤사월」을 감상해보자.

송화(松花) 가루 날리는
외딴 봉우리
윤사월 해 길다
꾀꼬리 울면
산지기 외딴 집
눈 먼 처녀사

문설주에 귀 대고
엿듣고 있다

　여태 이 시작품에 대해 독자들은 여러 갈래로 접근한다. 청록파 시인 박목월의 자연 친화성을 주장하기도 하고, 독자들에게 향토적인 추억을 상기시키는 복고적인(nostalgic) 관점에서, 자연과 인간의 친화적인 관점에서, 또 "눈먼 처녀"에 대한 박애주의적인 관점에서 접근한다. 그런데 보드리야르적 관점에서 "눈먼 처녀"는 역설적으로 시각의 환상 혹은 헤게모니에서 벗어나 상징체제의 [매트릭스를 탈피하는 자유인이다. 물론 외재적인 매트릭스 외에 내면에 구축하는 내재적인 매트릭스는 존재할 것이다. 로빈슨 크루소(Robinson Crusoe)처럼 국가, 사회의 타율적인 매트릭스는 부재하지만, 과거 그 타율적 경험에 의하여 내재된 자율적인 매트릭스는 존재하여 무인도에 문명을 구축한다. "송화 가루" 날리는 공간이나, 시간의 흐름을 보여주는 "해"의 움직임을 시각적으로 인식할 수 없는 상태에서 "눈먼 처녀"가 유일하게 감지하는 것은 "꾀꼬리"의 실존적인 울음뿐이다. 이 울음소리는 인간의 기호가 배제된 순수한 소리이므로 엘리아데(Mircea Eliade)가 제기하는 [성/속]의 구분에서 전자의 차원에 해당한다고 볼 수 있다. 그러기에 불우한 처지의 중생을 구제하기 위해 우연히 현시하는 관음(觀音)의 소리라고 볼 수도 있고, 이전투구(泥田鬪狗)의 지상세계에서 붓다처럼 "눈먼 처녀" 자신이 인간의 환(幻)을 경계하고 비본질적인 문자의 중계가 아닌 본질적인 "꾀꼬리"의 복음(福音)을 청취하여 순수한 진리의 세계에 근접한 것으로 볼 수 있다.

결론__신화적 현실

『황금가지』(*The Golden Bough*)에는 현대인의 일상에 벌어질 수 없는 섬뜩한 일들을 소개한다. 고대왕국 시절에 정치적인 문제로 폴리네시아인들이 자식의 삼분의 이를 죽였으며, 동부 아프리카에서도 그만한 수의 유아들이 학살당했으며, 앙골라의 지배 원주민들은 행군에 거추장스럽지 않도록 낳은 아이를 모조리 죽였다고 전한다.[1] 물론 먼 과거사를 기록한 것이라 일부 각색된 내용도 있겠지만 참으로 끔찍한 일이 아닐 수 없다. 자기가 낳은 자식을 죽일 수 있다는 것은 꿈속 같은 신화적인 상황이 아니고서 도저히 있을 수 없는 일이 아닌가?[2] 그럼에도 이런 신화 같은 엽기적인

---

1) *The Golden Bough*, pp. 353-54.

2) 자식살해는 현실에서 도저히 용납될 수 없는 신화적인 사건이지만, 현재 한국사회에서 미혼모(single mother)가 유아를 유기하는 경우와, 최근 민생고(economic plight)로 인하여 부모가 자식을 살해하는 경우가 빈번하다. 전자의 경우 국가적으로 사회적으로 미혼모의 유아를 출생률(natality)이 저조한 우리사회의 소중한 자산으로 보아 그 유아의 양육을

사건들이 인간사에서 종종 벌어지곤 한다. 구약성경에서 아브라함이 하나님의 명을 받들고 외아들 이삭(Isaac)을 죽이려는 시도가 있었고, 비록 자식 살해는 아니지만 그것에 버금가는, 2018년 미국 캘리포니아에서 13명의 자식들을 노예처럼 사육했다는 엽기적인 사건보도를 접하였으며, 한국사회에도 부모가 자식을 죽인 경우 가운데 충격적인 역사는 조선시대 영조대왕이 자식인 사도세자를 뒤주에 가두어 죽게 한 것이다.

인간의 삶이 꿈인지 생시인지 헷갈리는 상황 속에서, 나는 〈매트릭스〉(*The Matrix*, 1999)의 주인공 네오(Neo)처럼 가끔 인간의 현실은 현실일까? 신화일까? 하는 생각이 든다. 그래서 이 상념을 세포적, 실존적으로 확인하기 위해 무고한 살점을 꼬집기도 한다. 아니면 내가 한국에 태어난 이유는? 전 세계에 편재하는 70억 사람들의 존재의 이유는? 한국에 태어난 나를 기준으로 볼 때 내가 중심인물이자 주체이고, 전 세계의 다른 사람들은 모두 객체이고 주변인물들이다. 마찬가지로 전 세계인들의 각자가 주체들이고 나는 변방에 거주하는 객체로 전락한다. 그런 점에서 나와 전 세계인들은 평등하다. 세상의 유일한 목격자로서 내가 현실 속에 거주하고 타자들은 나의 가상현실 속에 거주한다. 마치 〈폭풍의 언덕〉에서 자행된 타자들의 연대기적 참사를 전해 듣는 주체로서의 락우드(Lockwood)처럼. 그렇게 살아가리라는 나의 현실 밖의 존재들이 도처에서 나의 존재를, 한국인의 존재를 생각하리라. 그러므로 역사의 종말은 거창한 것이 아니다.

사설기관이나 종교시설에 맡길 것이 아니라, 그 유아를 기꺼이 수용하고 체계적인 양육을 위한 국가기관을 시급히 설립하여야 하고, 후자의 경우 국가적인 홍보와 계도를 통해 민생고에 처한 위기의 가족을 형식적이 아니라 실질적으로 돕는 국가적인 사업이 절실히 필요하다. 무엇보다, 미혼모의 유아와 민생고에 처한 가족들이 우리 한국사회의 소중한 자산임을 국가는 반드시 인식하여야 한다.

초월자로부터 시간과 공간이 공평하게 주어진 주체와 객체로서 각자의 수명이 다하는 그날이 역사의 종말이자 지구의 종말 그리고 기독교적으로 심판의 날이 되는 것이다. 이 순간은 선형적으로 혹은 비선행적으로 혹은 자연적으로 혹은 우연히 대면하게 된다.

태초에 조물주로부터 창조되어 자립한 인간은 사물을 바탕으로 문화를 재창조한다. 인간이 종족을 보존하려는 본능적인 동물일 뿐만 아니라 이지적이고 의식적인 동물이기에 그 지적인 능력을 자연 속에 투사하여 만물의 영장으로 군림한다. 그런데 이런 위상은 신화적으로 나르시시즘의 소산에 불과하다. 분명히 인간이 극복할 수 없는 것은 각자의 죽음이고, 자연이 인간의 도발에 부응하여 야기하는 각가지 치명적인 재난들이다. 산불, 태풍, 해일, 지진, 오존층 파괴, 온난화, 빙산의 해빙. 이에 대한 처방은 근본적인 것이 아니라 대증(對症)적인 것이고 피해의 감소를 목표하고 사후처리에 그친다. 보다 근원적인 처방에 대한 탐구는 의식의 확장을 통해 실천된다. 그런데 그것은 과학적 추론, 인과의 적용이 부재한 가운데 개연성과 우연성에 초점을 맞추는 기적적이고 비과학적인 [야생의 사고](savage mind)로서의 [브리콜라쥐](bricolage)의 실천이다.

이런 점에서 톨킨(J. R. R. Tolkien)은 〈반지의 제왕〉(*The Lord of the Rings*) 시리즈를 통하여 지상의 세계와 판이하게 다른 새로운 세계를 창조하여 피안을 목마르게 향수하는 세인들의 원초적 갈증을 해소하려 한다. 이것을 흔히 [판타지아]라고 부르지만 사실 신화적인 현실을 지시한다. 인간의 연대기와 전혀 다른 역사를 설정하고 그곳에 거주하는 존재들도 인간 외에 다른 족속을 창조한다. 북유럽신화의 초월적 타자로서의 호빗, 오크, 난쟁이, 요정 같은 낯선 괴물들. 공동체의 운명을 좌우하는 반지의 찬

탈과 획득의 사건을 바라보는 주체는 현세의 인물이 아닌 [프로도]이다. 이 인물은 신화이론과 영시를 엮어 야생의 사고를 실천하는 나처럼 엉뚱한 관찰을 시작한다. 마법의 유리구슬에 비추어지는 현실은 말과 글로 가공되어야 말 그대로 재현되는 것이다. 의미화 되지 못한 사물 그대로의 존재는 무의미한 것이다. 라캉(Jacques Lacan)의 말대로 거울 속에 투영되는 자신의 모습에 증식되는 [이상적 자애(ideal ego)의 상념이 헷갈리고 흐릿하지만 방편적 현실이 되는 것이다. 그럼에도 이 비합리적이고 비현실적인 작품은 전 세계적으로 선풍을 불러 일으켰다. 현실과 무관한 황당한 서사로 점철되어 있음에도 첨단을 살아가는 현대인들이 몰입하는 것은 인간이 목전의 현실에만 집착하는 것이 아니라 신화를 향수한다는 점을 방증한다.

롤링(J. K. Rowling)의 판타지아 〈해리 포터〉(*Harry Potter*)는 현실과 마법세계의 교차적인 순간을 반영한다. 현실의 학교와 동굴이 마법의 세계로, 세포적인 삶이 초월적인 삶으로 이어지는 단초가 된다. 한편 이것은 의식과 무의식이 연결되는 [보로메오 매듭](Borromean Knot)의 사례라고 볼 수 있으며 그가 이 지점에 착안하지 않았는지 궁금하다. 또 꿈과 현실이 교차하는 우리의 삶은 이 두 가지 어느 영역에 편중되어 존재하지 않는다. 그것은 현실의 태양 아래서 우리가 수시로 백일몽을 꾸기 때문이다. 이 초월적 공간에서는 자유로운 공간이동, 유체이탈, 중력의 무시, 에너지 법칙의 예외가 가능하다. 그리하여 추락하는 우리의 무거운 육신은 빗자루를 타고, 자전거를 타고 공중을 훨훨 날아다닌다. 이것은 마치 죄수가 영어(囹圄)의 현실을 해소하기 위해 창밖으로의 탈출을 상상적으로 해결하는 방식과 동일하다.

간단히 말하여, 구속된 현실의 낭만적 해결. 물론 해방욕구는 민주주의라는 정치적 미메시스로 이미 타결을 보았고, 비행욕구는 접보비행기의 발명으로 비록 잦은 낙하로 불상사를 겪고 있지만 그 도구적 미메시스가 달성되었다. 〈해리 포터〉에 등장하는 마법적인 장치는 지팡이, 돌, 빗자루, 주문(呪文) 등인데, 켈트신화에 나오는 엑스칼리버(Excalibur)나 성배(Holy Grail)의 후예들이다. 이렇듯 인간이 일상에서 사용하는 도구가 인간의 신념에 힘입어 현실에서 초현실의 공간으로 연결시키는 매체가 된다. 드루이드교(Druidism)의 의하면 특정 사물[oak tree]에 정신력이 가해지면 영험(靈驗)한 존재가 된다고 한다.

워쇼스키 형제 혹은 자매(Wachowski Sisters)에 의해 제작된 〈매트릭스〉는 인간의 현실을 가상현실로 본다. 다시 말해 인간의 현실은 일종의 모의현실(pseudo-reality)로 보는 것이다. 이 세계에서 인간을 지배하는 존재는 인체의 열과 전기를 에너지원으로 사용하는 인공지능 컴퓨터(sentient machines)이다. 인간이 만물을 지배하는 것이 아니라 인간이 인공지능(artificial intelligence)에 의해 조종을 당하는 디스토피아(dystopia)의 현실을 네오(Neo)는 인식한다. 그런데 우리의 현실에서도 이런 상황이 그대로 재현된다. 한국과 미국 사이의 비행은 주로 전자항법장치에 의해서 이루어진다. 토스트는 토스트기계의 설정에 따라 적절히 구워진다. 컴퓨터는 마이크로소프트사가 제공하는 프로그램에 의해 통제된다. 방안은 로봇 청소기에 의해 청소된다. 인간의 예금은 금융기관의 데이터베이스에 저장되어 자동지급기(ATM)로 지급된다. 그런데 이런 전자장치나 시스템의 작동이상으로 인간은 철저히 디스토피아적 상황을 겪게 된다. 그래서 제왕적 정치제도에 의해서 구속된 인간들이 피를 흘려 민주주의라는 제도를 쟁취하였으나, 현재 전자장치에 스스로 자신의 운명을 내어 맡겨 노예생활을 자청한다. 그리하여 자동기계(automaton)로부터, 전자시스템으로부터 자유를 쟁취하기 위한 시도가 영화 〈매트릭스〉 속에서 발생한 것이다.

이런 자연스러움을 가장한 구속적인 상황은 영화 〈트루먼 쇼〉에도 잘 나타난다. 그런데 인간이 지상에서 아무리 유토피아를 추구해도 지상 어디에도 진정한 유토피아는 부재한 것이다. 인간이 당면하는 어떤 종류의 현실, 즉 실제현실이든 초-현실이든 그 굴레를 벗기 위해서 들뢰즈(Gilles Deleuze)의 주장처럼 아무리 근경(rhizome)적 탈주(flight)를 한다고 해도 그 구조의 그늘을 벗어날 수가 없을 것이다. 마치 자신의 그림자를 떨쳐버리기 위해서 질주하는 아이들처럼. 이처럼 영화는 꿈처럼 의식적으로 충족시킬 수 없는 인간의 심연에 도사리고 있는 근원에 대한 향수를 위로하는 매체가 된다.

그러므로 인간은 원시인이 아니라도 누구나 신화의 구조 속에 포섭된다. 한국인의 경우 호랑이보다 무서운 곶감의 신화 속에서 민족의식이 발생한다. 그래서 신화적인 제식에 충실한 원주민을 원시적 인간 혹은 미개한 인간이라고 매도하는 것은 지극히 식민주의적이고 제국주의적인 사고방식이다. 인간사회에서는 늘 원시적인 관점과 문화적인 관점이 충돌하며, 현대인들은 의례히 전자를 후진적으로, 후자를 선진적으로 바라보는 습관을 가지고 있지만 한낱 일방적인 주장에 불과하다. 이런 점에서 영화 〈미션〉(The Mission, 1986)에서 유럽의 천주교 사제들이 남미 오지(奧地)의 과라니족을 방문하는 것은 이미 문화적인 충돌을 예견하고 있는 것이다. 그러나 그들의 문화적인 간섭에 대한 근본적인 판정은 지상에서 전혀 가능치 않다. 각자의 이해관계가 첨예하게 대립하기에. 요한계시록에 기록

된바 최후심판의 날(doom's day)이 도래하면 혹은 각자의 사후에 창조주를 알현하고 물어볼 궁극적인 문제이다.

하여튼 신화는 비현실적인 이야기가 아니라 인간을 추적하는 그림자처럼 인간의 현실을 물고 늘어지는 지독한 강박감(obsession)의 산물임이 분명하다. 성지의 회복을 위해 유태교의 일파인 이슬람을 공격한 유럽기독십자군의 행동이 정당했는지? 스페인 신부들이 선교를 표방하며 남미의 잉카문화를 도태시킨 것이 정당했는지? 이런 세기적 사건들이 표면적으로 선교를 빙자한 인간의 탐욕이 초래한 재앙은 아닌지? 이런 의문들이 적나라하게 아래 추상기계의 도표에 나오듯이 나의 의식을 떠도는 신화적인 그림자이다. 영화 〈미이라〉(*The Mummy*, 2017)에 나오듯 모래 알갱이의 이합집산(離合集散)이 지상에서 탄생과 소멸을 반복하는 우리의 신화적인 모습 아닌가?

〈신화적 현실의 다이어그램〉

---

virtual structure simulation, simulacre, hyper-reality, avatar, recreations, Idea
가상구조 시뮬레이션, 시뮬라크르, 가상현실, 아바타, 재-피조물, 이데아

---

surface structure narrative, reality, conscious, ego, parole, creations, signifier, metonymy
표층구조 서사, 현실, 의식, 에고, 파롤, 피조물, 기표, 환유

---

deep structure myth, dream, unconscious, archetype, langue, Creator, signified, metaphor
심층구조 신화, 꿈, 무의식, 원형, 랑그, 조물주, 기의, 은유

인용문헌

그레이엄 앨런. 송은영 역. 『문제적 텍스트 롤랑/바르트』. 서울: 앨피, 2006.

딜런 에번스. 김종주 역. 『라깡 정신분석 사전』. 서울: 인간사랑, 1998.

루너 편저. 이정배·이은선 역. 『자연-그 동서양적 이해』. 서울: 종로서적, 1989.

미르세아 엘리아드. 이은봉 역. 『神話와 現實』. 서울: 성균관대학교 출판부, 1985.

신응철. 『에른스트 카시러』. 서울: 커뮤니케이션북스, 2016.

앤드류 새뮤얼 외 2인. 민혜숙 역. 『융 분석 비평 사전』. 서울: 동문선, 2000.

야코비 외. 권오석 역. 『C. G. 융 심리학 해설』. 서울: 홍신문화사, 2000.

욜란디야코비. 이태동 역. 『칼 융의 심리학』. 서울: 성문각, 1988.

유전성산. 서경수·이원하 역. 『禪思想』. 서울: 한국불교연구원 출판부, 1991.

이반 스트렌스키. 이용주 역. 『20세기 신화이론』. 서울: 이학사, 2008.

이종하. 『아도르노: 고통의 해석학』. 파주: 살림, 2007.

조지프 캠벨. 과학세대 옮김. 『신화의 세계』. 서울: 까치, 1998.

체게융. 김성관 역. 『융 心理學과 동양종교』. 서울: 일조각, 1995.

클로드 레비-스트로스. 박옥줄 역. 『슬픈 열대』. 서울: 삼성출판사, 1981.

_____. 안정남 역. 『야생의 사고』. 서울: 한길사, 1996.

Campbell, Joseph. *Creative Mythology*. New York: Penguin, 1991.

Cassirer, Ernst. *An Essay On Man: An Introduction to a Philosophy of Human Culture*. New York: Mass Market, 1953.

_____. *The Philosophy of Symbolic Forms*. New Haven: Yale UP, 1955.

Coward, Rosalind and Ellis, John. *Language and Materialism*. London: Routledge & Kegan Paul, 1986.

Culler, Jonathan. *The Pursuit of Signs: Semiotics, Literature, Deconstruction*. London: Routledge & Kegan Paul, 1983.

De Man, Paul. *Blindness & Insight: Essays in the Rhetoric of Contemporary Criticism*. London: Methuen, 1983.

Eagleton, Terry. *Literary Theory: An Introduction*. Oxford: Basil Blackwell, 1983.

Eliade, Mircea. *Images and Symbols: Studies in Religious Symbolism*. Trans. Philip Mairet. Princeton: Princeton UP, 1991.

Ellwood, Robert. *The Politics of Myth*. New York: State U of New York P, 1999.

Frazer, James. *The Golden Bough*. New York: Penguin, 1996.

Freeland, Cynthia. *Art Theory*. Oxford: Oxford, 2001.

Guerin, Wilfred L. *A Handbook of Critical Approaches to Literature*. Oxford: Oxford UP, 1999.

Hamilton, Edith. *Mythology: Timeless Tales of Gods and Heroes*. New York: New American Library, 1969.

Hopcke, Robert H. *A Guided Tour of the Collected Works of C. G. Jung*. Boston: Shambhala, 1999.

Jacobi, Jolande. *C. G. Jung: Psychological Reflections*. Princeton: Princeton UP, 1978.

Kurzweil, Edith and Phillips, William. Ed. *Literature and Psychoanalysis*. New York: Columbia UP, 1983.

Lavers, Annette. *Roland Barthes: Structuralism and After*. London: Methuen, 1982.

Lincoln, Bruce. *Theorizing Myth: Narrative, Ideology, and Scholarship*. Chicago: The U of Chicago P, 1999.

Rimmon-Kenan, Shlomith. *Narrative Fiction: Contemporary Poetics*. London: Routledge, 1989.

Rosen, David. *The Tao of Jung: The Way of Integrity*. New York: Penguin, 1996.

Segal, Robert A. *Myth: A Very Short Introduction*. Oxford: Oxford UP, 2015.

찾아보기

지은이 **이규명**

부산외국어대학교 영어학부 초빙교수 역임
부경대학교 영문과 외래교수 역임
부산대학교 교양교육원 내국인 교수 역임
현재 한국예이츠학회 정보이사

저서

My Bare Feet Stepped on the Air: Reading Cultural Symptoms through a Korean Narrative. Pittsburgh: Dorrance, 2019.

Pigmalion's Reverie: A Korean's Misreading of major American and British Poetry. London: Partridge, 2018.

『영시와 에콜로지: 대상화에 대한 메타모더니티』, 파주: 한국학술정보, 2016. 8.

21세기 영시와 미학의 융합『영시의 아름다움: 그 객관적 독사doxa의 실천』, 서울: 도서출판 동인, 2015. 8.

21세기 디지털 실존『영/미시에 나타난 '참을 수 없는 존재의 가벼움'과 무거움』, 서울: 도서출판 동인, 2014. 2.

21세기 포스트-휴먼을 위한『영/미 여성시인과 여성이론』, 서울: 도서출판 동인, 2011. 12.

21세기 문화콘텐츠를 위한『영/미시와 철학문화』, 서울: 도서출판 동인, 2011. 6.

21세기 문화인을 위한『영/미시와 과학문화』, 서울: 학술정보, 2011. 1.

21세기 교양인을 위한『영/미시와 문화이론』, 서울: 도서출판 동인, 2010. 7.

『영시(英詩)에 대한 다양한 지평들』, 부산: 부산외국어대학교 출판부, 2007. 8.

『예이츠와 정신분석학』, 서울: 도서출판 동인, 2002. 10.

논문

"Yeats, Kristeva, and Bataille: A Reverie about Subalterns as Wastes", *The Yeats Journal of Korea*, vol. 51 (2018. 12).

"Text of Bliss: A Reading of W. B. Yeats's "Michael Robartes and the Dancer", *The Yeats Journal of Korea*, vol. 55 (2018. 4).

"Reading Yeats's Poems in the Era of the Fourth Industrial Revolution: An Interdisciplinary Approach", *The Yeats Journal of Korea*, vol. 53 (2017. 8).

"Yeats and AlphaGo: A Poetics of Otherness", *The Yeats Journal of Korea*, vol. 51 (2016. 12).

「예이츠와 S. 지젝: 실재의 탐색」, 한국예이츠학회, 2016. 4.

「예이츠와 파트리크 쥐스킨트: 연금술의 시학」, 한국예이츠학회, 2015. 8.

「예이츠와 하이브리드 문화: 불신의 자발적 중단」, 한국예이츠학회, 2013. 12.

「T. S. 엘리엇과 St. 아우구스티누스−이중구속의 비전」, 한국엘리엇학회, 2013. 7.

「엘리엇, 예이츠, 스티븐스와 禪: 경험적 자아의 실존적 경계」, 한국동서비교문학학회, 2012. 12.

「예이츠와 T. 아퀴나스: 존재론적 실재의 향연」, 한국예이츠학회, 2012. 8.

「21세기 신인류의 탄생: Narcissism의 부활: 주체의 사망과 타자의 부활」, 文藝韓國, 2008, 봄.

「『다빈치 코드』: 원형의 경고」, 文藝韓國, 2007, 봄.
「『노수부의 노래』 다시 읽기: 그 보편주의의 산종(散種)에 대한 탈-식민주의적 저항」, 새한영어영
    문학, 2007, 봄.
「예이츠와 보르헤스의 상호 텍스트성: 그 연접과 이접」, 한국예이츠학회, 2006. 12.
「영화『괴물』버텨보기: 키치[kitsch]에 대한 찬사」, 文藝韓國, 2006, 겨울.
「영화『왕의 남자』비딱하게 보기: 그 퍼스나의 진실」, 文藝韓國, 2006, 가을.
「「J. 알프레드 프루프록의 연가」에 대한 G. 들뢰즈적 읽기: '이미지 없는 사유'의 비전」, 한국엘리엇
    학회, 2005. 12.
「「학교 아이들 속에서」에 대한 융(C. G. Jung)적 접근: '태모'(Great Mother)와 영웅 신화」, 한국
    예이츠학회, 2005. 6.
「"Ash Wednesday" 다시 읽기: 삶의 실재와 그 '궁극적 전략'」, 한국엘리엇학회, 2004. 12.
「W. 워즈워스 다시 읽기: 퓌지스(physis)와 시뮬라시옹(simulation)」, 새한영어영문학회, 2004. 8.
「텍스트에 대한 라캉(J. Lacan)적 읽기: 「벤 벌벤 아래에서」의 '오브제 쁘띠 아'」, 새한영어영문학,
    2002. 8.
"A Buddhist Perspective on Kim So-wol's and W. B. Yeats' poems", SC/AAS(미국동아시아학회),
    2002. 1.
「「Ode on a Grecian Urn」 다시 읽기: 그 신화에 대한 저항」, 신영어영문학회, 2000. 8.
「『황무지』에 대한 프로이트적 접근: 초-자아의 전복」, 대한영어영문학회, 1999. 8.
「W. 스티븐스의 「일요일 아침」에 대한 정신분석학적 접근」, 신영어영문학회, 1999. 8.
「W. B. 예이츠의『장미』에 대한 원형적 접근」, 부산외대어문학연구소, 1999. 2.
「『The Waste Land』에 대한 정신분석학적 접근」, 부산외대, 1992. 6.

필로멜라의 노래 영시와 신화이론

초판 1쇄 발행일 2020년 6월 30일
이규명 지음

발행인 이성모
발행처 도서출판 동인
주 소 서울시 종로구 혜화로3길 5, 118호
등 록 제1-1599호
TEL   (02) 765-7145 / FAX (02) 765-7165
E-mail dongin60@chol.com
ISBN 978-89-5506-827-6 (93840)
정 가 18,000원